主编　凌翔

当代作家精品·小说卷

天堂无路

陈先平　著

天津出版传媒集团

天津人民出版社

图书在版编目 (CIP) 数据

天堂无路 / 陈先平著 . -- 天津：天津人民出版社，
2024.7
（当代作家精品 / 凌翔主编 . 小说卷）
ISBN 978-7-201-20520-5

Ⅰ . ①天… Ⅱ . ①陈… Ⅲ . ①长篇小说—中国—当代
Ⅳ . ① I247.5

中国国家版本馆 CIP 数据核字（2024）第 111951 号

天堂无路
TIANTANG WULU

出　　版　天津人民出版社
出 版 人　刘锦泉
地　　址　天津市和平区西康路 35 号康岳大厦
邮政编码　300051
邮购电话　（022）23332469
电子信箱　reader@tjrmcbs.com

责任编辑　岳　勇
封面设计　陈　姝
封面题字　刘洪彪
主编邮箱　jfjb-lx2007@163.com

印　　刷　三河市金元印装有限公司
经　　销　新华书店
开　　本　710 毫米 ×1000 毫米　1/16
印　　张　20
字　　数　255 千字
版次印次　2024 年 7 月第 1 版　2024 年 7 月第 1 次印刷
定　　价　69.80 元

序　人间有道
——读长篇小说《天堂无路》

周大新

　　由江南乡村走进京城的青年军旅作家陈先平，怀着对故乡的深情，回眸故土，写出了他的第一部表现当下江南乡村生活的长篇小说《天堂无路》。

　　这部书的主角是一个村支部书记杨节胜，一个中国最底层的官员。作者对这个人物写得既有深度又有创意。作者笔下的这位主持一个行政村几十年党政事务的人物，因村子在深山，与外界联系少，故就一直按照世代的规矩去做人，使村庄按照原有的传统去运转。他没有想到，山外的世界此时已经发生了翻天覆地的变化，当他走出山村之后，突然对外界有了很大的不适应，对很多事情不明白、不了解，甚至与在山外县城工作的儿子和在省城读书的女儿，也生出了隔膜，不理解他们的行为和做法。外界的变化与他内心坚守的东西发生了冲突，这使他很震惊也很痛苦。他也正是在震惊和痛苦中走完了自己的余生，与这个世界作了告别。作者笔下的这个人物，是作者创造出来的一个独特的极富个性的人物，是作者对乡村文学人物画廊的一个贡献。

这部书通过对杨节胜家走出山外的几个孩子人生的描述，对山外政商两界的生活进行了精彩的展示。杨节胜的大儿子因从军做到了正师级军官，然后转业到省城省委机关工作，开始与省委领导打交道。他在同一时间要去接受两位省委副书记的接见，那种先去见谁的左右为难，读来令人感慨不已。杨节胜的二儿子在县政府的交通局当局长，在县级权力机关如鱼得水。女儿读大学时结交了外国朋友，开始介入神山谷风景区的商业旅游开发，她在带外国男友回乡时听到的责难，让我们看到了现代商业在向农耕社会延伸扩展时的图景。作者写乡村没有把笔仅局限在乡村，而是延伸到了乡村之外，写到了县城和省城的官场和商界，触及了省委机关人际关系的微妙之处，触及了旅游景区商业开发的艰难之状，从而展示了更广阔的当代社会生活画面。

这部书在故事上的最精彩设计，是两次大修由山村通往外界的道路。第一次修路时，他们靠的是自己的双手，是杨节胜带领全村的男女老少齐上阵，用镐头和铁锹，用炸药和石头，硬是修通了通往山外的简易路。随着交通工具的变化，原来可供人和非机动车行走的道路需要拓宽和硬化，这就开始了第二次修路。这一次修路自然需要经费、机械和人力，不像第一次修路那样简单，尤其是修路经费的申请与批准并不容易。作者通过这两次修路，把社会和人心的变化写了出来，把人们当下的精神状态写了出来。作者下笔写的是一个山村的修路史，其实是在写这个村庄的发展史，是在写皖南乡村的乡风演进史，是在写中国乡村人心和道德的变化史。路在书中变成了一个象征物，象征着乡村人对幸福生活的追求，象征着人们对未来生活的希冀。修路，其实是乡村农人在为未来的幸福奋斗。

中国的乡村生活，好多代中国作家都在写。中国的乡土文学，在整个中国的文学版图中，占据着相当重要的位置。每一代乡土文学作家，都在用文学的手段，表达着自己对乡土生活的认识和理解，表达着自己对乡土的热爱和深情。到了陈先平这一代作家，中国乡村生活发生了空前变化，居住人数的减少、男女两性之比的增大、种粮热情的降低、情爱观念的更新、民主诉求的增加，这都是过去没有过的。也因此，他们这一代作家要用文学去表现这种变化，是需要功力的。陈先平用他的努力，拿出了《天堂无路》这份答卷，愿他的辛苦劳作，能得到读者们的认可；愿这部书，能得到读者们的喜欢！

庚子仲夏于北京

目　录

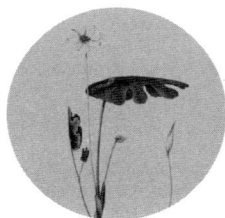

引子

天又下雨了！又是个"扯连阴"的天，昏沉沉的。

从村支书岗位上退下来的杨节胜每天起得还是那样早，起早他也不像别人那样泡上早茶品个悠闲。退下来了，他还没闲下来，心里还是惦记着这个几千号人村庄的大事小情。

他讨厌下雨天。雨下多了，地就泥泞了，不好走，很烦人。

周家村春天雨格外多，连着下个十天半个月是常有的事，有时甚至能下一个月也停不下来，山里人把这样的天叫作"扯连阴"。

"扯连阴"的日子，周家村有人喜欢，也有人不喜欢。不管是喜欢还是不喜欢，周家村人都得习惯这样的天气，也得接受这样的天气。这就好比乡下人生下来就长在这远离繁华、远离喧闹的乡村一样，能有什么法子呢？谁叫你是生下来就是乡下人呢？你就是个乡下人的命，你得认命。不认命又能怎样？难不成你还能甩个石头撞天？

乡下人更认命，大多的人大多数的时候是想得很开的，人只要想得开就知道认命，你只要认命了，就什么都想得通，想得通总比整天闷着口气跟自己较劲要好得多吧。这点你要是想不开，你就该是个受罪的命，说来说去，你还是得认命。

再说了，天下雨有什么不好，至少可以不那么急着出门干活了，可以心安理得地待在屋子里过干手干脚的日子，总是那样急抓抓地干活，天下的活能干得完吗？农人啊，真是个劳事的苦命。

高兴的是那些喜欢玩牌的。天一下这样扯连阴的雨，就可以尽兴地玩回牌。家里烧锅的想管也大都管不了自家的男人，你在家就是个烧饭的，干好自己的活，少管点男人的事，这才是会过日子的。

周家村把媳妇叫"烧锅的"，这也是南方一带的叫法。下雨天家家"烧锅的"却是闲不了的，虽说下雨天不干活少吃一顿饭，但那两顿饭的活是躲不掉的，还要赶着给家里人做些缝缝补补的活。

对周家村人来说，像这样不用风里来雨里去辛劳耕作的日子，从不奢望，也大都不适应。

周家村曾经特别热闹的时候，不习惯过这样清静的生活。他们习惯了热闹，习惯了人来人往，倘若只是为过上几天这样舒坦的日子就宁愿与外面世界相隔绝，那周家村许多人是很不舒服的，周家村人把这种不舒服叫作"闲得皮胀得疼"。

周家村有越来越多的人就是这样"闲得皮胀得疼"。于是，就有许多这些"闲得皮胀得疼"的人把这样的不舒服归罪于"扯连阴"。

这简直就是扯淡！这世间的事就是这样，闲着没事只知道扯淡的人哪都不缺。这些喜欢"扯淡"恐怕也只会"扯淡"的人，虽说日子过得不那么踏实，但也不缺少滋味。于是他们就总是接着这样"扯淡"，扯着这没完没了的淡！

这样扯淡的滋味也有乏味的时候，这样的扯淡久了也只能是自寻没趣，到头来没有人真会把它当回事。

经过几番大红大紫热热闹闹之后，周家村渐渐归于安静，又回到了当年与外界形同隔绝没有声响的日子。

这个样子的周家村，只有上了岁数的老人才有记忆。而周家村的后生们对现在这种安静是陌生的，他们记忆中只有喧闹，没有安静。

这种回归是被动的，回归与凋零有着那么一丝的联系。

回归，其实在有些人眼里是自然的。

所谓的被动也只是一些人一时自我感觉罢了。既然称之为回归，不管是被动，还是主动，就不会有什么阵痛，如同回家，你在外面过得是好是坏，到了回家的时候大都不至于带有恐惧和惊恐。

本就安静的周家村更习惯于过这样自己的日子，过这样"扯连阴"的日子。

这样的日子是无人惊扰的。

这样的日子也是压抑的。

好在大山深处的周家村依然保留着农耕时代的气息。尽管外面已经非常热闹，但那还只是外面，从周家村走到外面的人过着外面的生活，而留在周家村的人依旧过着他们早已习惯的日子。留在村里的除了老人，就是孩子，老人的习惯是当年养成的，小孩子的习惯正在养成，都是一个理，所以没什么习惯不习惯，只要你认命！

要真的就这样一代代认命下去倒也好了，可是这些年留守在乡下的孩子也渐渐少了，大都很小就随着父母开始了奔波，试图进入城市，试图改变习惯，试图过另一种生活。

老人自然是一年比一年少，他们不会奔波，而是安息。

留守在周家村的老人早已习惯了这样的生活。无所谓快乐不快乐，日子能过得去就心安理得，而不谙世事的孩子还不知道外面的世界是个什么样子，长大了谁也拦不住他们的脚步。而现在这样的山村生活对孩子来说也是快乐的，就是这样的雨天，尽管他们也得上学，但放学后不用帮家里人干农活了，可以几个伙伴聚在一起开心地玩他们自己捣鼓出来的五花八门的游戏，他们还用不着像大人那样为生计操心发愁，他们有他们的世界，也有属于他们的欢乐。这欢乐如同山里孩子开发的游戏，只属于这个山村，还没有联通外面的世界。

周家村人习惯了春雨中隆隆的春雷，在他们看来春雷是吉庆的。他们从心底需要这种吉祥和安宁。

杨节胜走了。

在第一场春雷声中走了。

周家村人说这场春雨下得比往年要密要绵，雷声也比往年炸裂，是那种流动着从天穹深处直击大地惊天动地的炸雷。

这样的炸雷让周家村人从心底感到莫名的不舒服，甚至于有些莫名的恐惧。杨节胜无声无息地走更是加深了这种恐惧，这种恐惧似乎随着那一阵接着一阵春雷的炸响在周家村弥漫开来。

周家村的老百姓都知道杨节胜这次是真的走了，彻彻底底地走了，是再也不会回来了。

周家村大队大队长死了！

周家村老支书死了！

周家村老主任死了！

这么多人死了？实际上死的只有一个人，看上去死了一大串，其实只是死了职务，那么多头衔之下，其实只是一个人，那就是杨节胜。

杨节胜死了。

这是最真实也是最朴素的说法，谁都能听得懂。但许多时候大家都不喜欢说这样都能听得懂的话。

"杨节胜同志永垂不朽！"周家村党支部会议室里挂着的挽联上是这样写的。

这是"官方"的传统说法，在周家村也只有杨节胜有这样的资格。"同志"这种称呼在周家村是很陌生的，乡下人不论是过去，还是当下，都不兴叫这个，就是"同志"这个词很时髦很流行的时候，周家村人也很少有人会用。

"永垂不朽"是村里小学校长杨郑自己作主这样写上去的。他曾经是周家村最负名望的文化人，文化上他定下的事，周家村人过去不会有人反对，现在依旧没有人会直接说个"不"字。

周家村就数他的字写得好，春节写对联的活是几十年也没有人跟他争。他作主写下"永垂不朽"，村里谁也不会认为这有什么不妥，既然杨先生这样写了，那就这样挂上去了，如同过年贴对联，杨先生给你家写的是什么你就贴什么，当然也不会有什么错的，其实也不兴你有什么选择。

当年伟人逝世的时候，杨郑还是个民办老师，要是按字写得好坏来定谁写灵堂里的字，那肯定轮不上他这个民办老师，比他毛笔字写得好的村里有好几个人，只是这些能写一手好字的都出身不好，这些人哪里有资格来写悼念伟大领袖的字，杨郑的字虽说比不上这些人，但根正苗红，出身好，写大字的权利自然就是他了。

当年他写下"永垂不朽"，是听广播学来的。这次他已是这个村办小学的一校之长，那些原先字写得好出身却不好的都已作古，这写字的活更是非他莫属了。这次他依旧写下了"永垂不朽"，字倒是写得比当年好了很多。

杨节胜享受了领袖当年的尊重，这是他生前根本没有想到的。

杨节胜不敢想不会想的事，倒是有人替他做了。

乡下人向来忌说死字，特别是对自己的亲人、对跟自己关系亲密的人，是坚决不用死字的。不用"死"字，"永垂不朽"倒是最好的替代了。

杨节胜是全村人的亲人，所以全村人都不会说他死了，只是悲伤地说老支书走了，就是这样含蓄不触及死这样悲伤的字语，只要一说出口，周家村每个人眼睛都是红红的，泪就在眼眶里打转。

这种悲伤真实，没有一点装模作样。

村支部会议室是周家村唯一具有官方色彩的地方，也是杨节胜坐镇指挥将近50年的地方。其实，退下来后他也没有真正离开这个位置，至少在周家村人心里，杨节胜始终是谁也替代不了的，他们坚定地跟着他，那是源自心底的敬佩与服从。

杨节胜是全村党龄最长的老党员，他曾经对调查他的人说，别的你们怎么说我，我都能听着、忍着，唯有说我入党的事我绝对不能接受。没有申请书，那是档案上的事，我是1958年入的党，是饿着肚子站在党旗前宣的誓，宣完誓我就带着人上了修路的工地。宣过誓我就是党员，我就有资格当点炮手，谁也用不着跟我争了，我入党就是为争这个点炮的资格。我是党员，这谁也改变不了，我哪天走了，别的没要求，申请给我盖面党旗，我一辈子都要对得起这面党旗。这也是杨节胜唯一向组织提出的要求。

杨节胜走的时候没盖乡下人通常盖的绸缎被面。县委组织部给送了一面鲜红的党旗，盖在了这位有着60年党龄的老党员身上。

周家村人都说，老支书配盖党旗！

周家村人以前只是在电视里见到过身上覆盖鲜红党旗的场景，这次是亲眼见到了老支书也是盖着鲜红党旗，每家每户送来的大红绸子被面都没有用上，统一悬挂在了客厅的两面墙上，每一面上都写有每户户主的名字，足有百面之多，这也是周家村从来没有过的。

杨节胜死得并不算突然，但整个周家村的人还是觉得这样的结果无法接受，确切地说是周家村人从心底并不愿意接受这样的事实，他们强迫自己不相信这是真的。此时的周家村人从心里感到有一种无法名状的空虚，似乎原本按部就班的生活一下子突然没有了依靠，变得无着无落，就好像一个从没有出过远门的乡下人突然来到了一个举目无亲的都市，找不到北在哪里南在哪里，更不知道家在哪里。

找不到家的周家村人，心中的路就断了，如同风筝断了线……

杨节胜走后，没有开任何形式的追悼会。

人总有一死，只是人和人死法是不一样的。人死了开个追悼会本是一个时期形成的传统，但现在已经很少有人死后开追悼会了，取而代之的是请道士为亡者超度亡灵。这其实是老法子，不时兴开追悼会之前，想死得隆重一点，都是这样请道士来做法事。也有想死得热闹一点的，干脆请上戏班子搭台唱上三天大戏，这倒成了一种时髦。

不论是道士超度的古法庄重，还是戏班子唱戏的热闹时髦，杨节胜都是享受不起的。他享受的应该是以往的传统，那就是死后开个追悼会，那该是杨节胜离开这个世界最合适不过的台面。周家村有不少人也许早在心底合计过这档子事，琢磨着开追悼会时自己该是什么样的神情，哭成什么样子才合适。这当然只是些无厘头的乱想法，也只是压在心底想想的事，是不可能说出来的。

杨节胜在家里停殡三天。这在周家村算不得时间长，当然也不算短，也有当天就出殡的，那是特例。

第四天就依杨节胜自己生前的要求入土下葬了。

杨节胜的墓穴挖得很深，这个深度在周家村是从来没有过的，谁也不会费这个劲。一个深坑把杨节胜埋了，让这个平常而又不同一般的老人与这个世界地面上的一切，不论是活着的还是早已死去的，不论是善的还是恶的，都不打一声招呼诀别。

杨节胜走得安静，这是他临终的唯一愿望。

杨节胜的这个唯一愿望究竟是不是他的真实心愿，无从考究，谁也说不清楚。周家村人，不论是谁都不敢贸然评说，尽管大家心底各有各的想法，但都把话放在了心底，谁也不会对谁说。

周家村人对老支书临终遗愿没有任何评说，但这并不代表他们对这件事没有自己的基本看法，也不影响这个虽说隐藏在各自心底的看法竟是那样高度一致，而且这个藏匿在心底的高度一致能够通过一种无法明说的默契传递出来，从而变成全村人的意见。周家村人谁也不同意杨节胜就这样没有声势地离开周家村，要是就这样无声无息地与这个嘈杂的世界作永久的告别，那杨节胜就不是杨节胜了，本不是周家村人的杨节胜在这里一住就是 60 多年，那是不短的时间。

周家村人几乎全都赶到了杨家，他们要为杨节胜开一个追悼会。也有人提议请一个戏班子，唱上几天大戏，杨节胜的身份自然不能如一般人家那样可以请道士来做什么法事，请上戏班子唱戏还是可以的，这也是这些年周家村形成的老规矩。

但杨家拒绝了，没有任何余地地拒绝了。杨节胜老伴对围着的乡亲们说这是老伴的临终遗言，死鬼老杨走的时候什么话也没留下，唯独要求死后深埋，就是给他抬棺的几个人也是他临走前亲口点的，也不管年长年少，只要是他点到的，那就有劳大伙了，这是老杨最后一次恐怕也是他这一生第一次开口求人，再之后，这个死鬼再也不会开口了……

杨节胜老伴话说到这里，原本死一样寂静的人群中突然爆发出一声凄惨的哭泣，继而引发哭声一片，周家村人的情绪在这一刻终于爆发出来，这是压抑了很久的一次大爆发。

哭是可以传染的。

周家村全村老少都被传染上了，没有儿女哭丧，周家村老老少少都哭上了，杨节胜的死成了村丧。

杨节胜亲自为自己后事唯一做出的安排，就是为自己指定抬棺人。他亲点的抬棺人中有四位是已过了花甲的老人，都是杨节胜当年带着修路的骨干力量。谁也不知道杨节胜为什么一定要亲点这些上了年纪的人来抬自己上山，这其中的缘故或许也只有已经上路的杨节胜心里清楚，别人的所有猜想也只是猜想而已。

杨节胜点名要这帮在世上实际上也没有多少时日的老伙伴们来为自

己抬棺，或许也是没有办法的无奈。这些年，村里年轻人都一窝蜂地涌进城市谋生去了，留在村里的只剩下了这些老人和孩子。杨节胜死还能找到这些老人抬棺，要是换了别人恐怕连凑够这抬棺的人也成了难事。

周家村还保留着老人死后土葬的风俗。火葬在周家村这样的山村是一时难以被人接受的，入土为安才是这个村庄对死去的人最基本的尊重。这样的尊重在以前是大家都习以为常的，但现在却有了一个说不出口的尴尬，村里竟无处找寻抬棺的人！

留守在这远离尘嚣村落里的不是老人就是孩子，老人和孩子怎么能抬棺送人上山安息呢。

乡下连抬棺的人都难以凑够，是这几年才有的事。周家村的人在不知不觉中接受了这个事实，要是真的有一天没有了抬棺的人，是不是周家村土葬的风俗也将难以为继？当然许多人恐怕是不会在意这些现在还与己无关的事情，但留守在周家村的这些风蚀残年的老人，心里该是如何的茫然和纠结。他们可以不担心别的，但他们真的难以坦荡豁达到可以对身后事不操心的境界，别的可以不求，求一个入土为安是他们对这个世界最后的要求，也是他们这一生中最大的愿望，这一生他们本就没有向谁提出过什么诉求，他们习惯了接受要求。

乡下走了老人，在早些年的时候，应该是件很隆重也很热闹的事。过了花甲之年的老人过世，就算是喜丧，乡下人把喜事分成红白喜事，这是白喜事，娶媳妇嫁女儿那是红喜事。红喜事热不热闹是看办喜事人家的，而白喜事是一个村子的事，甚至不只是全村的人，相邻的七村八寨的人也都会赶来送老人最后一程。

可如今这不论是红喜事还是白喜事，都已是想热闹也热闹不起来的事了。

乡村空了，周家村也不例外。

四位过了花甲之年的老人静悄悄地把杨节胜的棺木抬到了山上。

没有送殡时的鞭炮，一路上抬棺的老人们也没有一句话，只是那抬棺时吆喝声喊得震天响，抬棺的几个老人用出了自己全部的力气。

这样的号子声回荡在空旷的山野里，久久不绝。

这样的号子声也没有多少人可以听见，乡下人已走得差不多了。

当杨节胜的棺木被缓缓地放入深深的墓穴里时，其中一位抬棺的老人才开口说了一句话。

"好好上路吧，也不知道天堂里有没有路，要是天堂没路，那你就先修，过不了几年，我们也都一个个跟着你来了，来了就跟你一起修。"话音一落，第一锹土就盖在了杨节胜的棺木上，沙土落在棺木上发出的声音，在空旷寂静的墓地上空散开，为死一样寂静的空气加入了一点生气，但很快就消失得干干净净、无声无息。

杨节胜真的就这样上路了。至于是不是真的如村里的老人们一致认为的那样走上了天堂之路，那就真的不知道了。周家村人各有自己的看法，每个人都有权力有自己的看法，只要藏在心里不说出来，也是没有人说你什么的。

周家村人最终还是听了他的话，让他就这样没有排场地走了。周家村人已经习惯了，不管是杨节胜活着的时候，还是已经不再活着，他的话哪怕就是曾经提起过的都还是要听的。

在周家村人看来本该走得最隆重最具哀荣的杨节胜，却这样没有声势、没有阵势地走了，周家村人觉得这样对不住老支书。好在有那面党旗，还有那百面红绸缎面，那是谁也比不了的体面和阵势。

杨节胜的四个儿女都没有最后送他。无论怎么说，无论对谁来说，这都是一件十分悲哀的事，更何况是杨节胜这样活着的时候不同凡响的人物，走的时候理应轰轰烈烈、风风光光。

没有儿女送终，这不是杨节胜的要求。他不可能做出这样的要求，也无法做出这样的要求。

正如他对自己什么时候离开这个世界自己并不能作主一样，他如此的告别是谁也作不了主的。不论在世的时候他是如何的说一不二，如何有决断力，但对自己永远离开是作不了主的。

谁也作不了自己这个主，就是那些不想活的，那些自己了断自己生命的人，也有想死却无能为力的时候。更何况杨节胜并不想就此离别，虽然他感觉已渐渐无力把握这个世界，但他并不想就此放弃，他依然想力挽狂澜。

他的小儿子和小女儿是无法送他的。

小儿子在夏天的抗洪抢险中已先他走了，在天堂等他。

村里有人说，杨老支书的这三小子还真的是替老父亲去打前站了，无论是阳间还是阴间，老支书都不能少了他这个看起来在几个儿女中最没有出息的小儿子。

小女儿远在大洋彼岸。那个杨节胜一生里只是听说过的"球地方"在地球的那一边，跟周家村是白天和黑夜的关系，周家村阳光普照，那个"球地方"却是一片黑暗。那个"球地方"在周家村阳光灿烂的时候是不是真的漆黑一片，那是周家村人不知道的，周家村人也不需要知道这个对他们无关紧要的事，但那个"球地方"是白昼的时候，周家村的确是漆黑一片倒是千真万确的，但那夜空里常有狗吠是那边那个"球地方"所没有的。有还是没有，周家村人是真的不在乎，用周家村人的话来说就是"管它个球事"。

杨节胜的小女儿当然知道周家村与那个"球地方"白天黑夜的关系。但知道这个又有什么用呢？即便是信息如此发达的今天，即使是地球已被人称之为村的今天，也没有人告诉她父亲今天就这么走了，在她还在夜晚的恬静熟睡中父亲杨节胜就这么没打一声招呼就走了。

她与父亲之间还有一个没有解开的结。杨节胜这一走，父女的这个结也就永远也解不开了。

父亲去了天堂，这个天堂是只能去而不能回来的，而她在另一个可以回来的"天堂"。被杨节胜叫作"球地方"在许多人眼里却是天堂，杨节胜活着的时候不信这样的鬼话，死去的杨节胜更是不会信这样的鬼话，在他眼里或许那个"球地方"正需要我们救之于火深水热之中呢，还说是什么天堂，岂不是笑话？

他去了天堂，可他的小女儿却去了那个"球地方"，如同进入地狱，这或许正是他临死的时候最不甘心的事，死不瞑目。

他的大儿子是可以赶来送上老父亲最后一程的。他是长子，按乡下的规矩长子理所当然地要担当为老人送终这个责任，许多事也应该由他来做，也只有他这个长子才能拍板定案。

但杨节胜的长子始终没有露面。

长子应该做的却都没有做。

这在周家村就算得上是天大的不孝了。

周家村的老规矩还是很有影响力。杨节胜长子没有回来奔丧，在村里自然就有了许多种说法。

有人说是一定是在往回赶的路上，无奈路途遥远恐怕是一时赶不回来……

有人说杨支书的长子是大军官，自古忠孝不能两全，恐怕是回不来了。有人就开始怀疑要是这样是不是就算不上孝子了？这种怀疑只能是藏匿于心中的，谁也不会明明白白地说出来。

周家村人并没有人知道杨节胜的长子此时已从部队转业回到了家乡。当然，或许也有人知道，不但知道已经转业，或许还知道已在省城当上了很大很大的官。但这样的猜测都只能是猜测，对长子在父亲的葬礼上本应担当的角色而最终没有担当都于事无补，倒是这样一来还能不能算得上是孝子却成了大家私下议论的话题，周家村人很看重这些。

杨节胜的大儿子从千里之外的兵营回到了离家并不算远的省城，杨节胜应该是知道，或许他也只是知道个大概情况，只是留在心底没有说罢了。这些日子接二连三发生的一连串事是杨节胜始料不及的，他是在这一连串的打击之下没有准备、没有预兆地告别。

没有人可以把父亲的死讯告诉就在省城的长子杨保国。离家是近了，但这又能怎样？就算从原本很远的兵营回到离老家不算太远的省城，那又有什么用呢？没有人会告诉他这个消息，老大的官实在是太大了，周家村根本找不到一个人去省城报这个丧。

老二没有回来，在村里同样也有着不同的看法。正如对他这个人一样，大家看法不一。当然大家更不知道此时老二周东明是真的回不来了，谁也通知不到他。

杨节胜就这么冷清地走了，总是让人觉得不是个味道。大家都觉得缺少了些什么，心里感到空空的，没有着落。

所有的周家村人都说，杨节胜的死应该在安江县志上记下一笔，如同历史上记下周家村三次那样，好好地记下一笔。

也许将来是会记下杨节胜一笔的。但不会是他死后不久，更不可能是现在。

安江县在历史上是不会少了这一笔的。应该不会，至少我是这样认为的。

历史往往就是这样写下的。尽管没有人知道历史究竟有多少是原版记录，但几乎所有的人还是靠着这些不是完整的也不是原版的记录了解着过去，并由此对自己的生活做出判断。

如此周而复始地时光流转，把一个个人和一个个故事记录了下来，编成厚重的历史，让后面的时光照耀着，让后面的人背负着。

这里仅仅把我所知道的关于周家村，与周家村有着这样或那样联系的人和事最大限度真实地记录下来，绝对不是原版，也绝不是凭空想象，就算是一次尽可能真实的记录吧。

我是这样期望的，但谁又能知道后面的历史是什么样子的呢！

再引

安江县城虽说只是长江南岸一座并不起眼的小城，不起眼是因为在风起云涌的经济大潮面前，这座小城并没有赶上潮头，在潮起潮落中落了伍，被后浪拍在了沙滩上。

但这并不影响这座小城在历史上的地位，更不能掩盖曾经有过的辉煌。这座早在汉武帝时就称得上是名噪江南的文化名镇，留下许多名传千古的历史传说，世代滋养着这一方水土，记录着历史。

安江县志先后三次提到周家村。

县志上三次提到的都是百年内的事，与久远的历史并没有多大的关系。周家村的历史有官方文字记载的并不多，只有这近百年的三次，至于民间的历史记载那都藏于口口相传之中，是没有什么文字记下的，或许也有，只是大家都不知道或者不去翻找、不去寻究罢了。

不是记入官史的，记下来得少，传播的自然也就有限，遗忘的就多了起来。

周家村本来只是一个江南再普通不过的小山村，因为县志上几次留下笔墨，历史的记忆就不至于变成空白，这也就不同于一般的小村落。

县志上第一次提及的是20世纪50年代初的那次进山剿匪。

参加渡江战役的一支先遣部队奉命直插江南重镇交汇，乘胜追击向大山深处逃窜的国民党军残部。两军在周家村这个本是历朝历代老百姓逃避战乱的避难之地展开激战。

从没有经历战火洗礼的周家村终于有了一次战火的洗礼。

那一仗打得激烈，双方都战死不少人。

硝烟散去之后，两支队伍都不见了踪影，只是在村子一东一西留下两块坟地。村子东边建起了无名烈士墓，牺牲的27名解放军烈士安葬在这里。村子西边起初是座乱坟岗，那场激烈的阻击战中被消灭的国民党兵埋在了这里，后来这块乱坟岗倒也整修了，成了一块平常的墓地，只是周家村以前还从没有过这样一大片坟地，就是最早来周家村的周家祖坟比起来也是小了不少。

县志上第二次记下的是1958年，周家村人靠拼着命干，出口优质红茶为国家挣得外汇，成了全国社会主义新农村建设的先进典型，受到了国家嘉奖。

国家领导人亲笔签名嘉奖的奖状一直被当作看村护村的宝贝高高悬挂在村委会正厅最显眼的位置，只要有人来到这里，首先看到的就是这个代表着周家村辉煌历史的见证，这是全村人的骄傲。前些年挂着的还是真品，现在挂着的换成了复制品，真品被上面收了去，放在了市博物馆陈列珍藏。

据说，当年全中国只有三个村庄得此殊荣，更何况如今只有周家村还完好无损地保存着这珍贵奖状的原件，其他两个村的奖状据说是后来找人制作的赝品。周家村能把奖状完好地保存下来，归功于这么多年来杨节胜把这张纸当命一样看重。

当年周家村名气真的不小，这没有任何夸张，没有人为地放大与炒作。

不要说全省各地，甚至连外省的人都慕名而来参观学习。当年从外地涌到周家村参观学习的人成群结队沿着那条比新中国成立时稍宽了些的上山路爬上山来的。那时的周家村还很穷，吃饭穿衣都成问题，不知道那些远道而来的参观者，看到比他们还穷的周家村会是一种什么样的想法。要说那时周家村还是有看头的，村子里除了修了不少梯田，还修建了一个很气派的大礼堂。当时村里有人对外夸口是万人大礼堂，其实满打满算只能坐千把人。乡下人真的是没有见到过如此大的礼堂，坐千人和坐万人对乡下人来说概念是一样的，都是对"大"字的一种理解。这样的礼堂在当年的安江和现在的安江都是最大的，据说当年在全省也仅次于省政府礼堂和省城著名高等学府江南大学的礼堂，位居第三。

这个位居第三也是周家村人自己心里评定的。长期生活在大山里的人，天然有这样的自信，他们可想不到还会有更多的礼堂能超过他们周家村的大礼堂。

第三次是 20 世纪 70 年代，在全国学大寨的热潮中，周家村开始修那条让周家村走出大山的路。

周家村唯一一条通往山外的路在战天斗地的岁月里，终于与山下的大路连在了一起，周家村终于连通了山外。当年极具舆论权威的《人民日报》在二版报道了这事，虽说只是不显眼的小豆腐块，但在全县上下仍然引起巨大轰动，县志上自然也重重地记下了一笔。

国修史，地修志，家修谱。现在说起来，在县志上写上几笔有人可能觉得那能有什么可说的，并不觉得有什么了不得，但在当时对于周家村人来说却是件了不得的大事。这关乎着一个村庄有没有希望、有没有饭吃。周家村吃的是计划供应粮，没灾的年份，大人每月 28 斤，孩子每月 15 斤，还只是稻谷。遇到灾年，那还得减扣供应计划。周家村人吃粮食一直紧巴巴的。只要是与吃饭的事连在了一起，那自然就是件大事。

记下的毕竟记下了。何况是堂堂正正的一县之志，白纸黑字，清清楚楚地记着。只是这些记在纸上的东西，大家未必都能在心里记着。有的是实实在在地记下了，一代一代传了下来，大都成了老人们如何说如何说，这样的久而久之就老得成了传说。有的却在一阵热闹之后，大家渐渐地就淡忘了，不管是祖祖辈辈活在周家村的人，还是走出周家村，在外面做了官发了财的人，都不再去提那些发黄的陈年往事，有了更多新的故事他们都来不及去想去记，那些久长的乡村往事更是没有了存储的空间，选择淡忘是最合适不过的了。

忘了的，有的未必是真的忘了，也许仅仅是因为不堪回首，不想旧事重提了吧。

有的或许是真的忘了，无论在哪里都没了痕迹。

世上有些痕迹是可以消失的，有些伤和痛是可以忘记的。伤好了，痛也就消失的，疤剥落了，长出的新肉遮住了旧伤，忘记就真的忘记了。可有些伤痛却刻在了心底，是你想方设法想忘记却无论如何也忘不了的。于是就牢牢地在心底记住了，并一代接一代地传了下来……

周家村的烈士陵园和埋在那里的烈士或许已被忘记或正在被人渐渐忘记。长眠地下的47位英魂除了县志上有了记载和每年清明节一群稚气未脱的小学生来此踏青之外，是再也不会有人去打扰了……

昔日罩在周家村头上的典型光环也早已消失。除了老支书杨节胜，还有一辈子也没有走出过大山的钟老汉这帮老人不时地回忆一番，别人恐怕是大都忘了。就连杨节胜当年上北京跟伟人握手合影这等当年名震大江南北的荣光之事，除了偶尔还有人戏说杨节胜那双手自从握了伟人那双温暖大手后，一个月甚至更长的时间也没舍得洗这类话题之外，很少有人再说起别的什么，就连杨节胜自己也不再提起更多的往事……

也真的有周家村所有人都忘不了的。那就是那条上山下山的山路，一条简易得不能再简易的山间小路。

那条山路记录了周家村人太多的梦想和记忆。

其实那只是一条在地图上连条细线都找不到乡村小路，但这是周家村最宽最长的一条路。

这条路是周家村人上山下山的唯一通道。

1950年以前，周家村与山下其实也有一条小路，这条小路除了山上的村民偶尔上山下山走走之外，是极少有外村人走的。

周家村虽说是个1000多号人的大村，方圆也有百十平方公里那么大，但村里人一直过着世外桃源一般安逸的生活。这里的200多户人家，郑姓、林姓是大姓，但杂姓也多。这里的村民大多是明末清初的时候，为了躲避战乱从江北逃过来的。当年土改时，全村只有两户划成了地主，一个汪姓，一个孙姓。孙家的儿子新中国成立时就报名参军，雄赳赳气昂昂跨过鸭绿江跟美国佬打仗去了。等孙家儿子打完仗回到周家村后，当上了人民公社的书记，成为国家干部，自然而然完成阶级转变。只有汪姓地主，成为全周家村唯一一户地主。

土改时，几户把自家地租种出去的划为了中农。这几户人家是最先到达周家村的，把大片荒芜之地开垦出来种上庄稼，这地也就自然归了自己所有。后来逃荒到这里的人慢慢地多了起来，先来的这些人家把已种熟了的田地租给后来的人，年底收些租子。租地的人家租出去的只是一部分土地，一些肥力好的地还是自己耕种，只是日子过得比租地种的人家要殷实许多。土改划定成分时，把这几户人家划成了中农。

当初也有人坚持要把他们划成地主。理由倒不是因为他们剥削了穷人，而是因为这几户人家不让租地种的佃户在周家村土葬先人。这跟地主没什么两样，都是把土地当成了自己家的私产，所以他们坚持要把这几户划到自己对立面，标上地主代号。再说周家村能划为地主的太少了，把他们划为地主也是按政策来的，并不冤枉。有人并不认同这种看法，说不让在周家村土葬外姓先人是当时江南江北都有的习俗，先人只能葬在自家的祖坟上，要是先人死后不能归葬祖坟，那就是对自己先人的不恭不敬不孝，这跟租不租地、划什么成分并没有什么关系。

划不划成地主听起来都有道理，无非是各自站在自己的角度和立场上来想问题罢了，划不划全凭当时周家村人怎么想的了。

人在做，天在看。人做了好事，上天不一定看得见，那你就接着做，总有看见的时候；要是做了坏事，你就是怎么藏着掖着，也是躲不过去的。

人字也就那么两笔，好写，却难做。

说来说去，是人都应该听进去这样一句话：做人还是要厚道点好。

当初那几户出租土地的人家为人还算过得去，跟刚刚翻身解放的穷苦大众没有什么解不开的死结。再说他们自己租地也种地，不是那种只吃租子不干活的地主老财，所以大多数翻了身当家作主的也不太想为难他们。

百户大村只有一户地主被处决，据说在全省也就只有周家村，最后百户大村只剩下一户地主可以批斗在全国恐怕也不多见。在以后的阶级斗争中，周家村因为只有一户地主，批斗来批斗去就那么一家人，刚开始大家还斗得挺上劲，后来斗的次数多了就没人有兴趣揭发批斗了。那户地主也被批斗得乖巧得很，只要一通知晚上要开批斗会，他一准早早地赶到批斗会场，把那批斗的地方打扫得干干净净，静候全村老少来批斗他。架不住三五天就来那么一次，斗了那么一阵大家就都烦了，除非上面通知一定要斗那么一次，是很少主动开批斗会了。大家懒得去开批斗会也就少了许多事，在别人都在热火朝天开批斗会搞阶级斗争的时候，周家村人开始修那条山路了。

周家村也有人埋怨村子里少了地主、少了斗争的对象，也就没有别的村搞得那样轰轰烈烈的革命、也就没有了热闹。不热闹可不是周家村人愿意的，于是就有人吵着要把在公社当干部的孙书记请回来斗斗，这只是那几个人说说而已，孙书记真的哪天回到村里，他们又没有了这个胆，吵得最凶的往往就是跟在孙书记屁股后面大献殷勤的。

周家村少了地主可斗，到后来来看倒成了一件好事，但在当时大家并没有这个眼光，没有了激烈的阶级斗争，在那个年代就是一件很不幸的事，人们的斗争激情没有地方可以尽情发泄，也就没有了革命的资本，自然也就少了不少乐趣。

不将那些放地出租的人家划为地主，也真的没有什么错。听老人说，那时候江南和江北都真有这么个规矩。租地的佃农在租种的土地上干什么都行，就是绝对不能土葬死去的先人。所以在新中国成立前，周家村除了最早那些来开荒的人家可以把死去的先人葬在这里外，别的人家死了人，只能先跟租地的东家借上一块地，临时盖一个小棚子，大都只是茅草棚子，也少有一些人家是盖瓦片棚子的。把棺木放在小棚子里，停灵三年，等三年过后，再打开棺木，把白骨整理整理，装在木盒子里，再送回江北老家的祖坟安葬，这才叫入土为安。

从清朝到民国时期的几百年，这个规矩一直被周家村的人不折不扣地遵守着。

两军在这里打了一仗，也就破了这个老规矩。

1949年那年初夏，国民党一个旅从江北溃败，一直逃到周家村的山下，高山阻隔，无路可走，只好沿着这条上山的羊肠小道逃到周家村。一看周家村这地方山高林密，正好是藏兵躲战、休养生息的绝好地方，就这样在周家村安营扎寨，过上了占山为王的日子。没想到当山大王的好日子没过多久，华东野战军的一个营奉命挥师南下剿匪，同样是沿着这条小路追了上来，本来是世外桃源的周家村一下子就成了国共两军交火的战场。国民党的残兵败将跟共产党的过江雄师在周家村的茂密森林里打起了游击战，整整周旋了一个月。最后，国民党的一个旅800多号人死的死，被俘虏的被俘虏，剩下的有当逃兵跑了，也有弃械投诚的。

解放军牺牲了27位指战员。部队来不及打扫战场，只将牺牲人员的名单留给了当地的同志，就去奉命追剿南逃的另一股残匪了。

兵荒马乱的年代谁还管你什么规矩不规矩的。牺牲的27位解放军烈士全部埋在了村东头的一个不大的山包上。一人一个坟堆，每个坟堆前立了一块木制的墓碑，记下了牺牲者的名字。后来这里建成了烈士陵园，木制的墓碑大都腐朽了，一块高高的花岗岩墓碑取代了那27块木牌子。陈毅元帅那篇如诗般的碑文刻在碑的背面，寄托了人们的无限的哀思。烈士的名字因为木制墓牌的腐朽而无法一一辨认清晰，就没有一个一个刻在碑上，毛泽东主席那苍劲有力的"人民英雄永垂不朽"八个大字代替了烈士一个一个的名字。刚开始几年，村里的老人还记着一些烈士的名字，但随着日子一天天久远，记着烈士名字的老人也陆续作古，当初记着的英名也渐渐地被人忘却……

国民党军队那些战死的官兵被埋在了村子的西头，同样是一人一个坟堆，只是坟堆前没有任何标记，久而久之，这里就成了杂木丛生的乱坟岗。孙书记的地主父亲枪毙后，也埋在了这里，但后来并没有人说起那座坟是孙家大地主的，好像在大家眼里消失了一样。

长久没有人提起的事，是可以忽略的。

可以忽略的事，渐渐就可能被人忘却。

而被人忘却的，或许就不成为历史，那就永远地忘却了。

而记下的终归是记下了，那将成为历史。

同样是埋着一群战死的魂灵，但一东一西却有着两种截然不同的光景。

村东头的烈士陵园，成了周家村一景。大人到了那里，感受到的是一份肃静；孩子到了那里，感受到的是一份快乐幸福。周家村人把陵园当作城里的公园。平日里，老人孩子在这里休憩。每年清明节，这里都要举行盛大的纪念活动，老师都要讲安葬在那里的27位解放军烈士的英勇事迹，周家村孩子把这一天到陵园参加活动当作一件倍感荣耀的事，是成长的期盼。他们在那里宣誓，在那里戴上红领巾加入少先队，留下童年美好纯真的记忆。

这样的墓地在孩子们的眼里没有一丝的恐怖。

孩子的眼睛是纯净的，心是纯真的。不同于长大后的他们。

成人做什么都会有自己的目的，嘴上说的和心里想的往往不一样，甚至是截然相反。而孩子不会，在不懂事的时候不会，长大成人后却无师自通地会了。

是什么让孩子们无师自通地知道了那么多东西，都是从孩子过来的成年人是不是也该好好地反思一下自己，看着自己孩子的眼睛就是一种教育，我们躲避不了……

同样是墓地，同样埋着一群战死的魂灵，西头的那块墓地却成了村里最荒凉、最阴森的地方。别说不懂事的孩子，就是村里的大人，也很少有人敢在夜里从坟堆旁走过。

这样的阴森好像是不可改变的，好像是从一开始就决定了的。只是延续的岁月加重了这些荒凉与阴森。一个神秘老头的突然惨死让这份本就阴森可怕的恐怖达到了极致。

死了的老头究竟是什么人？是从哪儿来的？周家村的人是谁也说不清楚。就是老头究竟是什么时候到村里头的，也没有谁能真的记得。

刚来到周家村的时候，老头整天东家门边靠靠、西家门前站站，从没有开口说过一句话。有好心人给口饭就吃上一顿，没人给也从不开口讨要。直到有一天，这个一句话也不说的老头自个儿在村头一个早已荒废多年的破砖窑里住下了以后，才引起周家村人的注意。人们发现这老头虽说穿着破旧，但举手投足之间透着一种行伍之风，怎么看也不像一个乞丐。村里有人猜测那老人可能是个国民党老兵，当年两军交手的时候，一看势头不对就溜了号当了逃兵，在外面混了几年，一看仗打完了，

022

世道安宁了，又回到了周家村。

这也只是村里人的一些猜测，其实大家谁也没有当回事。一个要饭的可怜老人是不会有人关注的。

周家村人厚道，看着村里来了位孤苦伶仃的老人，东家送一点米，西家送点菜就把老人养了起来。

没想到这位受到全村人施舍恩惠的不速之客差点给周家村带来灭顶之祸。

那是老人来到周家村的第二个冬天，那个冬天出奇地冷。冬至那天，有人发现村西头那块乱坟岗上的乱草杂木被人砍了，每个坟头都添上了新土。这可是一件了不得的大事，村里急忙报告了公社，公社觉得这事可不是件小事，又立即报告到县上。县上接到报告，自然也是吃惊不小，当即成立工作组直奔周家村。还没进村就定了调，说周家村阶级斗争形势严峻复杂，一定要深挖细究、一定要查个水落石出、一定要严惩不贷。

一时间，平常安静的周家村炸开了锅。谁也没有想到，就在上上下下为此惊恐万分时，当天晚上神秘的孤寡老人就死在了村里的那间破窑里，那是老人来到周家村的栖身之地。老人是用藤条上吊死的。

神秘老人突然死去，也让一场风波不了了之。县上的人、公社上的人都不再说有什么特务了，都一同改口说这孤寡老头怪可怜的，死得也惨，安排周家村出钱做个棺木，把人埋了，这事也就算完了，今后谁也不再提了。

这同样是与周家村没有地主有关，没有地主就没有了当时全国都在轰轰烈烈开展着的阶级斗争，没有火热斗争生活刺激的周家村人自然就没有了斗争的激情，这样的事也就简单了许多。

一场差点酿成轩然大波的政治事件就这样突然了结。但却给周家村出了个难题，那就是如何下葬这老头。按说周家村有的是荒山野地，找块坟地埋个人并不难，难就难在选择个合适的地方。老头是上吊死的，死相很是吓人，加上老人身份不明，虽说上面不再追究是不是什么特务，但暗地里仍有人在说这老头就是那帮逃兵中一个，甚至还有人说当年好像见过这老头。于是就有人提议干脆把老头埋在村西头那块乱坟里，让他们这些孤魂野鬼聚在一起，也好有个伴。有人强烈反对，说要是埋在村西头的乱坟堆里头，就等于周家村认定老头的特务身份，这样一来可不就又惹大麻烦了，要是哪天有人多事对上面打报告，那谁担当得起这个责任？

左右争执不下，这事拖了整整 3 天。最后实在没办法，只好由村里开会做出决定，埋在了村西头，跟乱坟岗离得不远，也没有靠得太近，更往山坡上一点，说是跟那块坟地连在一起，可中间隔着一个小山坳。按村里人说这是把怕人的东西拢在一起，阴森就阴森那一片。老头的身份也就不再引起人们的关注了。

周家村西头本来就是个阴冷的地方，吊死的老头一埋在那，村西头就变得更加阴森怕人。不论岁月如何变化，哪怕是那个火热得不能再火热的年代，砸碎了一切牛鬼蛇神，那种阴森恐怖都是除不掉的。村里的大人、孩子无论白天还是黑夜都不敢从那片乱坟前走过。村里那条唯一连着的山下的路也在这里拐了个大弯，绕了过去……

绕这么一个大弯，杨节胜是同意的，或者说也就是他做出的决定。

而周家村的东头却与西头的阴森形成鲜明的对照，始终透着一份安宁祥和。村里唯一连着山下的路在这里突然加宽了好多倍，成了全村唯一一个宽阔的广场，也成了周家村的中心。

这就是安江县志上三次提到的那个小山村，东边阳西边阴。

第一章

这年的冬天说来就来了，来得比常年早很多。

劳累了一个秋天，周家村的老老少少还没来得及喘口气，甚至连上趟街把累了一年挣来的几个辛苦钱换回积了一年的急需都还没顾得上，一场大雪在全村人没有任何准备的夜晚不期而至。

这场雪下得没有任何预兆。

村上老老少少一早起来，屋外已是满眼银白，整个周家村被大雪盖了个严严实实，能露出头的，只有山上那参天的雪松和村东头高耸的纪念碑，还有村头的那座平顶的水塔。水塔是三年前修成的，算是村里新的标志性建筑。

杨节胜是全村起得最早的，早起是他多年养成的习惯。

在位子上的时候，他起得早。一早就到村上四处转转看看，这成了他的习惯。从村支书位子上退了下来，他依旧起得早，依旧要到村里转转，说到底还是个习惯。虽说他已经不再是这个村的掌门人了，但实际上，在全村老少的心目中，他依旧是全村人的主心骨，50年来形成的这种权威已经深深扎根于全村老少心底，这恐怕不仅是现在任何人都无法取代的，就是往后也难有人望其项背，至少现在周家村有人这样认为。

这场大雪对全村人来说意味着什么，杨节胜是知道的。今年天公作美，风调雨顺，留在村里的这些老人，虽说年纪都大了，但干起农活依旧是个好把式，吃苦就更不是问题，老人们辛苦了大半年，总算是换回个好收成。从老人到孩子，都盼望着能过个舒舒服服的冬天，过个幸福的丰收年，要是有人牵头或许还可以把县上的剧团请来唱场大戏。这是杨节胜当政 50 年形成的传统，遇上丰收的好年份，到了年底谷物归仓之后，是一定要请县上的剧团来村里唱场大戏的。

但这场突如其来的风雪正在让这些美好的期望化作泡影。

城里的剧团是绝对不可能来村里唱戏了，就连全村老少在这场大雪中能不能不能出什么事平平安安地度过，恐怕村里的任何人都拿不准。

现在的村班子估计没有这个能力应付，甚至可能都没想到这么深的一层，但他杨节胜一定是会想到的，这是他不能不想着的事。他虽不在位子上，但依旧操着这份心。

杨节胜推开窗户的时候，雪还在起劲地下着，风已没有夜里那么大了。整个周家村已被大雪包裹得严严实实，除了在风雪飞舞的间隙偶尔传来的几声狗叫和树枝上厚重的积雪跌落下来的声音外，什么声音也没有。

这时候，除了杨节胜，村里人或许都还没有醒来，他们正在一个秋天累积下来的劳累中熟睡，这是他们应该有的享受。

杨节胜凭自己几十年的经验和直觉，预感到这场突如其来的风雪对周家村人来说，将不仅仅是一场风雪，或多或少都要为这个远离城镇的小山村带来不可预知的东西。想到这，杨节胜禁不住打了个冷战，一种不祥的感觉迅速弥漫开来……

事情的发展正如杨节胜的预感。

大雪一连下了几天几夜，周家村下山的那条山路被连续几天的大雪彻彻底底封住了。

那是唯一一条连着山上山下的路，大雪一阻断，山上的人下不去，山下的人也上不来。

更糟糕的是上山的输电线和电话线也不知在什么地方断了。

山上与山下的一切讯息都断了。

这是杨节胜也没有预料到的。从周家村走向四面八方的周家村人，有的或许一年只回来一趟，有的或许几年也不回周家村，与周家村的联系就全系在那有形无形的信号线上。如今，这条线也断了，周家村成了真正的"孤山"，与外界的联系断得干干净净。

这场大雪封死了的那条山路，周家村把它叫作"革命康庄大道"，尽管它不过是一条很窄的山路，但在周家村人眼里，那已经是一条很宽阔的大道了。那条"大道"连接着山上山下，维系着山上老老少少的生活，断了，那就是断了生活。

"革命康庄大道"是周家村人 20 世纪 70 年代初修通的。那时候就算得上一项重大工程了。

这条不足 10 里的路整整修了 8 个冬天。

修路的那几个冬天天气特别冷，雪往往是几天几夜地下个不停。但不管雪怎么下，修路是一天也没有停。时隔 40 多年之后，当年参加修路的老人谈起当年修路的情景，仍按捺不住内心的激动。峻岭峭壁之上，周家村的男人被风雪裹成雪人，与天、地融成一色，从那一色的风景里传出一声声饱含着巨大能量、叫人为之激奋为之动容的号子。

周家村的女人是不准上工地的，这是周家村定下一条村规。

周家村的女人们每天是从那飘扬在山坡上的一面面鲜红的旗子和一声声撼天动地的号子声中体会着自己男人的存在和力量，记挂着自己男人的辛苦，祈祷着全村男人平安归来。

周家村的女人们也没闲着，她们每天都是早早地把水烧热，好让自己的男人一回到家就能舒舒服服地洗上个热水澡，除去一天的疲乏。晚上女人除了用酥嫩的胸脯为自己的男人取暖之外，不能有更多的温存，男人更是不能有任何非分的动作，尽管怀里搂着的是自己的女人，但谁也不能淋漓尽致地痛快一回。尽管女人和男人都从心底渴望能把自己融入对方，从中享受销魂的快乐，但周家村的男人和女人都必须把这份冲动与激情压抑在心中，无奈地承受着煎熬，数着日子盼望着漫长的冬天早一天过去。

　　就是在那个时代恐怕也只有周家村才会有这种事。政治完全而彻底地超越了生活，统治着一切，包括人类最本能最原始的性爱。

　　能让周家村男人女人在没有监督的情况下严格遵守的这个本没有理由的规矩的，就是杨节胜，当然也只有他能这样要求。

　　杨节胜有这个能耐，或许也只有他在那个特殊时代可以创造这样的神话。

　　那时候杨节胜也才30多，是生产大队的支部书记，血气方刚，虽说年轻，但说话在村里却很管用，能服众。

　　杨节胜当然也不是成心要做这样不成人之美的事。他有自己对男女性爱生活与革命工作之间关系独特的理解：爷儿们的精气神要留到白天修路用，要用在革命的行动上，这是什么也动摇不了的大事。女同志也是队伍里人，要有革命的觉悟，要积极支持配合革命，晚上绝不允许往自己男人怀里钻，更不能做那事，做那伤精神气的事，就是革命的觉悟不高，是要受到批评甚至批判的。要是天天晚上家家都折腾那么一回，白天工地上的号子怎么能喊得震天响？哪来精神和力气修路？倘若弄成这么个样子，那就是与革命反着干了，那晚上在床上的事性质就变了，就不是你两口子的事，就是革命与反革命的事了，要是说重一些，可以说就是反革命行为。

杨节胜对自己这套逻辑很自信，至于别人怎么看怎么想，他当然不会有太多顾及，他坚信他这样做就是革命，是革命就不会有错。他也不是光嘴上说说，而是率先垂范带头执行，一到冬天，他就早早地把媳妇送回娘家，以实际行动带头执行这条禁令，他这么早早地就行动了，也是提前发出了动员令。

支书都这样了，还会有谁不跟着学呢？公然抗命那就更不可能了。

周家村人特别听话，就是这样一条说不出口的规定，他们也老老实实地遵守着，规规矩矩地执行着。就是冬天村里几对刚成亲的，在新婚的日子里，谁也没敢破杨节胜定下的规矩，谁也没敢碰新媳妇一下，个个都是硬实实地熬过一个漫长的冬天，撑到了春天，足足地空想了一个冬天，憋了一个冬天。

那是一个可以放开一切尽情空想的年代，谁又知道，空想有时候也是美丽的。

这样硬撑是常人难以忍受的，长时间的空想就有可能憋出毛病。

村东头的铁牛正巧赶上修路正较劲的那个冬天结婚。铁牛是个老实人，平时少言寡语，只知道闷头干活。支书说晚上不准碰自己的媳妇，铁牛就真的一个冬天也没敢碰媳妇的手。

好不容易熬过了冬天，村支书这条禁令也就随着冰雪消融而自然解除之后，别的夫妻自然是不用人催促早就猴急猴急地折腾上了几回，那才叫个干柴烈火，尽情地燃烧继而纵情爆发。唯铁牛的烈火却再也燃烧不起来，跟冬天修路的时候一样，再也没有能跟媳妇亲热上。刚开始铁牛的媳妇还以为是铁牛一时不适应，等上几天就好了，所以也没在意。不料左等右等，也没见铁牛有什么动静。铁牛媳妇急了，心想你这死鬼，还是个男人不是？是个大男人咋能没那心思？憋了一个冬天都快疯了的铁牛媳妇实在是熬不过，天一黑，就早早地熄灯上床，一个劲地朝铁牛怀里钻，铁牛的脸憋得通红，就是上不了男人的那个劲头，那火就是燃烧不起来。

女人心细，这样上杆子一折腾自然什么都明白了。原来铁牛那玩意儿是个软蛋，根本就做不成那事。

这事不知怎么传了出去，村里的女人们私下说，铁牛怕是冬天里憋坏了，要不那么壮的一个男人，怎么可能干不了那事。大家私下为铁牛和铁牛媳妇忧心。别人的忧心也好，同情也罢，那也只是一种姿态而已，铁牛媳妇哪能熬得了这个苦受得了这个气？夏收正忙的时候，一气之下就回了娘家。

杨节胜为这事，着实头疼了好一阵子，也想了不少招，可都是瞎折腾，这种事谁能帮得上什么忙呢？铁牛怎么努力就是再也不能跟媳妇做成那事。第二年冬天修路的时候，杨节胜在那条禁令上开了个口，允许周家村当年新婚的小夫妻，可以不受不可房事这条限制，可以享受房事之乐。另外，还专门加了个特例，铁牛两口子什么时候都不受禁令约束！

只要开了这么一个口子，接下来的事也就大不一样了。杨节胜见那新婚的小伙小媳妇，个个不但劲头没受到什么影响，反倒干得更有了劲头。他心里就琢磨自己当初立下的这条禁令是不是有些不当。心里这么想了，嘴上也就不再多提禁令的事，并且也不再一到冬天就送自己媳妇回娘家了。村里的爷们心眼也是活的，既然支书不再强调，冬天也不再送媳妇回娘家了，是不是就意味着支书有可能是不再坚持了。既然支书不管那事了，禁令也就仅仅只是禁令而已。

就这样，杨节胜领着周家村的老少爷们，战天斗地整整干了八个冬天，终于凿出这么一条上山下山的路，并且在山下和山上同时立了两块高高的石碑，碑上刻着四个大字：革命大道。

革命大道连着山上和山下，连着周家村的安静偏僻和山外的繁荣发达。

另一种意义上讲，革命大道是一座可以让杨节胜的名字刻在周家村老老少少心田的丰碑。至少周家村的人们心里是这样想的。

周家村老老少少走着这条路，心里自然而然也就会想起领着大伙修路的杨节胜。

杨节胜是整个周家村人心中敬重的领路人。杨节胜的个人命运乃至整个家庭的命运都和这条路有了千丝万缕的牵连，幸运的和不幸的，都紧紧地连在了一起。

但谁也没有想到，这条自从修通之后一直畅通的革命大道在杨节胜不当支书的第二个冬天，在一场不期而至的风雪中断了。

外面的人谁也不知道周家村是怎么度过这个漫长并且与外面完全隔绝冬天的。

但周家村人是知道的，他们刻骨铭心地记着了那个寒冷的冬天。

那场风雪来得静悄悄，傍晚开始下起零星小雪，谁也没在意。一觉醒来，人们发现上山的道路在一夜的风雪之后已彻彻底底与山下隔断。

刚开始几天，支书郑佳仁还不紧张，只是坐等天气的好转和外面的救援。但几天之后，天没有好转，外面也没有丝毫的消息，郑佳仁坐不住了，村民也开始慌乱起来，同时还有一些谣言开始在村里流传。

村里年轻人大多都外出打工去了，留在村里的大多是老人和孩子。就在这时候，大家几乎不约而同地想到了杨节胜，村里平日里算是知事管事的几个年长者也几乎是不谋而合地聚集在了杨节胜家。杨节胜又重新带领周家村人成功地开展了自救。

第二年春暖花开的时候，不但全村的老老少少安全无恙，就连一头牲畜也没有死。各级全面而深刻地总结周家村这场抗击雪灾的伟大斗争，慷慨地称之为"奇迹"。杨节胜的名字又一次上了县广播电台，在省报上又风风光光地露了一次脸。但这一切，乃至各级领导的赞誉和全村老少的感激，再加上这个因为难熬而显得漫长的冬天，都没有消除去年秋天那场风波给杨节胜带来的不快，那份阴影依旧像瘟疫一样困扰着他，让他在任何奋争和成功面前都难以找回当年的那份坦然和自信。

其实，周家村大多数老少乡亲对这位老支书的崇拜不但没有随岁月的流逝而消退，反而因这个风雪的冬天日益加深。

上个秋天的那场风波仿佛一个幽灵，死死缠住了杨节胜，给了他沉重的心灵打击，并且正剧烈地摧毁着他的自尊与威严。

对杨节胜来说，大雪断路的冬天并不可怕，但那个丰收的秋天却让他感觉到彻身地寒冷。

一个猝不及防的冷秋。

第二章

秋天。

一个平常的秋天。

这个秋天是个丰收的年份，也是杨节胜从村支书位置上光荣退休后的第一个秋天。

一场突如其来的风波打破了周家村的平静。

杨节胜在省城上大学的女儿杨瑶，嫁给了"洋鬼子"。谁也说不清楚这话最初是从哪里传出来的，但一场风波就这样因为一句不知道从哪里放出来的闲言碎语而引起。

这条消息，对于平生都不曾见过老外的周家村人来说，绝不亚于"公鸡下蛋"那样具有巨大的轰动效应。

乡村信息本来闭塞，特别是像周家村这样的山村，真的可以称之为信息孤岛，信息的传播也是慢的。

乡下自有乡下信息传播的方式和模式，从某种意义上讲也并不逊色于都市。一时间，关于杨节胜宝贝女儿的各种传说，像是早就被人整理好了的故事，一件件有板有眼地传了开来。

乡村对于他们感兴趣的事情口口相传的速度并不比电波慢，电波有阻滞的时候，而口口相传没有这个技术问题，只要他们有兴趣嚼这个话根。

口口相传还有极好的私密性。全村人都知道了，唯独杨节胜老夫妻俩仍被蒙在了鼓里。村里人就是半个字也不会对他们老两口说。

杨节胜一如往常感受着全村的礼敬。

杨节胜在周家村里当了 50 年的头，尽管只是一个什么品都不是的村官，但在周家村那是绝对的一号。

周家村一号的杨节胜并没有一点官架子，像官又不像官，其实像不像官并不重要，周家村人是真的服他。

不下地干活的时候，杨节胜喜欢背着手在村子里转悠，周家村人都把这样的转悠叫作"支书视察"。就是从村支书岗位上退下来后，杨节胜也没有改变这个习惯。每天吃过午饭，仍旧背着手从村头到村尾转上一圈，仍旧用他当了 40 多年支书养成"习惯"，对各家各户的庄稼认认真真地讲评一番。虽说现在村里都已是分地到户，各家干各家的，他也不再是村里的头，但每天背手巡视庄稼的习惯一直没有丢，他仍旧关心着村里每家每户的庄稼，像关心自家的庄稼一样。

杨节胜对自己这点官样子是很在乎的。他认为当官不能有官架子，但一定要有官样子。有了官样子，你就用不着整天端着那官架子，你的威信自然就在那里了，要是没官样子，你就是整天端着个官架子，那也是没用的。官样子不是端出来的，端久了就会在老百姓面前散架，这是他这个村官对当官的理解和认识。

杨节胜的威望不只限于周家村，在四乡八寨都有着极高的声望。大家心里都有个谱，杨节胜绝对是个配得上大家敬重的好人。

杨节胜的大儿子在部队当了个大官，周家村人都说那官比县长还要高两级，够五品。这不仅仅是杨节胜的骄傲，整个周家村人也都以此为荣耀。

二儿子是县交通局局长。虽说只是个正科级，在县城里那也是个有头有脸的人物，更何况他老丈人还是县委老书记。这儿子，虽说不跟杨节胜姓杨，但千真万确是他杨节胜的儿子，谁也没得说。

只有老三留在了周家村，那也是干农活的一把好手，人又特实诚。要说这老三有啥不好的，那也只能说他太实诚了。

最小的是女儿，是村里唯一考到省城的大学生，是正儿八经的正牌大学生。

杨节胜养育的儿女个个这么有出息，这也为杨节胜的声望增添一份备受崇拜的神秘色彩。

但世事难料，谁也不会料到杨节胜的威望竟然一夜之间突然受到如此巨大的挑战。这个挑战来得异常突然，没有给杨节胜留出一点点反应的时间。

关于女儿的流言蜚语在全村迅速传开之后，挑战就真实地呈现出来，只是这种挑战是并不像流言蜚语那样快地发酵，更像是一股巨大潜流向上剧烈翻涌。

面对这种挑战，杨节胜没有丝毫的心理准备。

这个挑战如同一场海啸，而他却并不知道此时海啸已经在太平洋海底孕育而成。

首先直面挑战杨节胜权威和自尊的是范二。一个平时见了杨节胜说话都不敢大声的闷头汉，居然第一个站出来挑战老支书的权威。

这是谁也没有料到的，范二自己更不可能想到。

范二是稀里糊涂中了枪。

范二在周家村算是个可怜的老实人，甚至于可怜到连个大名都没有。因为在范家男孩里排名第二，所以大家就叫他范二。就是范二这名号也没几个人叫，大伙儿都喜欢叫他"二子"，还有什么二子哥、二子爷、二子舅……村里老老少少就从这些称呼里找到自己适合叫的，反正都少不了一个"二"字。

二子大走得早，是二子娘一手拉扯大的。杨节胜从心里把他当儿子看，大集体时期也给了不少照顾，分田到户单干了，想照顾也没法子照顾了，孤儿寡母的日子过得也的确很艰难。二子长大成人媳妇都难找，一是嫌二子家穷，二是嫌二子这人太老实担心嫁过来没出头的日子，谁家也不愿把女儿嫁给二子。这事二子自己不怎么急，二子娘急，杨节胜也急。

这一天，吃过午饭，像往常一样，杨节胜披上大儿子送给他的那件草绿色涤卡军官披风大衣，跟老伴打了声招呼就出了门。

与往日不同的是今天杨节胜没带他抽了几十年的旱烟袋而是点了根平头香烟。杨节胜以往是不抽香烟的，他嫌香烟只不过是城里人装面子的，抽起来一点烟劲也没有，对他这样的抽惯了旱烟的老烟民来说实在不过瘾。

这次破例抽起香烟，并非是杨节胜赶时髦，而是不得已，由不得你抽还是不抽。

就为这烟，杨节胜把当交通局局长的二儿子狠狠地说了一通，自己还生了好一阵子闷气。二儿子本来也是好意，让他丢掉挂在嘴边几十年的旱烟袋，少抽点粗烟，没想到老爷子并不领情。要是依杨节胜的脾气，一气之下是要把二儿子送的那条香烟扔掉的。但杨节胜听别人说这烟贵得很，一条的钱都能买上几百斤谷子，他又舍不得扔了。

这烟是扔也扔不得，抽更是舍不得抽。只好悄悄地托人把这条烟换了八条本地产的不带过滤嘴的平头香烟。即使这种烟，杨节胜也必须是一根接一根地抽才勉强过瘾。

这换烟的事，杨节胜始终觉得办得不漂亮，心头总觉得有些不舒服，但哪里不舒服也说不出来。

杨节胜烟瘾特别大，除了吃饭睡觉，旱烟袋是从来不断火的，更何况这抽着根本没劲的香烟。

杨节胜走在地头上心里自然舒服，这对于他来说就是最开心的事了。

今年这片绿油油还不同往常，今年这片转绿的土地是他挨家挨户一遍又一遍催着才最终种上庄稼的。土地对于周家村人来说已不再那么精贵，种地也不再是周家村人的一件要事，村里的年轻人都外出打工了，留在村里的都是些七老八十的老人，还有一些小孩，地该是谁来种呢？

乡村迅速老去了，让曾经的热闹成为记忆。这种记忆只有每年到了年关的时候才会灵光再现，那也只是几天的热闹。从四面八方回到周家村的周家村人，只是回来象征性地过个年，年节一过，他们又将再次离开周家村到外地谋生。周家村已经养不了他们了，尽管以前周家村曾经养活过比现在多出一倍的人，但现在是真的养不起了，他们必须离开这里到外面去讨生活。

祖辈当初从外面来到周家村是为讨个活口，现在周家村人离开周家村到外面是为讨更好的生活。

杨节胜不信。周家村曾经的辉煌、曾经的骄傲更让他不可能相信。信还是不信，那是你自个的事，别人不能强迫你信，但你也拦不住这些走出周家村的步伐。他杨节胜能留住的只有和他曾经一起制造周家村昔日辉煌的那帮老哥儿们，他们跟着他依旧坚守在周家村，坚守着这里曾经有的辉煌与骄傲，那是他们用双手创造的骄傲。

山间东一小块西一小块并不平整也不肥沃的土地，曾经是周家村人的命根子。当年那么多外乡人之所以逃到周家村来，就是图着周家村有能养活人的土地，怎么现在这些地竟变得这么不稀罕了？这些曾经养活了那么多周家村人的土地，是当年他杨节胜领着全村老少一年接着一年一块块开荒开出来的，现在眼看着就又要成为荒地，那这些年的苦和累不就白费了？这些年岂不是白干了？

　　杨节胜开始动员全村的老人把各家各户的地都种上庄稼，这些七老八十的老人都是死心塌地跟着他几十年的铁杆。他能动员的力量也只有这些老伙计了。

　　周家村这些老人以最后的气力支撑着周家村田地里的希望，但这些老人看不到后面有人准备接过他们手中那千百年都不曾改变的劳作工具，也许周家村已经没有了继承这种劳作方式的后生，这些简陋的农具也将陪伴他们最终归于黄土。

　　土地撂荒已不再是个别、已渐成普遍现象，在由东到西、从南到北的大片农村蔓延开来。

　　当年，全国兴起分田到户，周家村没跟这风。不是杨节胜不愿分地，而是周家村人没人想分地。邻村都把地分了，周家村没分地的动静，也不好交差，就象征性地把那些分散的碎小地块分了一些给各家各户，把村里相对集中的大块地仍留在了集体。还是由各生产小队统一组织耕作。集体的农资工具也没有分到各户，而是采取了灵活调配的方式，各户可以随时借用集体的农资工具。

　　这样的方式在周家村实行了25年，上面也没人过问这事，周家村人这样过着日子也不比把地分了的邻村差。而随着杨节胜退休，周家村这种方式也走到了尽头。这次杨节胜坚持不想分地，但周家村已经没有多少人留下来种地了，大块的集体地没有劳动力可以耕种，就是分到各家各户的地也有几家开始撂荒没人稀罕。到这时候，这地才不得不分，周家村人赶在最后一班外出打工车走出了大山，换一种方式开始了新生活。

　　周家村东头范二家一块地去年还是好收成，但今年开春后却没再耕种，杨节胜一眼就能看出来。单单这块地，杨节胜就不下十几次跟范二他娘打过招呼。范二娘每次当着杨节胜的面都很是客气，可就是一直没见有什么动静，范二现在也是只顾自个儿忙店里的事，哪还有精力对地里庄稼上心。

范二本来是周家村出了名的劳动模范，农活做得细，是一把干农活的好手。这些年还能留在地里刨活的年轻人越来越少，大都跑到外面打工挣钱去了。就算没什么手艺，也没有多少文化，到了城里一时半会也找不到一个固定的活，就是只凭自己的一把力气在城里打打零工，也比困在家里那几亩地里强很多，种地成了赔本的买卖，谁还会死撑着那几亩地呢！

范二是出了名的孝子，看着村里的男男女女都直往外走，范二心里也是痒痒的，但他不放心把70多岁的老娘一个人留在家里，也就始终没下决心跟着他们出去。现在村里就连刚生完娃的妇女都把还在怀里吃奶的婴儿丢给家里的老人，一个接着一个跑到外面打工挣钱去了，像他这样身体好好的大老爷们还窝在家里的没几个，他也琢磨着怎么挣点钱让受了一辈了苦的老娘也能过上几天好日子。

年初，在别人的帮助鼓捣下，不想走远又想挣点钱的范二到镇上摆了个杂货摊，做起了小买卖。

周家村人纷纷走出去打工，杨节胜当初是极力阻拦的，但越来越多的人想出去，这样的事想拦也拦不住，也就不那么阻止了。但范二到镇上开店，他坚决不同意。可别看范二平时在人前几乎不说话，却是个犟脾气，拿定的事就是八头水牛也拉不回来。

杨节胜心想就你范二也绝不是块做买卖的料，到不了十天半月你那店也就关门了事，等到头撞到南墙了，我就不信你范二还能死犟着不回头？他坚信干农活才是范二过日子的看家本领。

谁也没料到，杨节胜这次是真的看走了眼。

干农活是把好手的范二，自从到镇上开了这么个小店，就像变了个人似的，整个心都用在这个小店上，再也没有心思去顾那几块薄地。

范二心里还是有底数的，看邻埂的地里都种上了庄稼，自家的地这么撂荒着挺不好看的，就在镇上买了据说是外国进口的"杂交大豆"种上。这种子是从镇上赖八的手里买的，卖洋种子的赖八说种上洋大豆，不但不用除草，而且产量要比一般大豆高好几成。范二信了这话，花了高出一般种子好几倍的价钱从赖八手里买了三斤洋种子种上，没承想豆苗没长大草却疯长得老高。

种一季庄稼留足下一季种子，本是祖祖辈辈传下来的老规矩，谁家不是从收获的庄稼里挑选上好的当来年的种子，就是赶上饥荒，不是到了万不得已的时候，谁也不可能打种子的主意。这个规矩千百年来就这样一辈辈人传承下来，可就是这样几千年都没丢都没变的老规矩这几年说丢就丢了、说变就变了，种子不再是从自家上一季收获里优选出来，而是第二年从种子公司里花钱买来。留种变成买种，这买来的种子谁也保不了底了，谁也不知道这买来的种子种下去，长出来的究竟是个什么样，是好是坏都是未知，也不再是自己熟悉的味道。

范二知道自己这次是吃亏上当了，但他也懒得去找赖八讲理算账。这赖八，在镇上是个游手好闲、不务正业的二货、光棍一条，惹急了跟谁都拼命，还整日没皮没脸地缠着别人的媳妇，街上知底情的人都躲着他，谁也惹不起。

范二从赖八手上买种子，起初也没当个什么事。买来的种子出了问题又不想惹事，范二自己安慰自己，算是破财消灾，落个安稳。

杨节胜几次数落范二家的这块地种得太伤人眼了。每次任凭杨节胜怎么训，范二也懒得说什么，心想你说你的，我听着就是了，真心懒得理这事。

沉默不语其实也是一种形式的表达。

范二的沉默在杨节胜看来就是一种反抗，这大大激怒了杨节胜。

杨节胜气冲冲地赶到范二家的时候，正巧赶上范二从镇上杂货铺回来。

"二子，听说你在地里还种上了什么洋种子，你说你种那洋大豆顶个球用，这不成了败家子吗？"一见面，杨节胜朝着范二就是一顿劈头盖脸地训，容不得范二张口。

范二还是像往常一样不吱声也不顶嘴，只顾低头从自行车的后架上把从店里捎回来的东西往家里搬。

"你这是哑巴了？开了个店，就不知自己吃几两干饭了？别忘了，你挣多少钱，也是农民，农民就靠种地，捧不上城里人的轻闲饭碗。"杨节胜见范二没吱声，火气就更大了。

"农民就该好好种地，地都种不好，你还有脸当农民！"杨节胜没等范二说话，又接茬训。

"老支书，分给我家的地种什么您就别管了！"范二本是个轻易不开口的闷葫芦，老支书没完没了地训，实在有些不耐烦，加上赖八卖假种子的事也一直闷在心底，气也就上来了，便顶了一句。

"我怎么不能管你？你这横小子八成是反了？你不听话我还要抽你呢！"杨节胜没想到范二居然敢顶撞自己。

"种不种洋种子是我自家的事，只要不养闺女送给洋鬼子生洋种就行！"范二上午因为税钱同镇上税务所的娄税务员闹得不高兴，回到家又遭到杨节胜没完没了地训斥，本来心里就烦，现在气就更不打一处来，不管不顾地把杨节胜给顶了回去。

范二愣头愣脑地说了这么一通没边没沿的话，杨节胜一时丈二和尚摸不着头脑。

"哎，我说你这愣小子，今天犯了哪门子病，什么养闺女送鬼子的，谁养闺女送给洋鬼子了？"杨节胜觉得莫名其妙，反问范二。

"谁的闺女谁清楚，犯不着逼我挑明白。"范二正在气头上，没好气又顶了杨节胜一句。

"二子，你犯病了不成？怎么跟你杨大大这么说话？"范二的老母亲在屋里听范二跟杨节胜顶上了嘴，做娘的知道儿子的性格倔，急急忙忙地从屋里跑出来，当着老支书的面训了儿子一句。

训完了范二，见杨节胜还愣在那里，便赔着笑脸对杨节胜说："老支书，我家二子是你看着长大的，这孩子脾气倔不会说话，他刚才说的话您老当没听见，千万别跟他这浑小子一般见识。"

"范二他娘，这二子原来多好啊！老实本分的，干活肯卖力气，怎么才开了几天店，挣了几个臭钱，就变了呢？地里的活也不问了，真是不像话！"

"老支书，二子不是嫌弃农活，咱是种地的出身，怎能嫌弃种地呢！这些年，我带着二子累死累活地种那几亩地，日子过得紧巴巴的，自从二子他大走了，我们孤儿寡母日子不好过啊。实在是没法子，二子他舅给了点本钱，到镇开了这么个小店，也就挣点买油盐的钱，哪指望挣什么大钱！"范二娘在老支书面前诉开了苦。

"二子他大那年修路出了事，撇下我和二子，这些年，我带着二子过的是什么日子？什么苦没吃过？什么样的罪没受过？你在村里当支书的时候，还能照顾照顾，现在地分了，各干各的，谁还记得我们孤儿寡母？二子都三十好几的人了，连个媳妇也没讨上，为什么？还不是因为我们家穷，开个小店也实在是没办法的事。当年，你说二子爹是为了公家修路死的，算是周家村的烈士，村里是要照顾我们的，可现在谁还记得您的话？哪里还有什么照顾？现在是谁也不提过去修路那档子事了。"范二娘继续诉苦。

"二子都是大劳动力了，现在是包干到户，虽说是自家的事自家做主了，但怎么说地都是咱农民的命根子，要是把地给糟蹋了，那不就成了当年从外面要饭要到周家村时那样了，那才叫丢人！"实际上，这些年来，杨节胜一直在为范二家享受照顾的事找人做工作，对于范二娘儿俩，他从心底一直感到很愧疚。

"开店怎么啦？怎么就丢人了？我自家的地，种什么您就别操这份心了！"杨节胜的话正好刺中了范二娘的痛处，心想你杨节胜凭什么这样说我儿子，你闺女嫁给了洋鬼子，我们还没说什么呢！心里虽这么想，但嘴上没说出来。

　　杨节胜万万没想到范二娘居然会用这样的口气跟自己说话，一肚子的火没发出去，反而被人给呛了回来，这大大出乎他的意料，本来还想再说上几句，范二娘已经拉着范二进了屋，砰的一声把门关上了，杨节胜一下子更是蒙了，到了嘴边的话又咽了回去。

　　好一阵子，杨节胜才从刚才那猝不及防的打击之中缓过神来。他抖了抖那件在他看来多少有点官气的军官大衣，朝村里小学走去。

　　军官大衣是在部队的大儿子寄回来的，也是他这么多年唯一一次开口向大儿子要的一件东西。一到冬天，杨节胜出门定是要披上这件军官大衣的。

　　到周家村小学转上一圈，是杨节胜每天必不可少的例行安排。在任上的时候那自然不用说，村部跟小学在一起，有时间就到学校转转看看，退下来后每天也是要去一趟学校，成了他的习惯。

　　在周家村，也只有他才有这个资格。

　　杨节胜在周家村本来就不同寻常，身份很特殊。

　　今天，身份特殊的杨节胜受到了挑战。

第三章

　　杨节胜把村里的学堂真是当作命根子看。他那两个走出周家村在外面有了出息的儿子和考上名牌大学的女儿都在这里读的书。大儿子杨保国还是在这里读了小学、初中和高中，从周家村参军入伍到了部队。那时候，周家村还办了高中，一个生产大队办了一所高中。现在一个镇也办不了一所高中，有的初中也办不下去了。

　　杨节胜没上过一天学堂。他坚定地认为，一个人有文化，一定比有什么都强。

　　杨节胜的身世很苦，周家村少有人知道他的身世，大多只是知道他小时候随江北逃灾荒要饭大军逃荒来江南的。杨节胜极少跟别人提及自己的身世，他不说，别人也就无从知晓。

　　他的苦身世完整而接近准确的版本只有范二他娘知道。当年修山路时杨节胜断断续续说给范二他爹的，范二他爹再跟范二他娘偶尔说点，范二他爹走了，也只有范二娘知道一点了。

　　杨节胜刚 7 岁时父亲突然得了一种怪病，没几天就死了，撇下孤儿寡母。一年后的一天早上，母亲对他说她去河里挑水，把他一个人留在在家里。可母亲这一走就再也没有回来。全村人都去找，最后在河边找到母亲的一双鞋，其他什么也没找到。有人猜想杨节胜的母亲是不慎跌入河中淹死了，也有人说是跳的河，还有人私下说，他母亲实在是受不了这份苦，狠心抛下他跑到江南，改嫁了人家。

杨节胜那时虽然年幼还不太懂事，但他坚决不相信母亲会死，更不愿相信母亲会狠心抛下他重新嫁人。死是绝不可能的，这么一条小河，要真是淹死了，怎么会连尸体也没找到。要是没有死，那母亲就还活在世上，可她又在哪呢？平日里那么疼他的母亲怎么会这么狠心地抛下他不管呢？父母亲连个正儿八经的名字都没给取，只是顺口叫他小毛，村里人也就跟着叫小毛，这充其量也只是个小名。

后来老家发大水，小毛随村里人从江北逃荒逃到了江南，一路要饭要到周家村。同行的继续往南走，但他不想再走了，一路上这样走对他来说实在是没有什么意义。别人不停地往前走是一家人想找个好地方落脚，好过往后的日子，可他就一个人，在哪都是一个样。更重要的是他心里还惦记着不知是死是活的娘，怕走得太远了，哪一天娘回来找他找不到了，他不想离老家太远，太远了娘就真的没了。他就在周家村的一个破砖窑里安了家，想着哪天再回老家寻娘。

小毛长到 14 岁那年，国民党的队伍一路溃败逃到周家村。小毛见有扛枪的队伍来了，就想去队伍上混口饭吃。壮着胆找到一个当官的，说想当差。那个国民党军官说好吧，立马就发了顶帽子给他，见他小就打发他去炊事班当了一名伙夫。小毛到了队伍上，吃饭是有了着落，但他发现这帮国民党兵跟大人说的土匪没什么两样，小毛不想当土匪，就溜了号。

从国民党队伍溜号的杨节胜没敢回周家村，又跑回老家想找娘。正碰上解放军渡过长江，小毛发现这支队伍对老百姓比自己当差的队伍强，他想这可能就是听人说的那支穷人的队伍，就悄悄跟在队伍后面，一路上跟了两天两夜，第三天一早被队伍上的一个连长看见了，问他是不是想当兵，小毛说只想混口饭吃。连长一看小毛挺机灵的，说投队伍好啊，跟着队伍干革命，一定是好样的，也给小毛发了顶帽子。连长问他叫什么名字，小毛说父母没给起名，只有小名。连长又问他父母姓什么，小毛说父亲死得早，姓什么他也不知道。连长说小毛是个出身很苦的苦孩子，是根好苗子，给起了个名字，叫杨节胜。姓随了自己，名字取过江大军节节胜利的意思。

就这样小毛当上了解放军，也有了自己的名字。

一个月后，国民党的匪兵被打败了，解放军又奉命继续向南剿匪。就在队伍要开拔的那天，杨节胜突然闹肚子拉得很厉害。连长说，节胜啊，你肚子不争气，就暂时留下吧，等养好了病，就去找队伍，我们还要打好多胜仗呢，记住一直往东走，队伍向东去。

杨节胜心想闹肚子也就一两天的事，等好了，凭他那双硬脚板，用不了一天就能赶上队伍，就答应留了下来。没想到队伍一走他这病就重了，不光是拉肚子，高烧几日不退，一病就是一个多月，差点没了命。等勉强能站起来，再想去找队伍，也不知队伍到了哪里。在外面追队伍追了足足两个多月，连个队伍影子也没追到，没地方可去的杨节胜转来转去还是回了周家村，这里好歹还有他那间破砖窑可以安身，再说离老家也不远，过了江走上几十里地就到了，他还想着回家寻娘也等着娘来找他。

杨节胜心里一直惦记着娘。

杨节胜在国民党队伍里当了一个月的伙夫，学会了做饭，给解放军杨连长当了一个月的勤务兵，识了几个字，学会了写自己的名字。

那年，杨节胜和刘书记是一起入的党，刘书记在临村刘家庄当生产大队支书，和杨节胜是平起平坐，并且杨节胜怎么说也算是新中国成立前参加的革命，尽管没有任何材料证明他曾当过一个月的解放军，但大家都相信他不会说假话，都从心底把他当成老革命看，可刘书记没有这个经历。解放军过江的时候，刘书记还在县城读书，杨节胜的资格怎么说也要比刘书记老。

新中国成立十周年那年，正赶上闹灾荒。县上从合作社干部中选拔公社书记，杨节胜当之无愧是头号人选。县上来人找杨节胜谈话，杨节胜不但谈了当年当了一个月解放军的事，连在国民党队伍里干了一个月伙夫的经历，也一并告诉了县上来考察的同志。

谈完话，县委组织部的王干事叫杨节胜填张表，这下让杨节胜傻了眼，他只会写自己名字，要想填表那真是难为他了。杨节胜如实地告诉王干事自己不识几个字，这表自己不会填。王干事也没说什么，帮他把表填上了，但当公社书记的事也就黄了，没有人再提起。过了半年之后，刘家庄的刘支书当上了公社书记，大家都说是刘支书把杨支书的位置给顶了，周家村的人愤愤不平，但杨节胜一句抱怨也没有。

当不当公社书记，在他杨节胜看来，的确是没什么大不了的，他是真的不在乎，他其实是真的认为自己当大队支书是挺合适的。如果真的叫他离开周家村去当公社书记，他还真是有点舍不得。

刘支书当了公社书记，自然成了杨节胜的顶头上级。杨节胜也没有啥想法，一如既往地支持配合刘书记工作。刘书记也很尊重杨节胜，公社上有什么事，都先征求杨节胜的意见，公社开大会，也总要把杨节胜请上主席台，让他代表各个生产大队讲话。

没过几年，刘书记就调到了县委工作，俩人之间的来往就少了，一个大队支书与一个县委书记之间的距离不再是那百十公里的空间距离，而是另外一种距离，这种距离让昔日交往积累的交情渐渐稀释变淡，直至消失。

这种渐行渐远的交情，杨节胜是无感的。长年生活在这个远离城市的山村，他的所有心思都放在了这块土地上，他不会更多地想外面的世界，周家村是他心中的领地，也是他思想上的王国。他无意从这块领地扩张，也没想过还会有人会冒犯他的这块领地。

但刘书记在杨节胜毫无准备的时候毫无征兆地"冒犯"他的这块领地。

这周家村虽说只是个小山村，却不缺少与外面的沟通，尽管上山的路不怎么好走，但这么多年也没少有外面的人上来，别说县上的，就是省上、市上的也没少来。刘书记两次陪省上的大人物来周家村检查工作，见了杨节胜只是礼节性地打声招呼，这让杨节胜十分不快。官可以不与你争，但面子还是要讲的，这是杨节胜的脾气。

丢了面子对杨节胜来说是接受不了的。

刘书记当上县委书记后也曾经两次来周家村，两次都是坐乡下人称为"乌龟壳"的轿车来的。有一次，竟是8辆同样是"乌龟壳"的车队，最前面那辆车的车顶上还驾着个"呜呜"怪叫的警报，一路上不停地叫着。周家村人没少见小汽车上山上来，但听到警报声还是很稀罕的。山里人什么时候见过这阵势，都挤在路旁，想看看这警车开道的车队是个什么来头，更想看看坐在这样个阵势车上的大官究竟长得是个啥模样。

杨节胜是提前知道上面来人的消息的，本来是迎出村子好远来接，没想到竟是这阵势，脾气一下子就上来了。心想你姓刘的威风个屁，当了个七品芝麻官，倒像个府台大人一样，出个门前面还来个"铜锣"开道，这不是逞能要威风吗？当了共产党的官这么多年，怎么还有这些封建习气，看来还是没改造好，还得接受人民群众的再教育。再说，我这周家村的路还用得着警车开道吗？就算说这上山的路窄了点，弯道多了点、急了点，但拉响警报顶个屁用，山上有车子下去跟你抢路吗？

杨节胜还是忍着气接待了省上的领导，但与刘书记的心结也就此结下了。

杨节胜从心里感到自己50多年树立起来的威望正渐渐地变得脆弱起

来，不但像刘书记这样的人没把自己放在眼里，就连范二这样的老实人、范二娘这样的妇道人家也不再把自己放在眼里。自己在村子的影响力渐渐变得模糊起来。杨节胜感到胸口有些隐隐作痛，不由自主地想起那些年修路的日子，想起为修路丢了性命的三个好兄弟，那三个人中就有范二的大大。

杨节胜如往常一样在村子里转了这么一圈，没想到却受了一肚子气，发了一肚子火。退下来后，杨节胜的脾气也真的改了不少，他时常压着自己尽量少发脾气，但今天还是没压得住火，这是杨节胜出门的时候万万没想到的。他什么时候受过这样的气，一片真心换来的是从心中升腾而起的却又发不出去的怒火。他突然觉得整个周家村都变了，连自己再熟悉不过的那所小学也变得陌生起来，再也没有心思去学校和打铃的老张闲谈了。

按照杨节胜的脾气，心中根本装不下这么大的闷火闷气，发生这样的事，他是绝对不会就这样不了了之放过去的，一定会较真到底。但今天，他心中的火根本发不出来，他突然感觉身心极度疲惫，明显感觉到已力不从心。他内心的失落是从他的动作表现出来的，背着个手，沿着村里的那条小河漫无目的地走着……

第四章

　　自己的四个孩子，不也是三个都走出了周家村，也就老三留在周家村。虽说不是出去打工，那总归是出了周家村到外面过更体面的日子了，别人家谁不羡慕？老三没出去，是他自己不想出去，他要真的也想出去，你当老子的也未必能拦得住……杨节胜回过头来想想自己家的事，一样是不好理得清。退是退了，可还是没法儿不操这份心，自己还是党员呢，能不想这些事？杨节胜担心的是，照这样下去没几年这乡下可就真的空了，哪还有人会留在这乡下过穷日子呢？建设新农村岂不是成了口头上喊的口号了，哪有什么用？

　　"爷爷，奶奶叫你快些回去，说我二伯从城里捎话回来了！"杨节胜正生着闷气低着头没有方向地转着圈，突然听到小孙子狗娃在身后叫他，便转过身来。

　　"狗娃，你咋跑过来了？"杨节胜一直紧绷着的脸一下子就舒展开来。

　　在杨节胜的孙子、孙女中，要说最疼爱的还是这个叫狗娃的小孙子。

长孙杨凯，从小与父母生活在千里之外的军营，虽说是杨家的长孙，但与爷爷杨节胜之间几乎没有一天共同生活的经历，爷孙间几乎没有过说话的机会，俩人之间很陌生，杨凯都上大学了，也没听到他认认真真叫过杨节胜一声爷爷，杨节胜也从没抱过一次自己这个长孙，仅有的一次春节大儿子从部队休假回家探亲，杨节胜按照乡下的习俗给孙子压岁钱，杨凯却把爷爷给的压岁钱归到父母亲要求的那些不能随便接受别人钱的范畴，坚决不要，搞得很生分，杨节胜很是生气。

对住在县城里二儿子的女儿杨悦，杨节胜同样说不上有多亲。前些年，一到假期，在城里住烦的孙女都要来乡下，但常常是住不了几天，就吵着要回家，杨节胜就得把她送回城里。杨节胜受不了孙女对乡下生活的不适应，更接受不了孙女对他在周家村有着绝对权威的挑战，更听不进乡里乡亲把自己孙女叫作城里大小姐，他认为那是在贬低挖苦他这个老党员，杨节胜怎么也接受不了这样的眼光。

而对从小就跟在自己屁股后面的小孙子狗娃，杨节胜却是十分宠爱。狗娃跟爷爷也很投缘，在狗娃眼里，爷爷就是世上最伟大的人，爷爷的话，不管什么时候都是绝对正确。加上狗娃天生聪颖，成绩一直名列全校第一，杨节胜对此更是满心欢喜。在他看来，在乡下长大的狗娃以后并不一定就比在城里长大的孙儿和孙女差。

"爷爷，二伯托人从城里捎回话，说叫我爸去城里一趟，奶奶叫你回去说说这事。"狗娃是班上的班长兼学习委员，学习成绩好不说，说话办事都很利索，这一点杨节胜打心眼里特别高兴。

杨节胜急匆匆赶回家里，从城里捎话来的人还没走。这人杨节胜认得，是镇上一家建筑公司的包工头，因人长得精瘦，再加上一双眼睛长得特别，说话做事又太精算，所以人送绰号瘦猴。瘦猴这绰号叫得久了，大家反而把他名字给忘记了，很少有人叫。这几年承包工程，在镇上算得上是个有钱的主，混着混着就混成了个有点脸面的人。

"有事？"杨节胜本来看瘦猴这号人就不顺眼，见瘦猴一看到他就赔着一张笑脸，心里就越加不舒服。

"老支书，您老真是个大好人，光荣退休了也捞不着闲，还整天为村里的事奔波劳神，真叫我们这些小辈深感惭愧。听说您老为了给学校添桌椅，把寿木都卖了，这实在是太叫人感动了！我瘦猴这几年托政策的福，有了几个钱，咱也想为周家村做点贡献，以后还要向老支书多学习。"瘦猴知道杨节胜对自己印象不好，但他还是抖擞精神猛夸杨节胜，这对他来说也是本事，也成了习惯。

"你是生意上的人，周家村从来不指望从生意人手里要一个子儿。你有什么事就说，也用不着拐弯抹角的。"杨节胜不耐烦瘦猴的花言巧语，开口就是火药味。

"大伯，您老这是笑话晚辈了。是这么回事，城里东明哥，哦，不，是周局长，叫我给您老捎句话，说局里最近有个工程，想叫我给当个帮手。这事，是局长亲自吩咐的，我哪里敢大意，上午在城里听的话，饭都没敢吃，就急着赶回来，想找老伯您讨个主意。"瘦猴生来会说话，几句话这么左右逢源一说，倒让杨节胜没了话说，火气也发不出来了。

"不是周家村的事，跟我讨什么主意？我管不着！你们这些人，整天就知道承包承包，只认钱是自己大爷，别的什么都不认。承包工程，绝不能玩假，要是你玩了假，偷工减料，以后是要出大事的，什么时候都得摸着良心做事。"

杨节胜当然知道瘦猴这几年一直跟着周东明跟得比较紧，特别是周东明当了交通局局长后，从周东明那里包了好几项工程，杨节胜担心瘦猴要滑头，赚昧良心的钱，坏了工程质量，便不管轻重敲打上几句。

"您老放心，您是看着我长大的，我能讨口饭吃，全仗着有您老关照，全靠着周局长的帮忙，我怎么敢做违心的事，做人做事全靠良心，你们全家有恩于我，我不能对不起您老、对不起周局长呀。"瘦猴一脸真诚。

"富国兄弟这几年一直在村里琢磨那几亩地，也真够他辛苦的，这年头，光靠那几亩薄地，能挣什么钱，辛辛苦苦从春忙到冬，到头来最多混个肚子饱。这年头农活是没法做了，什么都涨价，就是粮食不涨价，苦的就只有农民，也该让他出去挣点钱。老伯，您老放心，我瘦猴打死也不敢打你们老杨家的主意，要是这工程接了，我只管替富国兄弟跑腿当差，我就是个跑腿的。"瘦猴见杨节胜没再吭声，心里没底，又拍了拍胸，在杨节胜面前表着决心。

"什么工程？"杨节胜边倒水边问瘦猴。

"修路，现在全国都在搞村村通工程，周局长特别关心四牌镇，这次一次就计划拨 180 万，要把整个四牌镇所有镇到村里的路都拓宽，还要硬化呢！"瘦猴边说边喷嘴，看那神态真是对周局长佩服得五体投地。

"修路？看来还不是一个小工程，那可得找个有心人当工头，免得花冤枉钱。现在到处都抢着盖房子，不是建办公楼就是修宾馆，一个比一个气派，就是没有人拿钱来修路！当年国家那样穷，还没忘记拿出钱来修公路建铁路，你看看当年修了多少路啊，就周家村这条上山公路，也是那个时候修成的，这些年是真的欠债太多了。这下总算盼着有人想起这修路的事了，这事做得好！"杨节胜一听是修路，人一下子来了精神，便答应让自己一直在家务农、连镇上都很少去的三儿子富国跟在瘦猴后面干。

杨节胜嘴里说的跟着，实际上倒不如说是把儿了派去当工程监工。杨节胜家这老三，人很老实很本分，一整天可以不说一句话，只知道埋头干活。这时候要是把他派到工地上监督着瘦猴，是最合适不过的，杨节胜对儿子富国绝对放心。

"那就好，你老今晚就给富国兄弟说，明一早，我找他一起进城，听周局长的吩咐。"瘦猴一听杨节胜松了口，心里不禁一阵高兴。

"我跟你们一块去，这事我得操点心。"杨节胜觉得修路这样的工程自己最应该出面，他觉得儿子富国老实是老实，但就是太本分了，也没见过什么世面，弄不好就被瘦猴这样精明的人糊弄了，左思右想他觉得这时候还是自己亲自出马才妥当。

　　"您老就别劳神了，要是有什么拿不准的事，我们一定讨教老伯您。"瘦猴听杨节胜自己要去，刚才的高兴劲一下子就没了，急忙劝说。

　　杨节胜没有接瘦猴的话茬，只是定定地望了瘦猴一眼。杨节胜明白瘦猴心里打的小九九。瘦猴平生最怵的就是他杨节胜，虽说瘦猴精于心计，但再精明也骗不过杨节胜的眼睛。

　　"那好吧，老伯，明早咱仨一起去，我叫辆车来接您。"瘦猴被杨节胜盯得心里发毛，只好赶紧赔着笑脸应了下来。

　　第二天天刚泛白，杨节胜就起了床。昨晚，杨节胜一夜也没睡实沉，翻来覆去的就是睡不着，满脑子都是明天去城里跟二儿子讲修路的事。对二儿子周东明，杨节胜这次从心底还是顺气的，在这之前也不知道从什么时候开始心里有了点疙瘩，对周东明有了看法。

　　杨节胜的二儿子不姓杨，跟铁牛姓周。

　　没让儿子跟自己姓杨，是杨节胜一个人作的主，老伴都没同意，但杨节胜一个人作了主，只要是他作了主的，谁也挡不住他，谁也改变不了。

　　当年冬天修路，铁牛严格遵守杨节胜立下的那条规矩而憋成了病，没有了做父亲的本事。杨节胜心里一直感到很愧疚，总觉得对不住铁牛。二儿子一出世，就执意要过继给铁牛。铁牛心里倒是也想这样的好事，但又不好意思要支书的儿子给自己当儿子，说什么也不同意。最后没办法，俩人都折了中，杨节胜的二小子跟着铁牛姓周，认铁牛做大大，仍在杨家过日子，每年除夕要在铁牛家堂屋里陪铁牛守年夜，大年初一也要在铁牛家过。最重要的是铁牛夫妻俩百年之后，由周东明披麻戴孝，给二老养老送终。周东明小时候，由大人安排着严格按照约定的规矩行事，等周东明长大后，便不再愿意认这个账，陪着守年夜、大年初一磕头拜年这样的规矩也就渐渐地模糊淡化了，只要是杨节胜不逼得那么紧，大家也就不计较这些了，只是名字跟铁牛姓了周，那是不好随便改来改去的。

周东明从打小读书开始，在全校总是拿第一，加上人又长得机灵，特别讨人喜爱，周家村的老人都说这孩子长大了肯定有出息，都夸杨节胜有福气，养了一个好儿子，杨节胜听了这些，尽管心里高兴，嘴上却从来不说什么。

周东明高中毕业那年，本来成绩特别好，考上大学是不成问题的事，没想到却稀里糊涂地落了榜。按照常理复读一年，来年考上大学是不成问题的。周东明本也做好了复读的准备，可正巧就在那年暑假，县委郑书记来周家村蹲点，杨节胜与郑书记是老熟人，落榜在家的周东明时不时就跟郑书记碰到面，还给郑书记抄写了几篇学习笔记。郑书记看上了周东明的聪明机灵，再加上写得一手漂亮的钢笔字，更得郑书记喜欢，蹲点结束时坚持要把周东明带到县委给自己当通信员。周东明开始还不怎么愿意，一心只想着来年考大学，经不住大家的劝，才勉强答应跟郑书记到了县委上班，一年后就转了干。当同学们还在大学读书的时候，他已是县委正儿八经的干部了，跟着郑书记干了整整 5 年，才 25 岁不到就被安排到乡镇代职锻炼，回到老家四牌镇挂职副镇长。就在乡下挂职锻炼期间，郑书记还把刚从省城大学毕业的女儿嫁给了周东明。

杨节胜从心里来说还是比较满意儿子的做事风格。周东明从县上下到四牌镇挂职当副镇长，本来挂职只是一种锻炼，锻炼上两年就杀回县上，有了经历自然就有了位置，何况是周东明这样的特殊角色。没想到周东明没按这个套路走，而是挂职结束后留在了四牌镇，一年后当上了镇长。

周东明到四牌镇挂职到任职，杨节胜那时在周家村是支部书记和村长一肩挑，毛头小伙的周东明成了老革命父亲的顶头上司。周东明向来就很有个性，工作上很少给父亲面子，不说额外照顾，反而常常专挑周家村的毛病，倘若有什么事在下面一时推不下去，就先拿周家村开刀，先在周家村开始硬推。那年杨节胜在村里选举中十分意外差点落选，据说就是周东明从中做了许多工作，甚至放出话来，就是要把自己父亲从支书的位置上换下来，坚持要推举一个年轻人当支书。要不是杨节胜在村民中有着无法动摇的威望，全村老老少少都打心底敬重他杨节胜，说不准真的就给选掉了呢！对于这些，杨节胜当然比谁心里都清楚，但他并不怪罪儿子，反而从心底认可儿子这样做。党员领导干部没这点样子，那还算什么党员领导干部？杨节胜喜欢有这样格局的人，当然包括他的儿子。

　　周东明在四牌镇干了 6 年，正副镇长各 3 年。这 6 年，周东明是玩着命地干，把四牌镇这个落后乡镇带到了全县数一数二富裕镇。县委几次都准备把他作为后备优秀年轻干部推荐到市委工作，但郑书记坚持要他在基层多待几年。后来整整干满了 6 年，组织上本准备直接提他任副县长，但郑书记坚决不同意，说自己还在台上，提个女婿当副县长不合适，最后平调到了县交通局当了局长，还是正科级。

　　对于这些仕途上的变迁，不管是春风得意的时候，还是外人都觉得受委屈的时候，周东明从来都没有在公开场合有过任何评价。就是许多人为他叫屈鸣不平，鼓动他找找人说说话的时候，他也从不多说一句话，不找不跑更不送，反正是把活干得没得说，年年都是先进，但年年就是提不了。周东明自己对提不提升从没什么态度，谁也不清楚他究竟是个什么想法。

　　就是杨节胜也没完全理解儿子周东明的心思。自从儿子当了局长，到县城上任之后，杨节胜对自己儿子的看法渐渐有了变化。最让杨节胜不高兴的是儿子每次回家看他，都是局里的小车接送。杨节胜当面也说过几次，说回家是私事，怎能坐公家的车？周东明每次都只是装着没听见不作回答。有一次杨节胜又提起这坐车的事，周东明看身边没别人，就对父亲杨节胜说："其实我也不是非要坐公家车回来，也不是我一个人想坐就坐想不坐就不坐的，大家都坐，我要是偏偏不坐，跟大家拧着不合这个群，也没法在一起共事啊！"这番话说得实诚，也不知道杨节胜听没听明白。从那以后，杨节胜再也没在儿子面前提坐车子这个事了。

再就是抽烟，以前儿子在镇上当镇长，每次回家还陪着杨节胜抽抽旱烟。回到城里当上了局长，刚开始还没多大变化，没外人的时候还会抽一口杨节胜的旱烟袋，但在场面上抽的都是杨节胜别说抽就是见也很少见的高档牌香烟。以前回来，还能在家吃顿饭，后来连家里的水也难得喝一口。杨节胜对儿子的这些变化虽说很是看不惯，但对曾当过自己顶头上司，现在已是局长的儿子也只能是私下提醒几句。在杨节胜看来，儿子在县里任职是见过世面的，总不会不明事理吧！他从心底认可儿子。

可是渐渐的，杨节胜对周东明开始不那么放心了，总担心儿子会走上岔路。这次听说周东明拨了一大笔钱为四牌镇修村村通公路，担心工程让瘦猴这样的人承包会出问题，就想着去跟儿子周东明当面说说，提醒他得小心别出什么岔子。这事自己亲自出面干预也不合情更不合理，左思右想还是觉得事先跟周东明打个预防针，提醒他一定要防着瘦猴这样子的人。倘若出了问题那就晚了，他这面子往哪搁？面子对他来说比什么都重要，他杨节胜怎么能丢得起这个脸！

杨富国跟往常一样也早早起了床。正准备下地干活，杨节胜叫住了他。

"三子，今天就别去地里了，跟我一块进城，找你二哥有点事。"杨节胜边装着烟袋边说。

"怎么啦？半天也不吭声？"杨节胜见儿子照旧闷头整理着农具，没应他的话，有些耐不住，忍不住又补了句。杨富国虽说生来话就不多，但对老父亲的话还是从来都认真听的，是不敢有不应声的。

"要去你自己去吧，我不想去，那不是人去的地方！"又等了会，杨富国才瓮声瓮气地说。

"城里怎么不是人去的地方？你大哥、二哥不都住在城里，还有瑶瑶，哪点不如你！"杨节胜一听儿子这没头没脑的话，有些纳闷，但杨节胜没想那么多，顺口就刺了一句。

"还提她干什么，还嫌丢人没丢到家呀！"杨富国一听老爹提妹妹杨瑶，压在心底的火腾的一下就上来了，气就不打一处来，粗声粗气地回了句无厘头的话，这对杨富国这样脾气的人是少有的。

"哎，我说三子，你妹妹在城里读书读得好好的，怎么丢人了？"杨节胜一听儿子这样说女儿，一下子蒙了。往常，儿子杨富国最疼的就是小自己 10 多岁的小妹妹，一直把妹妹看作是自己的骄傲，总是想方设法地省点钱寄给在省城上大学的妹妹。在三个哥哥中间，就数他杨富国条件差，但他对妹妹的关心和资助却是三个人中最多的。

"你倒是说话呀，你不知东西的那么一句，说的是什么屁话！"杨节胜见三儿子又闷在那里不说话，真的急了。

"村里都传开了锅，也就剩你和妈蒙在鼓里了，传的那些话，真是难听死了，我是说不出口！"杨富国越说越气，差点没气得哭出声来。

"什么事？瑶瑶做错了什么事，能让村里人这样费舌头？"杨节胜一听儿子的话，更纳闷了，急得扬了扬手，想打人。

"跟了洋鬼子了！丢了咱杨家祖宗八辈子的脸！"杨富国气得声音都变了。

"什么？你说什么？三子，你胡说什么？你难道是疯了不成？"没等杨节胜反应过来，老伴的声音从屋里传了出来。

"疯了！疯了！真是疯了！看我不打死你这畜生！你怎敢这么胡说八

道？"等杨节胜反应过来，紧接着就猛地抬起手，狠狠地朝杨富国打来，他认为这一定是儿子疯了，一定是儿子在胡说八道。

"你打吧，你打吧！打死了图个清静。你整天就知道教训这个，教训那个的，你为什么不去管管杨瑶，有气上城里去抽她几巴掌，比这解气！"杨富国也不躲，定定地站在那里等着父亲的巴掌。

叭！杨节胜重重一巴掌打在了儿子的脸上。

这一巴掌下去，倒是把杨节胜给打晕了，一下子愣在了那里，好一阵子才缓过神来。这时候杨节胜发觉手有些麻，才知道刚才那一巴掌打得实在是太重了。

"臭小子，你说，这到底怎么回事？"杨节胜虽说有些后悔刚才那重重的一巴掌，但他面子上是不会流露出半点的悔意，依旧气冲冲地紧跟着问。

杨富国也是一个倔脾气，任凭杨节胜怎样怒气冲天，他也没有露出半点服软的样子。

"三子，你倒是说呀，你妹妹怎么了？"站在一旁的母亲真是急了。

"我没这个妹妹，村里人都说她跟一个美国鬼子好上了！"杨富国见不得母亲生气着急，于是就气呼呼地回了一句。

"怎么回事？你倒是快说呀！"母亲一听这话更是蒙了，等缓过神来赶紧催着问。

"说什么呀？还不是听钟虎从城里回来说的，钟虎说他在省城亲眼看见杨瑶和一个美国鬼子坐在一起吃饭，亲热得很！别的话，我也说不出口了。"杨富国本不愿提这些他认为最丢脸的事，见父亲和母亲都追着问，一想不说也不行，只得愤愤地一口气说了。这恐怕是他长这么大第一次一下子连着说这么多话。

"那钟家的二子，他怎么知道？"母亲等不及了，紧接着问。

"说是他到城里一时找不到工作，没了钱吃饭，找到杨瑶想借点钱。

杨瑶还请人家吃了顿饭，还叫上那洋鬼子陪着，说是杨瑶亲口对钟虎说那个美国鬼子是她朋友，吓得钟虎连饭也没敢吃，钱也没顾上借，就跑了。"

"真有这事！"杨节胜气得浑身直发抖。

正在杨节胜为女儿的事大为光火的时候，瘦猴那辆半新不旧的北京吉普已停在了杨节胜家门前的道上。

"老伯，我还说我今天起得早，没想到您老起得比我还早，没让您老久等吧！"因为隔得远，瘦猴没看清杨节胜满脸的怒气，一下车，就冲着杨节胜这边说道。

"快点，快点，进城！"杨节胜一见瘦猴把车开来了，便急不可待地冲过去，巴不得一步就赶到省城，找到那个美国狗崽子，好好地教训教训这个狗胆包天、胆敢打自己宝贝女儿主意的外国鬼子。

那辆吉普车是去年冬天瘦猴花钱托人从县交管所扣留的车辆中弄出来的。据说这车至少也值个三五万，可瘦猴私下送了礼，只花不到一半的钱就把车开了回来。平时，别说坐车了，就是有人提起这辆不明不白的车，杨节胜的气就往上涌，就是看也不想多看一眼，但这次杨节胜忍住了，他要亲自坐上这辆不干净的车上城里。

近些日子来，又有人私下传这车是瘦猴走交通局周局长的后门才这么便宜弄出来的。因为只是私下传，杨节胜听了也不好明着发脾气，只是窝着一肚子火。

瘦猴心里清楚，杨节胜对他这辆车有很大的不满，只是没机会训他罢了，要是被杨节胜逮着了机会，准骂他个狗血喷头！昨晚，就为车的事犯了一夜的愁，开这车进城吧，要是杨节胜一生气，坚决不坐，再劈头盖脸训上一通，那岂不坏了承包的事。换别的车吧，可在这乡下，临时上哪找车？不用车吧，昨天把话已经说出去了。想来想去实在是没有别的办法，只好硬着头皮把自己这辆吉普车开来了。

瘦猴做好了挨骂的准备，为了赚钱，也只好厚着脸皮再当回孙子。可瘦猴万万没想到的是，杨节胜今天这么好说话，不但没训他一句，还一个劲地催着他开车。

　　"老伯，你真是好心眼，听说是修公路的事，不但亲自出马，而且还这么上劲，这种精神，这种风格，真叫我们这些晚辈佩服！"瘦猴还是老样子，一见面就说上几句好听的话，什么时候都不会忘了拍拍马屁，讨个好。

　　瘦猴急忙跑过来，学着为首长开车门的那个架势为杨节胜打开车门，用手护着杨节胜的头。这架势是瘦猴从电视上学来的，前几次为交通局周局长开门时用上了，自我感觉不错，效果也不错。周东明看瘦猴办事挺有眼色，很是满意，还夸了他几句，美得瘦猴心里直乐。瘦猴从心底也想享受一下这种受人礼待的感觉，只可惜手下几个拍马屁的老是拍不到这个节骨眼，气得瘦猴心里直骂手下这一帮人是"蠢驴"，连拍马屁也拍不到点子上。

　　"怎么富国兄弟没上车？"瘦猴关好车门，坐上车，发现杨富国没跟过来，就问杨节胜。

　　"不让他去了，就我一个人，快开车！"杨节胜连看也没正眼看瘦猴一眼，冷冷地说了这么一句。

第五章

　　杨节胜和瘦猴赶到县城时，城里人才刚刚吃过早饭，正赶着上班的高峰。本来就不宽的街道两边摆满了卖早点的小商小贩。吆喝声、汽车刺耳的喇叭声，加上自行车的铃声交织在一起，寂静了一夜的街道又变得异常杂乱喧闹。瘦猴的那辆吉普车，像蜗牛一样从车流人流中找着空隙，慢慢地向前挪动着。

　　瘦猴开车是个二把刀，没正儿八经地学过，车技自然好不到哪里，加上又没有驾驶证，遇到这阵势，心里一阵发慌，坐在车上的杨节胜又一个劲地催他快点，把瘦猴急得满头大汗。

　　瘦猴在乡下仗着有几个钱，也算个有头有脸的人，一般大家都能让着他，他自我感觉也相当不错，总是把自己与那些只知道种地的农民区别开来，觉得高人一等。但一到县城，这种心理优势就彻底消失了，一下子感到自己忽的矮了许多，把自己与城里人区别开来，做起事来也就缩手缩脚，没有平时在乡下那样神气活现、应付自如。

　　别看瘦猴嘴上不停地讨好杨节胜，但心里早已憋了一肚子气。心想你杨节胜一辈子就会摆个当官的架子，一大早就开车送你，一路上想方设法找着话茬想跟你说句话，你老大人爱搭不理，屁都不多放一个，只知道催快点，这不是催命吗？他寻思着要不看在周局长的面上，就你这乡下老头，我理你个球。瘦猴虽说心里愤愤不平，暗暗地骂着，脸上却一直没露出一丝的不快，不停地跟杨节胜搭着话，一直赔着笑脸。

"停车，把车给我开到一边去！"正准备过十字路口时，值勤的警察就指着瘦猴的吉普车，厉声喝道。

"怎么停车了？快走！"坐在车里的杨节胜一时没弄明白怎么回事，见瘦猴把车开到一边并停了下来，有些耐不住了，十分不快地说道。

"大伯，今天可是遇到事了。你老睁眼看看，前面站着是什么人？警察！是穿制服的，这下完了，这下肯定没戏了！"瘦猴带着哭腔无可奈何地说道。

虽说瘦猴仗着同交通局局长有份交情，在乡下没有驾驶证就敢大大方方地开车满街地转。镇上唯一一个在路上管事的，还只是一个辅警，不光是他瘦猴没把他放在眼里，镇上人也没几个真的把他当回事。

但城里不同乡下，这警察不但是真警察，还各管一片，谁也不认识谁，遇到这种无证上路的车，轻则罚款，重则扣车。再说瘦猴心里也清楚，交通局局长绝不会为这点小事出面为自己说情，在周局长眼里他瘦猴算得上什么，顶多是个可有可无的无名小卒，甚至连小卒都不是！这一点瘦猴有自知之明，心里是最清楚不过的。何况，当初托人找周局长搞这车的时候，周局长就专门说了，车子买了就买了，以后的事就管不着了，也不管了。瘦猴心里自然明白，出了事绝对不能扯上他这个局长。

"证件！"走过来的警察正眼都没瞧瘦猴一眼，冲着瘦猴喊到。

"警察大哥，这车是才买的，证还没来得及办下来，您就抬抬贵手，放我这一次吧！"瘦猴赔着笑脸，声音怯怯的。

"少废话！无证驾驶还违章，这车扣了。"警察有些不耐烦，连头也懒得抬，凶巴巴地几乎是吼了起来。

"大哥，高抬贵手。有点特殊情况，这是你们交通局周局长的老父亲。我是专程送他去找周局长的！"瘦猴故意把周局长三个字说得响响的，声调不自觉地就提高了八度，口气也明显比刚才硬气了许多。

"少来这一套，你开辆破车还想拿局长压人？不管是谁的车，违了章，照扣不误，管他是周局长还是李局长，这里就我说了算！都给我下来！"警察一听一个乡下人居然搬出了交通局局长来压他，火气更大了，一把拉开车门，厉声喊道。

瘦猴在乡下也算是个见过世面的人，平时在乡下也是吆五喝六，牛气得很。但他哪里见过这场面，警察发火训他，吓得腿早就软了，乖乖地下了车。杨节胜急着要上省城找女儿，本不想为这事费神，一看车被扣了，有些急了，就拉开车门，朝那年轻警察点了点头，算是打了声招呼。

"我说警察兄弟，我们的确有急事，能不能先让我们走，等办完事再来找你，那时你按章办事，该咋办就咋办！"杨节胜的声音不高不低，看似在和人家商量，但语气中却透着令人不容置疑的感觉。杨节胜虽说很少到城里，算不上见过什么大世面，但不像瘦猴那样没出息，面对这突如其来的他从来也没见过的架势，依旧保持着他那份做人应有的刚性，这是瘦猴所没有的。

"放了你们？真是天大的笑话！把你们放走了，我到哪找你们。想耍花招，没门！快点给我下来。"警察以为杨节胜戏弄他，火气更大了。

"我说你这小后生说话，火气怎么这么大？小小年纪，脾气可不小！"杨节胜见那警察不但听不进他的话，态度还这样横，实在是叫人受不了，有些火了。但为了不误赶路，还是把火压住了，耐着性子说。

"少啰唆，关你什么事，犯了事就得受罚，不服气？找头儿去！"警察根本没把这个乡下老头放在眼里。

"你一个警察怎么张口就骂人，我不找你们头儿，你们头儿的官可能还小了点。要找我就得找刘春旺来见我。"杨节胜一听有人竟敢骂他是孙子。本来为女儿杨瑶的事就窝了一肚子火，被这么一激，火腾的就蹿上来了。真想上去抽那警察几巴掌，但他今天忍住了。他只想早点找到女儿，弄清楚那些足可以叫他羞愧自杀的传言是否属实。

杨节胜自己也没有想到怎么这个时候会提到县委刘书记。虽说跟刘书记是老同事、老交情，但自从刘书记到了城里当了官，他几乎没找过他什么事，只有那年为村里修引水渠的事。为了让村里人吃上水，杨节胜下了很大决心，到城里找过刘书记一次。这真是万不得已，为了全村人的吃水问题，他不得不出面。

那是唯一的一次。

那一次还让杨节胜生了大气。刘书记虽然对这位老朋友还很客气，但却没为杨节胜讨"公道"。最让他不平的是刘书记竟然在他这个老支书面前打起了官腔，说什么他一个县委书记不好出面管这么具体的事。当时杨节胜一听这话就火了，心想你一个父母官，不管这事管什么事？能让几十万国家的钱白白地费了？你水利局当初能拿得起这几十万翻山越岭修引水渠，为什么拿不起这收尾的几个钱？特别是后来村上传出一种说法，更叫杨节胜气不打一处来。有人说水利局之所以当初舍得一下子拿出几十万帮周家村修水库引水进村，是上面帮贫扶困的摊派，是不得不完成的硬性任务，不得已而为之。后来工程还没结束，检查验收组就下来了，电视台也来了，对水利局的扶贫工作给予了充分肯定，在电视上播了专题，把水利局的头头大肆地表扬了一番，没想到这一表扬不要紧，反倒出了问题，水利局不但没有因为受到鼓励而加把劲，反而把工程队给撤了，眼看快结束的工程下了马，留下个小尾巴，村民们盼了几十年的愿望又一次落了空，吃水依旧要翻好几公里的山路肩挑手提。

这是私下传的。对这种说法，杨节胜虽说不信，但这种对国家财产不负责任的态度让他十分不满，一气之下，就到城里，直接找到刘书记。依杨节胜的性格，这事一定得问个清楚，那几十万是谁的？还不是老百姓的血汗钱！怎么也不能说打水漂就打水漂，不管不问啊！

刘书记没理这事。杨节胜又找到水利局。局长知道杨节胜跟刘书记有过来往，所以还算客气，耐着性子跟他解释。孙局长说水利局当初是真心诚意想为周家村办点实事，那几十万对我们这样一个小县、穷县的水利局来说，可不是个小数目，也是咬着牙挤出来的，绝不是仅仅为了得什么表扬，更不会得到表扬就放手不管。停工的责任不在水利局而在周家村，周家村的人实在是太不像话了，简直就是扶不起来的阿斗，别人掏钱给你修引水渠，村里不但一毛不拔，就是出些人力还要工钱，水利局就是看不惯这个才停的工。

据说杨节胜那天听水利局局长这么一说，一辈子也没有红过的脸一下子红到了脖子根，没再多说一句话，转身就走了。回到村里，先把郑佳仁骂得狗血喷头，然后挨家挨户地动员村民为修水渠凑钱，好不容易凑足了三万元，然后亲自带头，硬是把水利局留下的尾巴给割了，把引水工程修成，把水引到了家家户户。

这事虽说最后结局不错，但杨节胜对刘书记的成见又加深了许多，心里也窝了一肚子火。今天在县城被一个小警察没头没脑地训了一顿，气就不打一处来，一开口便要找刘书记。

这时，已围上了好多人，大家都在看热闹。一听这个乡下老头竟然张口就叫县委书记来见他，免不了有些叽叽喳喳。有人说这杨节胜八成是疯了，也有人戏说这说不准是新上任的大官微服私访。

"你也不看看你这身打扮，就你这样，还想见县委书记？说不定见了我们周局长，你这老头的腿就软了，要尿裤子呢！"警察一听杨节胜竟然张口就叫县委书记来见他，禁不住冷笑了几声，满脸的鄙夷和不屑。

"你这王八孙子，我是你祖宗！你们要是敢扣这车，你这孙子就有种。"杨节胜一听警察竟然搬出自己当局长的儿子吓唬自己，再也忍不住了，扬起手照着警察的脸就是一巴掌。

就在那交警还没反应过来的时候，围观的人群中突然让出一条道，一辆小轿车"嘎"的一声停在了那辆吉普车面前。

"吵什么呢，不知道今天省上要来人吗？"车还没停稳，车门就打开了。从半掩的车门里伸出一张围观的人或许不太熟悉，但对正在吵架的交警和杨节胜来说都再也熟悉不过的脸。

这张脸，对于交警来说，需要仰视，是要察言观色毕恭毕敬面对的。而对于杨节胜，惹急了是可以抽上几巴掌而无需考虑后果的。这就应了那句话，不是冤家不聚头，说话的不是别人，正巧是杨节胜的二儿子，县交通局局长周东明。就在三个人都愣在一块的时候，一直站在一旁的瘦猴一下子清醒过来，紧跟几步到了周局长的小车前，一张原本十分沮丧的脸立刻换上了另一张让人看了总有那么点不舒服的笑脸。

"局长，这车一不小心犯了点事，那老人家有点急事，您就担待点，说一声，放了！"瘦猴的脑子转得比谁都快，这么短的时间，他早就为周局长找好了台阶。

"老伯，别让局长为难，消消气，我们赶路要紧，别吵了，千万别再吵！"跟周局长一说完，瘦猴就赶紧跑过来，跟杨节胜一边说，一边递眼色。周东明是何等机敏的角色，在官场上闯了十几年，什么世面没见过。刚才那一瞬间的惊诧很快就恢复了平静，其实并不需要瘦猴的台阶，他也能从容地收拾这猝不及防的险局。但此时他还是责怪自己不该这么匆匆地打开车门，如此轻率地在大庭广众之下亮相，更不应该轻易地发声训话。看到瘦猴在为自己打圆场，虽说心里对这瘦猴竟敢开这辆车拉上自己老爹来自己眼皮底下惹是生非，十分恼火，但事到如今，也只好忍声吞气，想着怎么赶快把这车放走，免得引火烧身。

"你叫什么名字？"周局长冲着那警察问道，声音不高不低，听不出任何异常的语气。

"局长，我是城中支队的吴可元，这车没有牌照，还违章超车，又不听招呼。"警察一听局长问他，有些怯怯地答道。

"今天省上有人来检查，搞得这么乱哄哄的，像什么话。这车先放了，不要再扯了，人越聚越多，多不好看！"周局长依然是那种声调，让人听不出任何味道。说完这些话，周东明就坐上车，没多说一句话就离开了这喧闹之地。

这是周东明的性格，不论自己的官做到什么位置，什么场合说什么话，该说多少，说到什么地方就打住，对这点，他一直都把握得特别好，从没有多说一句没用的废话。县委刘书记特别欣赏周东明这种性格，不止一次在大众场合下说周东明有一种能够委以重任的大将风范。

"今天算你走运，否则不轻饶你，快把车开到一个冷清的角落里，别让我再看见你。走！"周局长的车一走，吴可元的腰就直了起来，又打起了官腔，有些不屑地对杨节胜说，但那其中明显有了一些无奈和不平。

杨节胜还想再说什么，瘦猴早就坐上车，嘴里还嘀咕着："老伯，别跟他一般见识，哪天叫周局长好好教训教训他。"

在一群人的包围中，杨节胜坐的那辆没有牌照的吉普车堂而皇之地开了出来，上了主干道。一场风波戛然而止，只剩下一群看热闹的人还在那里叽叽喳喳地说着什么，似乎意犹未尽。

瘦猴没敢再在城里多停留，一直把车开到了城西头一个已经停了工的工地的僻静处停了下来。这工地本来也是瘦猴经手承包的。工程没搞一半，钱就花完了，没钱买材料，也没钱付工人的工钱，工程做到没一半就停了下来。

奇怪的是这半截子工程就这么搁了大半年，居然没有人追问也没人管。工程虽搁在那里任风吹雨淋，但瘦猴钱却没少赚。据知内情的人说，这中间的道道虽说不多，但谁也不去揭开。损失的也不是哪一个人的，而是国家的。国家有多大，花国家的钱谁也不心疼，糟蹋多少也无所谓。有人戏称国家的钱不是钱，是手中玩的花纸，钱那玩意只有装到自己的口袋里才是钱，才是个有用的好东西。

"老伯，咱们只能把车先停在这里，等找到东明哥再说吧。"瘦猴把车停好，下了车，见杨节胜还稳当当地坐在车上，没有下来的意思，便走过来，拉开车门，赔着笑脸对杨节胜说。

"我要上省城，怎么到了县上就不走了？"杨节胜见瘦猴要他下车，有些生气地说。

"唉，我说老伯，你别寒碜我瘦猴了，这破车连小县城都走不过，怎么敢上大省城？再说，我们今天是到县城找周局长谈工程的，到省城干什么？"

"谈什么工程？那事以后再说，今天我得上省城。"杨节胜的口气不容置疑。

瘦猴一听杨节胜今天不是来谈工程的，一下子愣住了。半天没反应过来。

"你不去，我自个儿去！"杨节胜见瘦猴愣在那里半天没出声，又激上这么一句。

"要去，也要先跟周局长说说，听他怎么说。"瘦猴心想，难怪这老头子今天这么急，原来是为上省城，在心里骂了几句，但嘴上还是很客气。

"我到哪里去，难道还要去跟儿子请示报告不成？工程的事拖一天没什么大不了的，先到省城要紧。"杨节胜一听瘦猴竟当着他的面搬出自己当局长的儿子来压他，气更大了。

"老伯，说句心里话，我瘦猴挣几个钱全靠周局长的关照，周局长像老伯您一样是个热心人，看在乡里乡亲的情分上，帮了我不少忙，别人的话我可能不会听，但我不能不听周局长的话呀！"瘦猴的话说得格外坦诚，话里也有硬气。

"乡里乡亲的？那么多乡亲，为什么偏偏看重你瘦猴？村上人说你的事，我还没来得及问你呢！做人做事还是老实本分一点好！"杨节胜的语气中露出一份不屑和恼怒。

"好，好，我说错了，向老伯您赔个不是。上省城那么远，没有车可不行，我这车实在是上不了省城，怎么办？能不能跟东明哥说一声，让他给找个便车？"瘦猴一听杨节胜的口气不太对，连忙赔不是，刚才话里的那点硬气也没了。

"那就找他这个方便吧。"杨节胜一想也是，这时候没有了班车，要是不求儿子给弄辆车，恐怕今天是上不了省城了。

瘦猴领着杨节胜赶到周局长家时，正巧赶上周东明的爱人郑萍准备关门上街。瘦猴老远就瞅上了，忙喊："嫂子，别忙关门，我们来了，嘿，嘿！"瘦猴是周局长家的常客，跟郑萍也很熟。对杨节胜来说，反而显得陌生得多。虽说这是儿子家，但只来过一次，那次还是为看眼病。吃了顿中饭，就回去了。

"是瘦猴啊。"因为隔得远，郑萍没看清瘦猴身后的那老头子是她公爹。

"嫂子，小明的爷爷也来了。"瘦猴知道杨节胜对这个从小在城里长大的"儿媳妇"有些成见，忙提醒郑萍跟杨节胜打招呼。

杨节胜向来对城里的姑娘，特别是当官家的"金枝玉叶"看不顺眼。

儿媳妇郑萍虽然从小长在城里，又是前任郑书记的宝贝女儿，但身上却没有娇小姐那种吃五喝六的骄横脾气，对人一向很随和，尤其是对丈夫周东明老家的乡亲，更是热情有加，生怕冷落了别人。对公婆也算是孝顺的，过年过节，都忘不了托人捎点东西。按理说，现在的儿媳妇能做到这一点已经很不错了，更何况是人家还是县委书记家的千金。但杨节胜就是那脾气，怎么看就是看不顺眼。虽说每年瓜果熟了，杨节胜也托人捎些到城里给孙女尝尝鲜，但从没有亲自上城里送过，老伴几次想趁机上城里一趟，也被杨节胜拦了。瘦猴精得很，知道这里面的一些节节道道，见郑萍没看见杨节胜，只跟自己打招呼，便急忙让出身子，跟郑萍打招呼提着醒。

"哦，小明爷爷在后面啊，没看见呢！"郑萍很少喊杨节胜叫爸，刚开始的时候跟大伙儿叫支书，女儿小明出世后，就跟着女儿喊爷爷。

"嫂子，局长没在家吧，大伯要上省城，现在也没车了，咋办好？"瘦猴想把事情尽快推到杨节胜儿媳妇郑萍那里，瘦猴心里想，好歹你们也是一家人呢！

"上省城干什么？还这么急。"郑萍不紧不慢地问了句。

"我也不知道，我也是到了县城才知道老伯要上省城，我原以为老伯是要来你这儿的，就开车来了，没想到半路上叫警察给查了，不敢再上路了。"瘦猴没跟郑萍提承包工程的事，只是含含糊糊地把今天的事说了个大概。

"先别说上省城的事，快进屋坐，我上街买点菜，一会儿就回来。"郑萍也没搞清楚究竟是怎么一回事，只好先招呼着瘦猴和杨节胜进了屋。

"嫂子，你就别忙乎了，家里还会没有几个菜，坐下说说话吧。"瘦猴的口气就像是真的到了亲兄弟的家，说话也不分你我。

"那也好，中午就简单一点，晚上再张罗吧。哦，对了，不知小明爷爷上省城到底是为了啥事？"郑萍边泡着茶，边问杨节胜为什么进城。

"你们难道不清楚？快找二子回来，这事，他也有责任。"杨节胜本不想在瘦猴面前提这自己脸上挂不住的事，见儿媳妇一再问，只好含含糊糊地说这事跟二儿子有关系。

郑萍听杨节胜这么一说，更糊涂了，有些莫名其妙。心想，能有什么事能把杨节胜气成这样？怎么自己丈夫周东明还有责任？莫非？郑萍不由自主地一下子想到了许多，心里禁不住涌起了一种莫名的酸楚。那感受是她以前所没有过的。

"嫂子你怎么了，不舒服？"瘦猴的眼尖，见郑萍愣在那里，便起身问道。

"哦，没事，没事！"郑萍知道自己有些失态，急忙用手抚了抚额前散落下来的头发，定了定神，不急不忙地答道，显得若无其事。

"二子中午都不回来？"杨节胜没有注意到儿媳妇那瞬间变化的表情，继续催问着儿子的去向。"他呀，谁也说不准，有时候三天两夜都不回来一趟，昨晚上就没回来，整天都说忙，也不知忙什么。"郑萍一听杨节胜问及自己的丈夫，刚才那种烦躁失落的情绪又涌了上来。

"周局长可真是个大忙人，你说一个大局长一天能有多少事啊，这我可是见识过了。那天我有事到办公室找东明哥，没坐几分钟，就有四五拨人来找，电话那是一个接一个，把我东明哥累得连喝口水的时间都没有，我站在那里足足一个多小时，愣是连一句话也没说上，那才真叫忙啊！都说我们乡下做工务农的忙，咱们这忙跟当官的忙比起来能算得上什么，无非是累点身子，要说忙，我看当官的忙那才真叫忙，时间都是别人的，有时候连吃饭的工夫都没有。我说嫂子，你也别怪，当官的哪能像我们平民百姓，想干啥就干啥，想啥时候干就啥时候干，整天悠闲自在。讲真的，局长是真不容易，管人那才叫真操心啊！"瘦猴说这话倒真是没有夸张，周东明当局长后，官做得的确很辛苦。

"整天忙得家都顾不上，一年一家人都难得有时间吃顿团圆饭，孩子的学习他从来都没管过，当官、当官，不就是个小小的局长吗，难道比人家县委书记还要忙，也不知道一天都在忙什么！"郑萍对丈夫周东明的埋怨多半还是因为下岗分流的事。

"嫂子，你就别上班了。现在还有哪个官太太像您这样老老实实上班？县税务局局长的夫人早就不上班了，闲在家养养花、遛遛狗，把个家料理得那个漂亮。我一辈子也许只能看那么一回了。"瘦猴说话的语气、羡慕的表情、向往的眼神，活脱脱像当初刘姥姥进了大观园。

"不上班？靠他那点工资怎么能养全家？现在城里的许多工厂都发不出工资，没班上的多的是，像我这样大学毕业生下岗的这次可就我一个人，凭什么轮到我下岗分流，他当他的局长，我做我的事，我不指望沾他的光，也不能受他的影响让我背这个委屈！"郑萍对丈夫的那个局长位子不但不在乎，反而抱怨因此牵扯连累了自己。

这种感觉杨节胜是听出来了，事实也是这个样子。

儿媳妇这样说儿子，杨节胜打心底就不舒服，更何况是当着外人的面，并且是当着自己看不上眼的人的面，那是太不应该了。在他看来，二儿子周东明虽说这几年当了官，是有了些变化，就是他杨节胜自己也有许多地方看不顺眼。但在杨节胜眼里，儿子还算得上是个有出息的人。现在怎么连自己家媳妇都不把自己看眼里，杨节胜心里当然不舒服。他挪了挪身子，这时才发现自己那双沾满了暗红色泥土的鞋已把本来一尘不染的客厅弄得有些不像样子了。杨节胜有些不自在，两只脚一时不知放哪儿才好。

对城里人，杨节胜向来印象就不太好。第一次进城里人的家是那年来二儿子家，刚准备进门，就被孙女拦住了，说他的鞋脏，要换上拖鞋。当时杨节胜就火了，说你城里人穷讲究个啥，进门就换鞋，可那"拉屎拉尿的茅坑"却放在家里，跟做饭的房子就隔那么一堵墙，这算什么干净？杨节胜对城里人的这种生活是实实在在的看不起。而现在他却又有些真真切切的不自在，那其中还夹杂着对他来说，几乎从来没有过的自卑感。他有些后悔进门时忘了换鞋，否则也就没有了这份尴尬。

"明明她爷，家里究竟出了什么事？要是急的话我现在就去找东明回来。"郑萍还在想公公刚才那句话，忍不住又问了句。

"那你快去找二子吧，叫他快点回来，这事得让他出面。老大隔得远，又在部队，一时恐怕脱不开身。老三又没见过世面，加上一听这事，恨不得要拿刀杀人，只有叫二子去，合适。"杨节胜当着瘦猴的面是不轻易说出杨瑶的事的，还是含含糊糊不说明白。

其实瘦猴早就听出了音，别说是周家村的事，就是全镇、全县的事，哪一件都逃不过他的耳朵。瘦猴心里乐着，心想，你杨节胜一辈子就知道死要面子，这下可够你擦屁股的。

"老伯，你就说了吧，别让郑萍嫂子着急了。"瘦猴故意说了这么一句，想逗逗杨节胜。

"你掺和啥，有事跟你有什么关系？"杨节胜最烦的就是别人掺和自己的家事，冲着瘦猴就是狠狠的一句。

就在杨节胜冲瘦猴发火的时候，客厅的电话响了起来。

"喂，这是周局长家吗？"电话里传出一个中年男人的声音。

"你是谁，有什么事？"郑萍一听是找丈夫周东明的，便随口问道。

这样的电话，郑萍也不知接过多少，有时整个晚上电话是一个接着一个，都是找周局长的，周东明就是在家，一般也不亲自接，大都是先让郑萍接，等问清了是谁，有什么事，再看周东明是接还是不接。郑萍深受电话频繁打扰之苦，有好几次干脆把电话线给拔了。

"你是周嫂吧？我是东陵乡的李富贵，上次到家里拜访过。"电话是东陵乡乡长李富贵打来的。

"是李乡长啊，周东明他不在。听说是省上来人了，昨天一大早上就出去了，你打单位的电话吧。"郑萍对这李乡长印象还不错。在她看来，李乡长这人还算厚道，上次来家里，居然捎了两只自家养的老母鸡，不像别人挖空心思送些稀奇古怪的稀罕东西，有的甚至直接把红包放在桌上转身就走。郑萍从心里特别反感这些人，对李乡长这样送上两只老母鸡，郑萍反倒觉得这人实在，让你不收都开不了口。

郑萍放下电话，又拿起电话，拨通了周东明办公室的电话。郑萍是极少给周东明打电话的，尤其是往办公室打。

"喂，找一下周东明。"郑萍在公共场合都是直呼丈夫的大名，在家则喊明明他爸，这一点从来没有变过。

"局长不在，请问你是哪里？"周东明在西陵乡交通站挑上来当办公室主任的牟明接的电话。

郑萍不想自报家门，便说声没事就挂上了电话。

郑萍对牟明的印象很一般，也很少接触。

郑萍又拨了周东明的手机，也没接通。

"东明他不在办公室，这时候上哪儿找他？要不先吃饭，吃完饭，瘦猴你陪着小明爷爷上街看看，等晚上再说吧。"郑萍是下午班，又赶上单位上搞优化组合，要重新定人定位，这事郑萍觉得不能不去，便急着把公公杨节胜安排好。

"那好吧，下午我陪老伯上街看看，顺便去看看章月儿。"瘦猴明白郑萍的意思，加上本来就没想上省城，一听郑萍安排他下午陪杨节胜上街转转，马上满口应了下来。

第六章

　　瘦猴对人说章月儿是他的表妹。这样说也没错，只是这表妹真是远了些，章月儿其实只是瘦猴老婆家的一个远房亲戚，高中毕业后没考上大学，瘦猴托周东明在城里找了个活干着。

　　章月儿虽说是在乡下长大，但天生丽质，加上在县城上了三年中学，到城里没上几个月班，就跟城里姑娘没什么两样。谁要是不知道底细的话，都会把她当城里有钱人家或有权人家的大小姐看。因为是交通局局长介绍来的，加上章月儿口口声声叫周局长表哥，所以单位上上下下都对她另眼相看，虽说刚进来时不过是个在宾馆前厅做临时工的，但只过了三个月，便当上了大厅总服务台的副经理，管着整个接待大厅的所有服务生。

　　章月儿姓章，本名叫章月彩，因为名字有些土气，所以来城里的时候，瘦猴对她说到了城里你就改名叫章月儿，那样叫起来就好听些，其实她小名就是月儿，大家平时也都叫她月儿。瘦猴每次来城里，再忙也要去看看她。刚开始章月儿还很高兴，每次见了瘦猴都是乐呵呵的，哥哥长姐夫短的，亲热得很。瘦猴每次也要给章月儿买点小东西，讨她高兴。

后来，俩人渐渐冷淡了下来。据说章月儿之所以跟瘦猴疏远是因为一次吃饭，瘦猴不知做了什么得罪了章月儿。自那次饭局之后，章月儿对瘦猴就爱理不理的，全然没有了当初的热情。瘦猴送的东西虽说也渐渐上了档次，但章月儿每次都爱收不收的。尽管章月儿对他这样爱搭不理的，但瘦猴每次来城里，还是回回都要去看看她，依旧捎上点东西，送的东西的档次一次比一次高。

章月儿对瘦猴的态度再怎么样冷淡，瘦猴都不会跟她疏远。虽说她只是个没有什么背景的农村女孩，还是他的表妹，但瘦猴知道现在的章月儿也不是刚刚从乡下来城里的那个黄毛丫头了。

这足以叫瘦猴不敢有丝毫的马虎和小视，那是不好得罪的，也是他瘦猴得罪不起的。

"找章月儿接电话。"吃过饭，瘦猴就领着杨老伯上了街，一出周东明家，就急忙给章月儿打电话。

"你是谁？"接电话的不是章月儿，听口音不是本地人。

"我是章月儿她哥，麻烦你找一下。"瘦猴就怕别人问他是章月儿什么人，每次都是硬着头皮说是章月儿的哥，故意把前面那个表字去掉，但每次都不是那么理直气壮。

"她不在，昨天就走了。"接电话的小姐明显有些不高兴，话里带着些不屑的味道。

"那你知道她去哪儿了吗？"瘦猴尽量表现出一份诚恳谦卑的样子。

"她去哪儿我们怎么知道，说是省上来人了，搞服务去了，你上交通局找吧。"电话那头却明显有些不耐烦了。

尽管瘦猴早就知道章月儿已不再是几个月前刚从乡下来城里的那个农村女孩了，章月儿来城里后的事他当然比别人知道得更多一些。比别人知道得多又能怎么样？瘦猴也只有一个人生闷气的份，起初托人介绍章月儿到城里找份工作，自己可是没少费劲，到头来不但落不下一声好，弄不好还会偷鸡不成反蚀一把米。瘦猴心里多少有些不满，而这种不满他又不敢有任何的表露。

没找上章月儿，瘦猴感觉很失落。他不知这一个下午该怎么过，要是只有自己一个人那好说，这县城虽说不大，但这几年什么东西都有了，只要舍得花钱，玩个痛快是不成问题的。可今天不行，后面还跟着杨节胜。

"我说老伯，今天陪您老人家在城里开个洋荤，好不好？"瘦猴见杨节胜上了街，眼睛一直没闲着，东瞅瞅，西看看，便打趣地说。

"哦，你说什么？"杨节胜正在一家时装店前发愣的时候，听瘦猴跟他说话，一时没回过神来。

"老伯，原来你老也爱这些花哨的衣服啊，前不久，你不是还说村里头的姑娘穿这些时髦衣服太花哨，不成体统吗？没想这些花衣服，也能叫你老伯看上眼。"瘦猴壮着胆子又逗了老汉一句。

"谁说我看上眼了？我是在看这穿衣服的是真人还是木头。乍一看，像真人似的，就是一动不动。我说瘦猴，这衣服穿在这些人身上，怎么看都不难看，可让我们村的姑娘媳妇们一穿上身怎么就叫人看不上眼了呢？"杨节胜对这些时尚的东西其实早有自己的看法。

"这是你没看习惯，我们乡下姑娘从小长到大，谁穿过这么好的衣服，哪个不是青衣布衫的，别说穿了，看可能都很少看过，有那么几个突然穿了，不觉得怪才怪呢！这就是城乡差别呗！"瘦猴没忘记抓住时机显摆一下自己。

"这变化可真是大啊，咱乡下真的是赶不上了。"杨节胜不禁感叹，语调低低的，好似自言自语，除了自己，别人是听不见的。

这种拉大了的城乡差别引发了杨节胜的无限感慨。

当初当大队支书时，天天跟社员们吆喝着，说大伙好好干，拼命地干，要不了多久，咱们乡下人就会赶上城里人，也是楼上楼下，电灯电话。现在乡下楼房倒是有了，电也用上了，电话也接上了，可还是没赶上城里人的生活，不但没赶上，还被拉下了一大截，贫富差距更大了。

村里一些小年轻到外面打工，年底回来，好像变了个人似的。原先在杨节胜面前连个响屁都不敢放，在外面转了一圈回来，见了杨节胜，再也不像以前那样绕道走了，顶头碰上了，客气地打声招呼，递根烟，已没有了当年的那种胆怯。有的甚至连招呼都不打了，肩擦肩地就那么轻轻松松地就过去了。杨节胜虽说也并不介意这个，但多少也有点失落。也曾有几次想逮住一个训上一顿，给自己消消气，可不知怎么，每次都是快到嘴边的话又咽回去，杨节胜觉得自己这张训了一辈子人的嘴，现在居然木讷了，竟然连训人也不知从哪开口了。

杨节胜对城里人的确有成见，几次故意在人多的地方贬过城里人。说城里人住的房子怎么看也不像房子，倒像个鸟窝，巴掌大的地方挤着一家好几个人，连路都没得走，人挤着人。况且茅房和灶台连在一起，不像乡下人一家一个独院，茅房、灶台一个东一个西，隔得远远的。走的路是空空的，没人跟你争道，悠闲自在，哪一点也不比城里人差。城里人也是人，也要每天吃饭，要是没有我们农民，城里人连活都活不下去，还牛个球！何况这些到城里给城里人当佣人的，说好听一点叫打工的，到了城里，没几天就忘了自己家里的一亩三分地，居然端起城里人的架子，凭什么抖威风？真是不知天高地厚。狗屁不是！每次骂完这些，杨节胜都会长长地舒口气，感到浑身一阵轻松。今天想想这些，他觉得自己的这些气话真的有些好笑，站在那里有些发呆。

"老伯，开个洋荤吧。您老那头一辈子都是村子里的老孙头、老孙头的儿、老孙头的孙子收拾的，今天我请城里的大姑娘为老伯好好地收拾收拾。大姑娘的手可要比老孙头的手好受得多。"瘦猴见杨节胜有些发愣，以为是动了心，胆子便大了起来，说话也有些放肆。

"放你狗屁，我说你瘦猴没好心眼，还真应了。你说我这头，大姑娘的手能碰吗？大老爷们的头，娘们能碰？亏你还是男人，长个球管个屁用！"杨节胜有些急了，冲着瘦猴就是一阵数落。

"不去就不去，发什么火，我这也是一片好心啊。"瘦猴因没找到章月儿，气本就不顺，本想找个乐，没想挨杨节胜一顿骂，心中更加不舒服，就不轻不重地顶了一句。

"你瘦猴什么时候有过好心？你那点花花肠子我还看不清？也不知道这些年你在外面干了多少伤天害理的事。今天，我老汉就跟你后面开开眼，去看看那理发店里有些什么新鲜东西，就那么勾魂！"杨节胜一听瘦猴居然敢顶他，火气更大了。

"那不叫理发店，叫美容店，外面人把这些大姑娘叫鸡婆子。今天我也豁出去了，就陪您老走一趟火焰山，你老是真猴王，难道还怕那牛魔王不成。我瘦猴虽修炼不到家，跟在您老后面，也没得事！"瘦猴知道杨节胜的脾气，别的法子不灵，唯一奏效的是激将法，一旦激上了，什么都不怕了，所以一看杨节胜火气上来了，脾气上来了，就知道有戏，便及时奉承上几句好话。

瘦猴领着杨节胜找了一家在乡下叫理发店，但在城里却称之为按摩店的地方。这是杨节胜从没有来过的地方。

这地方的门关得严严的。

乡下人理发是很简单的，乡下人理发也不在屋里，大都是在自家的院落里摆上一把椅子，早早地烧上一盆热热的水，请理发师傅上门来理。

乡下人理发，是很讲究的。不单是理发的人讲究，那理发匠也是讲究的，总有许多不能随意的程序，必有一些仪式是不能少的。这些仪式，杨节胜是特别在意的，自然也是熟悉的。

这地方瘦猴不陌生。瘦猴用力推门进去，见长条沙发上挤着四个打扮得花枝招展的女孩，三个沙发椅上半躺着三个男人，身后自然有同样漂亮的女孩在忙乎着……"大哥，做做吧！"瘦猴一推门进去，坐在长条沙发上的一个女孩急忙起身，热情地打着招呼，一双白净的涂着鲜红指甲油的手顺着就朝瘦猴伸过来……

"坐坐，是想坐坐，后面还有一个呢！"瘦猴虽说也曾来过这场合，但这次还是有些怵，一是因为后面跟着个动不动训你几句的杨节胜，二是因为这几个妹子打扮得也实在是太勾人了。瘦猴把"做做"听成了"坐坐"，忙把门外的杨节胜招呼进屋，自己在另一张木头凳子上坐了下来。

"大哥，进里间给捏捏，保你舒服！"一个穿着超短裙的姑娘伸过手来就挽上瘦猴的胳膊朝内屋走。

瘦猴本来没想真的去做什么出格的事，只想逗杨节胜开个心，没想到一进来就被人架住了，心里虽一百个不敢，但却挡不住女人的那双媚眼和玉手，两只脚不听使唤地就进了那里间。跟在后面的杨节胜没有目的、没有方向也就跟瘦猴进了按摩店的大厅，只是呆呆地站在那里，脑子里似乎一片空白，不知道自己刚才是怎么进来的，更不知道自己究竟在哪里……

"马主任，有空就来吧，别隔久了生疏了。"

"哪能呢，这些天是真的忙，想来也来不了啊。衙门当差，身不由己，没办法。"

"你们局长还好吧，你不是说哪天也请他来这里开开心吗？莫不是周大局长压根儿也没把我们这些人放在眼里，人家是大局长，整天有多少美女心里挂念着呢，哪能放下架子来我们这样的地方。"

"哪能呢，谁不想来你这地方放松放松，我们局长那可是真忙，又是那种有使不完劲的男人，他也是身不由己啊。找时间我一定想法子请他出来坐坐，你这地方可能还真不行，听说你这里最近新招了个周家村嫩妹子，周家村那可是周老板的老家，那里的妹子哪个不认识他，我们周局长可是个讲究人，等我找个好地方，到时叫你陪着啊！"

"你怎么知道有个妹子是周家村的？给你服务过？那可是没开苞的，你真是有福气呢！我听说周局长有个表妹也来了城里？"

"你从哪里听说的，哪有呀！"

"别瞒我了，外面有人传周局长跟一个叫章月儿的表妹打得热火，听说连局长老婆都知道了。你跟你们周大局长说说，叫他千万得悠着点，别弄急弄狠了伤了身子，也别为这些断了自己的大好前程。"

"你要说到这，我还真得替人家局长老婆说上几句，人家那可真是个人物，你看人家有多好的涵养，她图个什么？真不容易，说句心里话，现如今，这当官的太太也怪可怜的，弄来弄去也只是图个名声，也没啥意思。"

"要不人家是大家闺秀呢，你知道他老婆是谁？那可是县委书记家的千金，听说周东明就是靠着她才当上这么个局长。"

俩人讲话是压着嗓子，声音低低的。开始杨节胜还没在意两个人的对话，无意间听着听着发现两人咬着舌头讲的好像是自己的儿子周东明，还说到周家村，便竖起耳朵仔细听。还没听清楚几句，杨节胜就听不下去了，腿一软，重重地摔在了那把本不想坐下来的椅子上，正好被坐在沙发上的女孩一把抱住。

杨节胜这一摔自己倒是没摔着，却让一屋子的人一下子都愣住了。正准备跨出门的马主任一眼就认出那摔倒在胖女孩怀里的老头竟是周局长的老爹。

马主任自然认识杨节胜，每次周东明回家，马主任都跟着，还有几次，他还单独去周家村看望过杨节胜，所以一眼就认出了。这一下可是真的惊出了一身冷汗，不禁吓了一跳，本能地停住了脚步。

但那迟疑只是一瞬间，刚刚准备转过去的脸猛地停住了，匆匆地走出那间发廊，脸色瞬间变得苍白……

　　发廊里几个被瘦猴称之为"鸡婆"的小姐见杨节胜突然瘫坐在沙发上，都慌了神，吓得谁都不敢伸手去扶。慌乱之中，其中一个稍胖一点的小姐醒过神来，忙推开瘦猴刚进去的那间内屋，惊慌失措地喊出事了，说刚才跟着你一起来的老头子昏过去了。那穿着超短裙的小姐正跟已躺在床上的瘦猴打情骂俏，见门被人猛地推开，以为是警察来查，吓得抱着头就往床下钻，瘦猴也吓得一边往上提裤子，一边一骨碌地翻身下床，拔腿就往外跑，早就把同来的杨老汉忘到了爪哇国了。

　　不想却被人拽住了衣角。

　　"喂，你怎么能跑呢？这老头是跟你一起来的，怎么一进屋就晕倒了，别是诳我们吧？"

　　"我什么也没干，只是想理个发，真的没……没……"瘦猴见有人拉着自己，还以为是被警察逮着了，吓得话都说不清了，脸憋得通红。

　　"大哥，大哥，你这是怎么啦？你可别也晕倒啊，你带来的老爷子不知怎么一进门就晕倒了，可别出了人命……"脸上长着雀斑，嘴唇涂得红红，年纪稍大一点的小姐明白了瘦猴这是误以为被警察抓住吓着了，便笑着使劲拧了一下瘦猴的屁股说。

　　三个半躺着的男人见屋子里一下子突然乱了起来，不约而同地坐了起来，顾不上满脸涂的白乎乎的东西，焦躁不安地问怎么了？

　　"大哥，都别吓着自己，我们这店是有人撑着的，不会有警察来找麻烦，想找乐的继续做吧。"还是那脸上有雀斑的小姐笑着安慰着客人，估摸着是这店的头。

　　瘦猴一听不是警察，一下子就平静了下来，这才猛地想起跟自己一同来的杨节胜，刚才只顾自己找乐，竟把杨节胜给忘在外头。一转身，就发现杨节胜瘫坐在沙发上，不知是怎么了，一下子又慌了神。

　　"老伯，你怎么了，醒醒，醒醒。天下雨了，咱们收工吧，回家了。"

瘦猴情急之中，急忙把杨节胜当支书时常说的话搬了出来，没承想这话还真灵，杨节胜长叹了一口气，醒了过来，睁开眼睛，愣愣地望着四周……

这四周已不是他所熟悉的村庄田野，而是浊水横流……

出门的时候，一张熟悉的女孩子脸从杨节胜眼里掠过，虽说只是一掠而过，但杨节胜深深地记住了，这是周家村的女娃，她刚从周家村出来，在村子里都是说出来打工了。

第七章

　　杨节胜没再去省城找女儿，也没有回二儿子家，而是摸黑回到了周家村。

　　进村的时候，碰着村东头的老愣头。老愣头哈着腰，问了声老支书忙着呢。那种尊重，以往在杨节胜看来是天经地义，受之无愧，但现在却感觉有些不踏实，心里一阵发虚，第一次没好意思正眼看人，含含糊糊地"嗯"了声，急忙往家里走。

　　第二天，杨节胜起得很晚。其实昨晚一夜，他本就没睡，和衣半躺在床上。

　　"老头子，今天这时辰了怎么还不起床，村西头的老周家嫁女儿，昨天就来人说了，要你去给他把把理，刚才人家周老头又跑来了，见你没起床，没好叫你，叫你起了一定要去。说你要是不去，酒席也不好开，他这女儿也就嫁不出去了。快点起来，别误了人家的大事。"杨节胜老伴昨晚见老头子回来时阴着个脸，一声不吭，也不知出了什么事，没敢多问。早上见老汉没起床，也没敢打扰，等到快半晌午了，见屋里仍没有动静，忍不住，就隔着门对老汉说周家嫁女的事。

半晌，屋里还是没有动静。

"老头子，你倒是给句话呀，人家看得起你，才这么三番五次地请，以前这事人家不叫你自到，今天怎么啦？这个死老头。"老伴见老头还没起床，又喊了一遍。

"跟周家说，今天我身子不舒服，去不了，到时辰了就开席吧，我们家的那份礼钱送去了没有？"又隔了好一会，老头才给老伴回了句话。

"礼我是送了，还是你当初定的老数，娶媳妇50，嫁女儿30。等我送去，才知道这个数已经出不了手了，人家都是上百的大钞票了，可能只有我们家送几十块的，怕是要被别人低看了。"老伴觉得老头子定下的那数目已跟不上时代，与自己家30年来在村里被人高看一眼的身份太不相符。

"人家办喜事送份礼钱，是点心意，不能太在乎钱多钱少。像我们家这样整个村子不管谁家的红白喜事都送一份，要每次都送百元，怎能送得起。那送上百元的都是些什么人，还不都看在周家大儿子在乡里当了个官，巴结人的。"杨节胜的三儿媳巧儿正准备下地，听公婆在说送礼的事，顺嘴插了这么一句。

"你这个死老头子，当了这么多年的村头，不指望你为家里捞点好处，哪年不是把家里的东西往外送？现在有些村干部请客吃饭，哪一个不是白吃？哪里像你，上面来人了，往家里一领，也不问家里有米没米、有菜没菜，都是张口就是叫做饭，害得我常常从后门出去借米讨菜。你们一吃，嘴一抹，一走了之，白吃白喝。"老伴显然对当年的事记得很清楚，话里虽说仍有怨气，但那明显不是真往心里去的。

"你说你退下来时给村干部定了规矩，上面来人不准白吃集体的。可现在有谁听了，不说吃了不交钱，临走还要拎上东西。前天村头的杨旺家媳妇说，她家养的鱼和鳖，都犯不着年底上市里卖，村里今天捞一网，

086

明天抓一只，不是吃了，就是送人，钱一分也不给，说是先欠着。唉，欠着也就别指望了，农人呀，这命怎么就这么苦？"老伴没完没了地唠叨着村干部的事，这要是平时，杨节胜听了这些不入耳的话，准得发火骂娘，但今天却一声没吭，老伴见屋里没动静，也就没再多嘴，径自去菜地里干活去了。

杨节胜见好久家里没了动静，估摸着家里人都下地干活去了。偎在床上，装了一袋旱烟抽了起来。想起昨天城里的遭遇，心中就堵得慌。杨节胜不愿相信在按摩店听到的那些话，可又不能让杨节胜相信那只是谣言，压根就不是那回事。女儿杨瑶的传闻，杨节胜同样不相信那是真的，但也没有证实那不是真的，心中的那块石头还是落不了地，一直堵在心头。在按摩店里最后一眼瞥见的那位周家村女孩，杨节胜记得特别清楚，其实他特别想忘记那个画面，宁可让自己相信那是看错了，但越这样越画面感清晰、越骗不了自己。不是说到外面打工挣钱来了，原来竟是来城里挣这样的钱来了？还有那些周家村的人，到底是到外面干什么去了？打的是什么工？杨节胜越想越不敢想，感觉到自己几十年来精心操持的家一下子坍塌下来，自己 40 多年在周家村树起来的威信一下子化为乌有。觉得身边有无数双眼睛盯着自己，无数双手在指着自己，嘲笑他伪装的清白、虚伪的正统和高贵……

越想越觉无力，又躺下了。

就在这种复杂的心情中，杨节胜在床上整整躺了 3 天。

周家村的人 40 年来第一次这么长时间在村头没见到自己的老支书。

第二天，一天没见老支书面的周家村人就不习惯了，一个接着一个来到杨节胜家探望，关心老支书为什么突然卧床不起。杨节胜只是说自己身体有点不舒服，没多说什么。

杨节胜病了的消息也就一传十，十传百地快速传了出去。生病对一位上了年纪的老人来说，本是件再正常不过的事，但对杨节胜来说就并非这么简单，却成了新闻，对大家来说都觉得不是那样简单，接下来到杨节胜家探望的更是络绎不绝。在周家村人的记忆中，谁也没见过老支书病倒躺下过，更何况这一次一躺就是3天！这当然不是件小事。仅仅3天没在村头见到杨节胜，没听到杨节胜训人，周家村人就觉得生活中似乎少了点什么，一种失落的感觉像雨天里的云笼罩着全村人的心头……

邻村的瘦猴也感觉到了这份失落。

自那天把杨节胜送回家后，瘦猴虽说心里一直还惦记着承包工程的事，但却不敢再去找杨节胜说这事，甚至连周家村也不敢来了。

郑萍那天下午赶到单位时，虽说还没到上班时间，可大家都提前到了。连平时一向上班都是迟到且有诸多理由的人，这次好像什么不巧都不复存在，统统提前赶到了。

甚至连那些整年整月生病在家的真假病号们，也都到了。大家挤在厂办公楼的门前，叽叽喳喳地谈论着这次厂里搞的优化组合，相互探听着消息。

郑萍是跟以往一样，卡着上班时间来的，到的算是晚的。平时关系比较好的几个姐妹一见郑萍到了，便围了过来。这时候，大家心里都清楚老县长的女儿，现任交通局局长夫人的分量。

"郑萍，你怎么来这么晚？心里有底是不是？"其中一个说道。

"萍姐可不怕这些呢，人家正儿八经大学毕业，有文凭。再说，萍姐人缘好，还有一个好老公，谁会组合掉她呀。"另一个接着说道。

"优化组合，这是厂里的一项改革，谁都一样，该谁丢饭碗谁就丢饭碗，该我摊上了，明一早，我准不来，上菜市场上卖小白菜去，我不信就挣不到一碗饭吃。"郑萍半认真、半开玩笑说。

"要真的轮上了我，我就再上一次山下一次乡，听毛主席的话，做毛主席的好学生，到农村广阔天地去接受贫下中农的再教育，说不准，还能成一个什么养猪、养鸡专业户，发了财，我把咱们这些组合下来的难姐难妹都拢在一起，办一个比这个厂还要大的厂，天天发奖金。"外号"铁嘴"的孙梅快嘴快舌。说得大家哈哈大笑，气氛一下子就轻松了许多。

"哎，我说孙梅，到了乡下，不要财没发成，反而被乡下的光棍抢去当了新媳妇，那我们的王科长可就苦了。听说，现在乡下人，有的可真的是富得不得了，钱多得都不知道怎么花了，所以呢这些土财主就花钱娶小。你说你长得这么漂亮，我看比七仙女也不差分毫，可千万别让暴发户娶回去当小房，哈哈哈。"行政科的苏明也是个爱开玩笑的人，一番话又引起大伙一阵笑，原有的那紧张得不太正常的气氛再也找不见了，大家你一句、我一句的，有说有笑。

"其实啊，这优化组合也不是什么坏事，与其大伙都这样半死不活地在这厂里窝着，也就只有半碗粥还得分着吃，谁也吃不饱，谁都不舒服，谁都一肚子气，倒不如放一部分出去，自己找饭吃，让大伙都吃好。厂里这次搞优化组合，想法绝对是正确的，关键是要动真格的，要真的是优化了，不要人是少了却还是没有效益。同时，也要为优化下来的人找一条退路，也得让人家有口饭吃，这也是挺关键的，没有这个保障，就会出大事，就要出乱子。"郑萍的话引起了大家更长一阵热烈掌声。

就在大家你一句、我一句，热火朝天地说着优化组合的时候，厂长赵东风带着厂各科负责人和车间主任来到了礼堂前的台阶上。

"大家谈得很热闹啊，这说明我们这次搞优化组合是大势所趋、人心所向，很受大家欢迎啊！我昨天晚上整整想了一晚上，想今天当着大伙的面说些什么，坦白地说，我没想好，心里还一直在琢磨着呢！听大家这么一说，我心里踏实多了，心里有底了。既然这样，我的动员就显得有些多余，那些绕来绕去的话就不费口舌了，我相信大家的觉悟。今天先把这次组合后的初步预案公布出来，这是厂部科室与各车间共同研究，也是反复研究的初步方案，请大家审议。我说这是预案，就是说这还只是个方案，没有最后定，还是可以变的，可以改的，改其中一点也行，一部分也行，甚至全部推翻也行，目的只有一条，就是想通过这次优化组合，真正把咱们这个厂挽救过来，让大家都过得比现在要好。"赵厂长的一席话说得有些突然，一时大家还没有反应过来，可话音一落，掌声雷动。

公布结果，郑萍的名字出乎意料地排在了下岗人员名单之中。郑萍没想到自己会被优化组合下岗，不论从哪方面看，自己也是厂里的骨干，怎么会被组合下岗呢？

郑萍想不通，但一想刚才的话，又不得不装着十分的平静。几个担心被优化组合下岗的女工见自己的饭碗还好好的，禁不住喜上眉梢，围过来替郑萍打抱不平。

"谁下岗，我们都没意见，让郑萍下岗，绝对是大错特错。"

"是不是有人在背后使刀子，昧着良心的，准没好死。"

"说不准是另有重用呢，就凭郑萍的条件，当个官什么的，会比谁差？"

大家又是一阵七嘴八舌，郑萍始终没言语，悄悄地推着自行车离开了人群。

郑萍虽说心里特别的乱，但下午的班她还是坚持了下来。想到晚上公公要在家吃饭，下班的时候到熟食店里买了几样肉菜。

回到家里，丈夫和儿子都还没有回来，公公和瘦猴也没有来，望着空荡荡的家，突然感到一种难以排遣的失落。下午心乱没好好想下岗的事，现在虽然竭力控制着自己不去想这事，但"下岗"这两个字仿佛阴魂不散紧紧地咬着自己不放，逼着自己不得不去想。郑萍把各种各样的可能都反反复复地想了一遍，但是任何一种可能都在思考之后被否定，究竟是因为什么让一个大家公认的骨干下了岗，被当成能力差的员工优化淘汰了呢？郑萍怎么也想不明白。

就在郑萍坐在沙发上发愣的时候，电话铃响了。

"今天上面来工作组了，我晚上就不回家吃饭了，家里有事没有？"

"有没有事，你还不清楚，你就只管在外面，这个家干脆不要算了。"郑萍正在气头上，正愁没地方出气，一听是丈夫周东明打来电话，没好气地就是硬邦邦的一句。

在这以前，郑萍从没在电话里冲丈夫发过火，就是不高兴，也是话少些，再怎么着也不会发作开来。这面子上的事，郑萍还是知道轻重的。

"发生什么事了，发这么大的火，家里来什么人了？"周东明试探着虚实。

马主任中午在按摩店的遭遇，周东明下午就知道了。马主任从按摩店一出来，就急匆匆地赶回局里，把在按摩店发生的事重新编排换了一个场景和说法向周东明做了汇报。

马主任当然不敢直接说自己到按摩店找小姐鬼混的事，就编了一个说法，关键是把自己认为应该报告的及时完整地报告周东明。周东明跟章月儿之间本没有那些像外面传的那样的事，他虽说之前也隐约听人嚼过舌头，但也没特别在意，心想这样的事谁能躲得干干净净，就让他们说去吧。可没想到这事竟让父亲知道了。他知道老头子是不会饶过他的，整个下午站也不是、坐也不是，外面可以不去解释，但对老父亲是不能绕过去的。好不容易熬到老婆下班的时间，本来是想打电话先打探个口气，没想到妻子一接电话就发这么大的火。心想，这下一切都完了，一辈子都不藏不掖的老父亲，这次连亲生儿子也没放过，把一切都抖落得干干净净，把自己全给卖了。

啪！电话被郑萍狠狠地挂了。

电话那一头的周东明感觉到这不亚于一个原子弹爆了，一种遭受毁灭之灾的感受迅速弥漫开来，双腿一软，瘫坐在椅子上，重重地叹了一口气。

整整 3 天，也就是杨节胜躺在床上的那 3 天，周东明一直说是开会，躲着郑萍，没敢回家，也没跟外面任何人联系。把自己关在了一个偏僻的地方，与世隔绝开来。

同杨节胜躺下 3 天惊动全村一样，一局之长的周东明 3 天没在公众场合露面，着实让那些整天围在身边的各色人等感到生活中一下子少了最为关键的什么。

周东明的神秘消失，让圈外人有了许许多多的猜测，同时，各种各样的传说又在全局上下悄悄地传开了开来……

杨节胜闭门不出的第三天，瘦猴因惦记着工程，一个人悄悄地赶到县城。

这次他没敢惊动杨节胜。

杨节胜上次从城里回来后，几日闭门不出，这让瘦猴心里没有底。一想起那天在按摩店的惊人一幕，瘦猴就周身发紧，冷汗不由自主地渗了出来，再也不敢见杨节胜了。

受了惊吓的瘦猴思来想去还是决定自己单干。

对瘦猴来说，挣钱当然是最重要的。只要能挣到钱，就不管它是个怎么样的挣法。他坚信有钱就能让鬼推磨，舍得下多大的本钱，就能找到多大的力气来推想推动的那块磨。

瘦猴对此深信不疑。

为了能接下工程，他决定再上一趟县城。虽说这次是上面批下来的修路工程，也是乡下人不知费了多少周折才争取到的，列入的是扶贫开发项目，算得上是"善款"。但在瘦猴的眼里，钱都是一样的，管它善款不是善款，只要能从中捞上一笔，什么时候都没商量。

瘦猴一到县城就给周东明办公室打电话，电话却一直没有人接。瘦猴明知道打办公室电话很难找到，但他还是想碰碰运气。他打这个电话也许只是从心里垫垫底，到了城里不给周局长打个电话，他就觉得心里很不安宁，没有底数。

打完这个电话，尽管没找到周局长，但瘦猴心底却如同完成了一件大事，心里一下子轻松了许多。

没找到周局长，瘦猴一看时间还早，就到交通宾馆去找章月儿。上次到城里没见到章月儿，瘦猴总感觉不那么舒服。在他看来，章月儿是他的亲戚，又是自己介绍到城里的，别管你现在混发达了攀上高枝了，那总得吃水不忘挖井人，总得知道感恩吧，你不感恩也行，就是给个面子总是可以的吧，所以说在他看来章月儿什么时候也得认他这个表哥。

以前章月儿感激他把她从乡下领到城里，自从跟周局长走得近了，或者说城市生活接纳了她这个乡下人后，章月儿对瘦猴就渐渐冷淡起来。瘦猴不再是她在城里唯一依靠，她的城市生活再也不是同样是从乡下混到城里的瘦猴可以安排左右的。瘦猴只是比自己有点钱的包工头而已，而自己读了高中，本可以上大学成为天之骄子，只是高考时差了那么一点点的运气罢了。

章月儿并不认同自己同瘦猴同属一个阶层。

瘦猴心里本也是明白知趣的，但他就是有点不甘心。

一次瘦猴进城请章月儿吃饭，章月儿左推右推就是不去，好不容易去了，也是一句话也没有。吃饭的时候，瘦猴胆怯怯地把手伸向章月儿，想跟以前那样占点小便宜，过一把色瘾。虽说以往章月儿也是反抗，但还是多少让瘦猴占点小便宜。可这次就不一样了，瘦猴刚有点小动作，章月儿的脸就往下一沉，立即起身要走，把个瘦猴气得直翻白眼，恨不得当场扒下章月儿的衣服，把一直想要的章月儿给办了。但瘦猴还是忍住了，见章月儿不高兴，赶紧赔上笑脸。章月儿压根儿就没理他，起身就走了。

章月儿已经有了起身就走的胆量。

自从那次以后，瘦猴心里与章月儿的阶层差别就清晰起来了，不但在章月儿面前老实了，还常常变着法子送点礼物讨好着章月儿，礼物也不再是以前那种不值几个钱的便宜货，每次都是琢磨着章月儿的心思精心挑选的。章月儿对瘦猴还是那样不冷不热，大众场合依旧叫他哥。

"小姐，你们总台的章月儿在吗？"瘦猴这次没有先打电话约，就直奔宾馆来了。到了宾馆，没直接到总台，而是先跟站在门口的迎宾小姐打听。

"哦，你找我们章月儿姐呀，她都3天没来上班了，听说是病了，具体我也不太清楚。你问总台的人吧。"迎宾小姐的态度不错。

瘦猴站在门口正在想是进还是不进的时候，迎面急匆匆走过来一个人，猛一推门，正巧撞到瘦猴的额头。瘦猴"哟"的一声一抬头，正想发火，不想推门的人竟是交通局办公室的马主任。

"哟，是马主任啊，我正找你汇报城东那工程的事呢。"瘦猴见是马主任，赶忙换了张笑脸。

"刘老板，让我好难找啊，躲着不见是不是？那工程说停就停了？钱都搞到哪里去了，我可告诉你，有人上告了，这事，你可放清楚点，别总让局长为你这些狗屁事擦屁股。"马主任的声音不高，离得近的瘦猴听得清清楚楚，他还听出了那进而藏着的一份杀气……

"马主任，您老这是怎么了，消消气，您说我哪敢躲着您啊，好几次上门拜访，都见不上您，工程的事我抽时间专门给您和周局长汇报，您放心，绝对放心，绝不会让您和周大哥为难，您对我的关照我心里能不清楚吗。"瘦猴见马主任发这么大的火，急忙跟上去表达忠心，就这时候，他仍没忘记特意把周局长喊大哥，就是想提醒他与周局长非同一般的关系。

"该怎么办，你心里清楚。"马主任一直没停步，见瘦猴跟着自己直哈腰，便停下来，一字一顿地对着瘦猴说。说完，一转身就钻进车里，一溜烟地走了。

"呸，装什么正经，钱脏了也有你的一份呢，告去吧，大不了咱们一起倒。"瘦猴见马主任上了车没给自己一点面子，火也上来了，见车子走出院门，朝着车屁股声音不低不高地骂了一句，当然，他料想马主任是万万听不见的。

"哎哟，这不是刘老板吗？怎么发这么大的火，这是骂谁呢？"就在瘦猴觉得骂了那么一句有点解气的时候，一个一头卷曲头发、穿着一身浅灰色套服的中年女人边说边朝瘦猴这边走来。

"哟，是你呀，你怎么也到交通宾馆，是不是又在局里找到了赚头？"瘦猴一回头，见是在城东车站开一家火锅店的李杏花时，忙赔上笑脸。

这笑脸不赔是不行的。

瘦猴认识李杏花，是跟周东明一起在杏花火锅店吃饭认识的。瘦猴精得很，饭还没吃，就看出了这个周局长一口一声李总的女人绝非等闲之辈，连一向自恃清高稳重的周局长在这个女人面前都显得有些异样。瘦猴掂量出这女人的分量，心里暗暗提醒自己以后得长点心眼。

"哟，刘老板，这地方准你来，我就不能来？至于找赚头嘛，我倒没有你刘老板那份运气，一个工程几十万，哪像我们开个小店，挣点辛苦钱，没你们这些大老板给撑面子，怕是连西北风也没得喝。哦，对啦，这几天你见到过周局长吗？都3天了，也没个人影，打电话没人接，听人说是在这里开会，就找来了。"李杏花有一张能说会道的嘴，什么时候、什么话题都能跟你说上一通。

"你不知道周局长在哪，我还能知道？我上午才来，给局长办公室打电话一直没人接，就找到这里来了"。瘦猴没说来找章月儿，顺着李杏花，也说来找周局长。

"这大局长到底去干什么了？都快把人给急死了。"李杏花的火锅店，不知为什么，这几天生意一天比一天冷，李杏花总觉得是因为周局长没露头的缘故，急着到处找救星周局长，好把生意做下去。"我说杏花妹子，你这火锅店没人吃，闲着也是闲着，倒不如请我一顿，我虽说比不上周局长那样有面子，可给你招揽几桌客人也是可以的，你是请还是不请？"瘦猴虽说知道李杏花与周局长的关系不一般，但李杏花那双眼睛的确勾人，惹得瘦猴本就不安分的心禁不住又剧烈地躁动起来。

"刘老板，你也真会开玩笑，我那小店，能请上你，也算风光。要是高兴，中午我就请你好好地喝上一顿，保准让你高兴。"李杏花是何等机灵的角色，在男人圈里混久了，什么样的男人没见过。瘦猴那双贼溜溜乱转的眼睛一直盯着她高耸的乳房，故意把胸挺得高高的，她早就看穿了瘦猴那点花花肠子，顺着瘦猴的兴致就接上了火，心想，找不到周局长，找个有钱的主，能从男人口袋中掏钱，管他是谁。

瘦猴虽说没上过几天学，是个大粗人，但自从巴结上交通局周局长后，靠承包工程发了财，口袋里有了钱，胆子也壮了。加上心眼活，坑蒙拐骗，吃喝嫖赌，无所不能。当初没到城里承包工程，还没发财的时候，瘦猴充其量只是在乡下女人身上打主意，并且是不择容貌、不分年纪，只要是女人、只要他瘦猴能沾得上，都要想尽办法套个近乎、讨个便宜。对城里的女人，连正眼看一看，他都有些不敢，更不用说有那种非分之想。后来靠承包工程，发了财，有了几个臭钱，加上常到城里，瘦猴就觉得该重新确定目标，提高点品味。慢慢地对乡下的女人没有了兴趣。一些过去跟他打得火热的，看着瘦猴发了财，主动往上靠的，瘦猴也不像以前那么热心。甚至觉得跟这些乡下穷不拉叽的女人纠缠在一起，是对自己身份的一种贬低。

村东头杨二拐的媳妇，从江北要饭要到周家村，杨二拐一分钱没花就娶上了。杨二拐坚持说这媳妇是捡来的，可不是拐来的。大家笑话杨二拐，你明明就叫二拐，这下又没花一分钱就讨到一个大媳妇，捡来的跟拐来的有什么区别，晚上还不都是那么一回事。杨二拐也不理会别人怎么笑话他，怎么都是那么一回事。

　　谁也没想到二拐媳妇经过几个月的调养，换身衣服竟是那么俊俏。瘦猴没发财前对她是垂涎三尺，后悔当初自己没有这个艳福，对杨二拐捡了这么大一个便宜从心里不服气。杨二拐当年是上山伐木时砸伤了腿，能讨上个媳妇自然是稀罕得不得了，加上这媳妇不仅人长得好，还特别能干又吃得了苦，一家人的生活全靠拐子媳妇一个人支撑。瘦猴为了能和拐子媳妇套上近乎，确实是费了牛劲，想了不少招。最开始的时候，明里是隔三岔五地帮着拐子媳妇挑这担那的，干些力气活。暗地里背着拐子常赖在拐子媳妇屋里不走，死皮赖脸地跟拐子媳妇黏糊，时不时送上一点漂亮花布和乡下难见城里却已普及的花色尼龙袜，讨拐子媳妇的欢心。

　　拐子媳妇人本来老实本分，但经不住瘦猴的死缠烂打，慢慢地也就半推半就地跟瘦猴混在了一起。有一次，不巧被拐子碰上，拐子看着自己的媳妇一丝不挂地被那尖嘴猴腮的瘦猴压在身下，哼哼叽叽地叫着，气得差点没发疯，抄起一根木棒朝瘦猴打来，差点没要了瘦猴的小命。最后还是在拐子媳妇的掩护和苦苦哀求下，才讨得一条活路。

　　这事传了出去，瘦猴非但没有半点羞愧，反而在人面前夸说拐子媳妇如何有勾人心魄的味道，好像是做了多么得意的事。在他瘦猴看来，能跟这些有点姿色的女人上床是件有面子的事，他才不管是靠什么手段得到的，因此他也就把这个当作本事而自鸣得意。

　　后来瘦猴有了钱，在城里转的时间长了，渐渐地对乡下女人不再感兴趣了，觉得乡下女人有的人虽说长得漂亮，但终究只是个跟乡巴佬睡觉的土里土气的女人，他瘦猴虽说还不是城里人，但怎么说也是跟城里人沾上边的，怎么能跟这样的女人干那事，那岂不是没了自己现在的名分？唯独对拐子媳妇，瘦猴心里还是有那么一点痒痒的。

　　拐子的媳妇虽说也是乡下女人，但却有许多城里女人都没有的味道。

现在拐子媳妇有时碰上瘦猴，还主动打声招呼，可瘦猴不再像以前那样兴奋了，最多是搭讪几句，顺便塞上几个小钱。实际上不是他瘦猴不想跟拐子媳妇再搞那事，而是对拐子至今还心有余悸，生怕再被拐子逮着，那准要被剁成几大段。拐子的脾气，瘦猴是知道的，那是个暴烈性格的汉子，要不是腿不方便，那就不知道瘦猴的腿要断成几截了。

　　瘦猴怕拐子，是从心底怕，也就不敢再打拐子媳妇的主意了。别看就瘦猴这样的人，自从到外面接上工程挣了点钱，跟城里人混了这么长时间，就总觉得自己不同于乡人粗人，要是再栽在拐子的手里，那岂不是有失身份，瘦猴自认为今日之瘦猴不再是昔日之瘦猴了。

　　挣了点钱在城里混了一阵生活的瘦猴，开始注重身份的归属了。拐子的媳妇再漂亮再有味道，那总归是拐子的女人，搞拐子的女人算什么本事？说出来让人笑话。对于能攀上局长的女人，那就得另眼相看，瘦猴觉得那档次就一定不低，哪怕是沾上点边那也是一种荣耀，也能得到不小的心理满足。

　　瘦猴对周东明可以说是绝对服从，什么事都是百依百顺，就差点没当菩萨供。唯独在女人这事上，瘦猴就管不住自己。他明知李杏花跟周局长关系不一般，虽说他不相信堂堂的大局长会看上李杏花这样的女人，但他也搞不清楚周局长究竟为什么对李杏花好，特别关照她这个小店，加上李杏花也常常有意无意地在他面前流露她与周局长的特殊关系，这叫瘦猴不得不相信李杏花的特别。

　　瘦猴就是这样一个人，着了魔似的想与李杏花这样的风流女人搭上关系，也许在他看来，能搭上大局长看上眼的女人，这对他来说就是一种抬举一种肯定。以前虽说跟着周东明跟李杏花见过几次面，心里也一直痒痒的，但想归想，却没有那个胆。这次与李杏花不期而遇，瘦猴觉得是个机会，绝不能白白错过。虽说这次到城里心里有许多事乱成一团麻，但李杏花那迷人的一笑，早就把瘦猴的魂给勾走了，哪里还顾得上什么局长、工程的事。

当天晚上，瘦猴早早就到了李杏花开的那家火锅店。要了在最里面的一间包厢，要了一瓶啤酒，一边喝着一边等着李杏花。心里想着即将到来的美好一切，笑容就慢慢地在那干瘦的脸上显露出来。

"刘老板，这么早哇！"李杏花本就是个水性杨花的风流女人，周东明根本就不好这一口，跟她本也没什么过多的交往，只是周东明喜欢她这个店的口味，所以就常来。李杏花不仅风流，而且人很有眼色，她明知道周东明并不可能成为自己的菜，但她也绝对不放弃这个难得的机会，也就趁机借力造这个影响。每次周东明来店里，她都全程左右陪着，热情有加，搞得让别人感觉跟周局长关系很是不一般。周东明并不知道李杏花还会搞这名堂，他只是来满足自己的这口爱好，别的真是没多想，他也没精力多想这些乱七八糟的事，精力没在这上面。这几日，周东明突然没了音讯，李杏花怎么打电话都没人接，心里一下子就没了底。

正巧在这节上，瘦猴来了。

说起李杏花，那在安江县也算是个人物。李杏花本来只是县纺织厂的一名普普通通的挡车工，这几年，厂子效益不好，下岗待在家里没事干。每个月只靠厂里发的百十块工资勉强度日，丈夫苏三毛是个一棍子打不出个屁的老实巴交的人。李杏花当初是为了能进城当工人才嫁给苏三毛。刚从乡下来的头两年，李杏花还是挺老实的，小日子过得还算可以。跟丈夫关系虽说不上怎么好，但也算过得去。后来慢慢的不知怎么就跟副厂长黏糊在了一起。一次被上夜班回来的苏三毛撞个正着，苏三毛虽说平时少言寡语，人很老实本分，但性格倔，见自己的老婆竟跟副厂长睡在一条被子里，顿时火冒三丈，气急之下，抄起一把菜刀把那副厂长砍了，一口气砍了17刀，万幸的是没砍到致命处，副厂长捡了条性命。虽说没闹出人命，但苏三毛进了监狱，判了8年。副厂长丢了一条胳膊，撤了职。李杏花离了婚。

离婚后，李杏花更是放得开了，为了寻找一条活路，她天天晚上都去舞厅，一曲也不落地疯跳，加上长得颇有几分姿色，这中间结识了不少男人。后来干脆跟人合伙开了家特色风味火锅店，也不知道是谁请周东明来店里吃过一次，就这一次她就跟周东明认识了，也只是认识而已。周东明并不喜欢这样的女人，但他特别喜欢这里的口味，于是在并不多的交往中保持着应有的分寸。

　　李杏花可不这么想，她不想这样低调。自从天赐良机跟周东明认识以后，就像是抓到了一根救命绳，千方百计、想着法子想早一天投入周东明的怀抱，但周东明只是不近不远地保持着一个官员应有的身份，不过于热情，也不会不给她李杏花面子，始终保持着一定的距离，他可以控制的距离。李杏花并不死心，想尽办法想把周东明拉进自己的怀里，但一直难以如愿。

　　一时搞不定周东明，李杏花就开始有意无意地从自己嘴里，或者通过第三个人的口，有一桩没一桩地传她和周东明的一些隐隐约约、似有似无的绯闻，回过头来当有人找她求证时，她总是一笑，不置可否，让这种传闻再飞那么一阵，等着它落地产生她所希望的那种声响。

　　瘦猴是个一点就通的精明人。李杏花看重的是钱，只要有钱，不管是局长，还是像他这样的包工头，她都会毫不吝惜地奉献自己的身子。李杏花约瘦猴来火锅店做客，瘦猴心里就明白了，早早地就来了，信心满满。

　　"这么好的事怎么能晚了呢，晚了，谁知道你这个大美人的胖屁股被哪个男人抢先压在了身下，哪有我瘦猴的份！"瘦猴从李杏花那笑容里更加坚信自己的估计没错，这样的女人无非都是为了钱，我瘦猴花钱就是买个心里痛快，两相情愿，两下都不冤。

　　"你这死男人，把老娘看成什么人了！今天是你刘老板说这话，要是换成了别人，我可饶不了！"李杏花做出一副嗔怒的样子。

"饶不了那才好呢，我巴不得把自己押给你，整天能有你在身边那得有多爽，我就天天把你当菩萨供着，那才叫个快活！"瘦猴边说，边把李杏花朝自己怀里拉，另一只手早就急不可待地伸向李杏花那丰满的胸部，不管三七二十一，就是一阵乱摸。

"你这个人怎么这么猴急，要是让人撞上了，怎么得了？"李杏花见瘦猴这就上了套，心里开始盘算着怎样从瘦猴口袋里往外掏钱了。

"钱有，钱有，钱有！"瘦猴的眼睛都发直了，像一只饿疯了的狼，不顾一切地把李杏花压在了身下。

就在瘦猴和李杏花两个人在沙发上滚作一团时，包厢的门突然被人打开了。

李杏花从脚步声和推门声中已猜出进来的人是谁，慌忙起身猛地一用力，把瘦猴推开，嘴里还喊着："放开我，快放开我，我叫人了！"瘦猴正在兴头上，被李杏花这么一推一喊，顿时蒙了，吓得急忙一手抓起已脱下了半截的裤子，一手撑着沙发的扶手站了起来。正准备回头看看究竟是谁时，门啪的一声又被关上了，脚步声又不紧不慢地响起。

李杏花一直听着那脚步声渐渐远去，直至消失，一脸的惊愕与慌张则牢牢地挂在了脸上。

第八章

就在周家村老支书杨节胜、县交通局局长周东明不约而同地在各自的生活空间里突然消失的第四天，周家村被一件谁也没料到的事引爆……

按说这事也算不得什么大不了的事，只不过是杨节胜的小女儿杨瑶突然回到了周家村。但问题出在回来的时间和回家的方式上。除了坐着小轿车让村民们大吃一惊以外，最让周家村不敢相信的是居然还光明正大、没遮没拦地领着一个被他们称之为"洋鬼子"的外国人。

杨瑶是快到晌午的时候到周家村的。因为路窄车子开不到家门前，只好停在了村头的一块空地上。司机是个年轻人，约摸20刚出头的样子，被留下看车。杨瑶领着"洋鬼子"径直朝家走来。

"大叔，忙着呢！"杨瑶见邻居孙二旺正在路边的地上忙着，便笑着上前打招呼。

"嗯……嗯，这不是老支书家的闺女啊！"孙二旺吞吞吐吐地搭着腔，那双眼睛却死死地盯着杨瑶身后的"洋鬼子"。

"啊，对了，大叔，这是我的朋友，叫卡克，美国人。"杨瑶见孙二旺的眼睛盯着身后的卡克，心想乡下人很少见过黄头发、高鼻子、蓝眼睛的外国人，一定是觉得好奇，便把卡克大大方方地做了介绍。

"卡壳？美国人，是你男朋友？"孙二旺没想到杨瑶居然这般没羞没臊地称领着的洋鬼子是自己的朋友，眼睛都直了，把"卡克"说成"卡壳"，自己的脑壳子也真的一下子卡了壳，连话都说不齐整了。

孙二旺对村里有关杨瑶的传闻本是不信的，为这事还跟老婆争得脸红脖子粗。孙二旺差点没抽老婆的嘴巴，说老支书的女儿那么有出息，怎么会做出那样伤风败俗的事？这下可好，不但这事居然是真的，而且已经伤风败俗到了自己眼前。孙二旺心里暗暗为老支书杨节胜叫屈，心里说，你杨节胜辛辛苦苦地干了一辈子，要了一辈子的面子，这下可好，一世的名声还经不住宝贝女儿这么一折腾，这真是老杨家前世作孽！

杨瑶也没在意孙二旺的古怪神情。她心里明白在这大山沟里，什么时候来过洋人，山里人不出远门，谁见过洋人，惊奇是自然的事。问题是她万万没有想到，在这之前，关于她与洋人的各种传奇般的绯闻早已在这个生她养她的偏僻山村广泛地传播开来。绘声绘色传播这些的乡亲，并非成心想看她的笑话，她这样全村唯一考上大学的女孩子，曾是周家村乡亲引以为豪的宝贝疙瘩，乡亲们更多的是感到惋惜！

乡亲们不明白这么有出息的女孩，怎么会这样糟蹋自己？怎么会这样不替家里人想，不替周家村那么多好心的父老乡亲着想？这些是一辈子都没有走出过山沟沟的周家村人怎么也难以想明白的。

"狗娃、狗娃，姑姑回来了！"杨瑶领着卡克快到家门口时，见小侄儿狗娃和村里几个小伙伴在家门前的池塘里戏水，忙叫了声。

狗娃玩得正在兴头上，突然听到有人叫他，一抬头见是姑姑，愣了片刻，丢下手里的竹筐，扭头就朝家里跑，几个小伙伴也一哄而散。

要说杨瑶对孙二旺大爷的古怪神情不多想还说得过去，但对侄儿狗娃的表现则大惑不解。以前，她一回家，狗娃整天跟在屁股后面，像个跟屁虫，怎么甩都甩不掉，跟姑姑亲热得不得了。可这次一见面就跑，杨瑶觉得有些怪，但也没有工夫容她细想，就继续朝家走去。

"妈、爸、三哥，我回来了。"杨瑶见家门口冷冷清清，没有一个人，连狗娃也不见了，顺手推开虚掩着的大门，依着顺喊着家里人。

"回来了就回来了，乱嚷嚷干什么了，还怕别人不知道吗，还嫌我杨家的脸没丢够？"三哥杨富国从房后的菜园里扛着把锄头，低着个头瓮声瓮气地冲着杨瑶声音不高不低地训斥，此时，他还没有看到妹妹身后的"洋鬼子"卡克。

"哥，你怎么啦，还没见面就冲我发火，刚才狗娃见我就跑，这到底是怎么了？我怎么丢杨家脸了？"杨瑶长这么大也没有人这么冲她发过火，刚进门三哥劈头盖脸的一顿训骂，她哪儿受得了，委屈得眼泪在眼眶里直打转。

"你怎么啦，你都快把咱大大给气死了，趁着天还早，你赶快走吧，别让村里人见着了，我杨家的脸丢不起了。"杨富国这时看见了跟在妹妹身后的卡克，气得直想上前给他几拳。他并没有出手，他想要是一动手那就把事给闹大了，一闹大就惊动了全村老少，那杨家的脸就真的丢尽了，只好压住了火。

这时杨瑶已明白了突如其来的变故是因为身后的卡克，她以为仅仅是因为一头金黄头发的卡克让大家一时接受不了，万万没有想到关于她与洋人的许许多多故事早已在村子里传得神乎其神。因为她，一辈子死爱面子的老父亲气得一病不起，惊动周家村的老老少少。

"哥，这是我大学的同学，是我朋友，叫卡克，是美国人，这次是为了……"杨瑶想尽快把身后跟着的洋人介绍给哥哥，免得他们大惊小怪的。

"快给我滚！"没等杨瑶把话说完，三哥杨富国就怒气冲冲地打断了妹妹的话，扭头就朝屋里走，一进屋，就砰地一声把大门给关上了。

杨瑶被三哥这从来不曾有过的愤怒和绝情给吓住了，站在自家的大门前，愣了好久竟没有反应过来。

"这是怎么啦，发生了什么事？"卡克见刚才在路上还有说有笑的杨瑶一下子呆在了那里，感到十分吃惊，忙伸过手来，想握杨瑶的手，给她一份安慰。

"对不起，卡克，别这样，这里不是城市，不是大学校园，而是我们中国的一个偏僻小山村，男人和女人的手是不能随随便便握在一起的，何况你是外国人，大家还看不惯这些。"杨瑶见卡克像在校园里那样热情、大方，忙把手朝身后缩，认真地解释。

"哦，我明白了，刚才你那么紧张，原来是因我这个老外的缘故，看来我这个中国通这次还真的老外了。"卡克的中文讲得特别好，这个时候，还没忘幽默一下。

"真对不起，卡克，这就是我的家乡，我们中国人有我们中国人的价值观念，义在利先，这一点不像你们西方。"杨瑶见卡克根本没把这突如其来的冲突放在眼里，便一字一顿地对卡克说，一脸的真诚、一脸的严肃，也夹着一脸的无奈。

"那考察的事怎么办？"卡克也认真了许多。

"看看再说，我想应该不会有什么问题的。"

"门都不让进，事情怎么办得成？"

"所以要想办法呀，想干点事是没那么简单的。"

"不行的话，我们先找领导，找大领导，如果有领导出面，那事情就好办了。我知道，在你们中国，办事都非得找人出面，只要上面有人帮着说话，办不成的事都能办成。"卡克一边说一边摇头，一脸的无奈。

"你这主意还真是个主意，看来也只能这样了。"杨瑶虽说在省城读书，但深知乡里之事，这时候只能找到有权威的人来办这件事了，在乡下在他三哥这里、在他父亲这里都过不了这个关。

当天，杨瑶领着卡克就赶回了县城。

杨瑶没有跟同住一城的二哥联系。

第二天，他们就返回了省城，把关于神山谷开发的电话就直接打给了城南县委书记和县长。周东明那时还什么都不知道呢。

至于究竟是通过什么关系搞定神山谷开发的，别说周家村人不可能知道，就是市里、县上也不会有谁能真正知道。大家大都认为还是靠一张洋人脸起到了作用，一张洋人脸比那些原以为很管用的熟人脸还要管用。那时候哪个地方不想着法子跟外资挂上，不说有真金白银投进来，就是那跟外资挂上边的政策就极为诱人，哪个地方不把开放引资当求之不得的好事。

周家村打开大门还是非同寻常的，杨节胜守着周家村的大门，这些看起来说起来都是大势所趋的好事在杨节胜眼里并不是说得那么好。不少人是图在自己任内多出点政绩，至于究竟是真好事还是假好事就顾不了那么多了，杨节胜不图别的，他就看这事对周家村真好还是假好。

杨节胜这个周家村的守门人是真的退出了。

神山谷的开发就这样被洋人搞定了。杨瑶在其中起的作用倒是有许多种猜测，因为是杨节胜的女儿，这里就更是让人好奇，可谁也说不明白究竟是怎么一回事。

三个月后。一天午饭后不久，一个车队呼啦啦地开进了周家村。

这次杨节胜虽然也站在村头，但他没有像上次那样去拦，见车子开过来了，他把脸背了过去。"老支书，没闲着呢，身子骨还这么结实！"车队在杨节胜跟前停了下来，从第二辆小车里走下一个人，朝背过去的杨节胜打招呼。

杨节胜站在那一动也没动，好像没听见有人跟他打招呼。

"老支书，您老这是怎么了？是谁又惹您老生气了？"

"县太爷的轿子，怎么能在我这个村民前停呢？是不是又挡了您的道？"杨节胜没有转过身来。

"老支书，有几年没见面了，您老还是老脾气，我可是您老看着成长起来的，我也不敢在您老面前摆什么架子，说起来，您还是我的老领导呢！这次您老又立了大功，为家乡招商引资出了大力，您这个老模范思想没落伍啊，真是不简单，令人敬佩啊！"刘春旺并不知道杨节胜心里怎么会有这么大的气，仍旧不急不忙，笑呵呵地跟杨节胜拉着家长。

"什么招商引资？我一个乡下老头听不懂这些，我只知道农民的本分是种好地。"杨节胜听不懂刘县长说的是什么意思，也并不知道自己女儿也在这个车队里，更不知道传说中的"洋鬼子"也跟女儿来到了周家村。他只是觉得脑壳子很胀，不想跟眼前这个跟他套近乎的人多说一句话，扭头便自个儿朝村小学走去。

"这老革命，还是当年那样倔，真是霸气不输当年啊！"刘书记见杨节胜并没搭他的话茬，当着那么多人的面，觉得脸实在有些挂不住，又不好再说什么，只好摇了摇头，自我解嘲地笑了笑转身就上了车。

车队一溜烟地开进了村里，杨节胜的身影被扬起的灰尘一下子就遮掩得无影无踪……

周家村因为这些有鼻子有眼的头头脑脑突然到来，一下子变得异常热闹起来，更何况还有跟在杨瑶身边的洋人。

在周家村历史上，也曾红火过一阵。那是当年全国兴起农业学大寨的年头，周家村是全省学大寨典型，到周家村参观取经的人络绎不绝，只是那时没有现在这么多车，很多人是步行爬山上来的。这些年来，周家村被冷落了，即使有车上山，也是到外面打工挣了钱买辆车开回来显摆显摆的，那毕竟还是少数，哪里见过这场面。

现实也让周家村人安于平淡了。

甘于平淡，接受了平淡的周家村，同样无法逃避外界的喧闹。繁荣正悄悄地接近着周家村，平静即将被打破，一切都将再次变得热闹起来。

之后的日子，隔三岔五地就有小汽车开进村里。来的人大都是有级别的头头们，坐的车也是那些周家村人从没见过的高级小汽车，只是当初杨节胜带领大伙修这条路的时候，并没想到会有这么多这么高级娇贵的小汽车会从这条路上上山，他们只是想有条路连着山上山下，山村的人能沿着这条路走向外面的世界，他们没有想到会有这么多有脸面的人坐着小汽车到山上来。跑惯了平坦的城市水泥路面的小汽车，在这样的山路上跑是快不起来的。

周家村的人一开始不知道出了啥事，你问我，我问你，谁也说不清楚怎么突然会有这么多人来自己这个偏僻的山村小寨。

没过多久，就有各种说法纷纷出笼。范二从镇上听到一种说法，说是周家村出了一种宝物，大大小小的头头们都是冲那宝物去的，至于宝为何物，范二说不知道，镇上人也不清楚。

周家村出了宝物的消息从范二嘴里一出便一传十、十传百，迅速在四村八寨传开了。至于究竟是什么宝，说法各异，有的还传得非常玄乎，说埋在村西头的那群死鬼的死党从台湾回来找到当年逃亡时藏在山上的金银财宝，如此等等。

热闹是真的热闹了，热闹却让周家村人隐隐感到有些惊恐。

周家村神山谷将要大开发的消息很快就传到了周东明耳朵里。这些日子，周东明一直很少露面，因为那次变故之后，不知怎么就有了一种如空穴来风般的胆怯与恐惧。那天的遭遇，对于他这个在父亲眼里一直是个争气儿子的大局长，却几乎是毁灭性的打击。他问自己，究竟跟章月儿发生了什么？是真的有什么不可示人的东西？还是心里藏匿的某种东西作怪？他可以不顾天下所有人的猜测，可以搪塞小女儿天真无邪的询问，可以心安理得地面对妻子长久的沉默，但他却怎么也面对不了老父亲的那双眼，那双望着他一天天长大的眼，那双宠爱、欣赏他的眼，那双饱含沧桑但却终身不流一滴泪的眼，那双叫村民们看了望而生敬生畏的眼，逃不过的是一种感觉，躲不过的是一种心底的愧疚和不安。

周东明天生对运气和机遇有十分到位的把握。周家村的热闹气氛似乎通过天上飘着的云雾渗到了他那间紧闭的房子。

这种气氛，周东明是熟悉的。

他有这个能力抓住这种飘忽不定却紧揪人心的东西。周东明能从一个赤脚长大的农村娃一步步地爬上权重一方的交通局局长的宝座，靠的就是这种能力。

周东明权衡再三，决定尽快回一趟周家村。现在他最想知道的是神山谷的开发究竟是怎么回事。神山谷开发对他来说是太熟悉不过的事了，他在四牌镇当镇长任书记时就开始有人在传开发神山谷的事，他也曾经打过这个方面主意，只是一直没真的搞懂这神山谷，更别说搞什么开发了。现如今神山谷的开发竟惊动了省里，开发即将展开，还是外资的背景，这让他更是觉得不能再迟钝了，他必须立即行动，一定要在这场非同寻常的开发中找到应该属于他的一个角色。他感觉到似乎有一种力量在促使着他必须尽快回到家里，去捕捉那种稍纵即逝的，似在可有可无之间、虚幻的机遇。

其实，在做出决定之前，周东明已悄悄地指派章月儿回到村里，先去为自己探了路、打听了消息。

这个时候，周东明最能信得过的也就是章月儿了。

周东明是从心底喜欢这个在他看来不同一般的女孩，对她的关心也是发自内心的。虽说也有情爱的成分，但更多的是一种怜爱，多种爱融杂在一起的那种爱，似乎清晰，可实际上又无法言说，连他自己也找不到边际，有些惶惑。

章月儿是从心里感激周东明。在她眼里周东明是一个真正的男人，是一个天底下无比优秀的男人，是可以不顾一切不计回报去爱的一个男人，但她并不敢真的去爱，她没有这个爱的底气。

她也曾怀疑这种没有边际没有着落的感情，她坚信尽管周东明是真的喜欢她，真的爱她，但也绝不可能为了她这个农村来的妹子，而背弃那份刻印着深深政治痕迹的婚姻。况且那位贤惠能干而且美丽漂亮的局长夫人又是县委书记的女儿，她章月儿是能掂量出轻重的。她也不奢望能取而代之，她所渴求的只是有朝一日在周局长的怜爱下，真能在这本不属于自己的城市里拥有一小块立身之地，仅此而已。在她看来，能在这里得到周东明的关爱，哪怕一辈子也没有名分，也比回到乡下体面地嫁个她并不爱的男人强得多。

她对周东明没有更多的奢望和需求，有的仅是一份对贵为县委书记女儿、局长夫人郑萍的愧疚，并且这种"愧疚"是真诚的，是发自内心的。

章月儿带着这份愧疚，忠诚地跟在了周东明的身后，所图的不仅是可以不回到乡下，可以不用再每天面朝黄土背朝天地干那又脏又累的农活。在她心中还有一份真诚的向往，不管周东明是怎样看她待她，她是从心里爱着周东明，欣赏着周东明。

章月儿也有自己的不满与苦恼。在她看来，高中同班的胖姑娘小玉怎么说也比不上自己，可人家因为有个当乡长的姑父，就可以舒舒服服地进了乡里小学当了老师。

章月儿也有不服气的，那就是杨瑶。从小学到中学俩人一直都在一个班，成绩不相上下，可杨瑶高考能超常发挥，一考就考上个名牌大学。可自己却发挥严重失常，什么学校都没考上，稀里糊涂地败下阵来。上不了大学，一个高中生总不能就这样灰溜溜地回到周家村当个农民吧，出去闯一闯是一定的，靠着周东明在城里能落下脚跟，也是暂时能找到的一个好出路，章月儿经常这样自我安慰。

世界上，各色人等各有各的活法。

章月儿受命返回周家村为周东明回村打探消息，她不敢有丝毫的马虎，当天晚上就急急忙忙地赶回周家村。

进村的时候，正巧碰到同村的周旺。

周旺是章月儿的初中同学，两人上初中时还好过一阵子。章月儿对这既不承认，也不多加否认。但同村知情同学说，这纯属周旺的单方面美好愿望，错把章月儿的一点点儿热情当作爱情，把章月儿收下两次礼物看成是章月儿心里对他有了意思。其实那礼物只是两块周旺表哥从城里带回来的面包和一袋怪味豆。周旺硬说不是两块，而是三块，怪味豆也不准确，是地道的日本炒货，是他表哥从大城市带回来的，绝不是家乡产的蚕豆。

周旺虽说至今对章月儿依然没死心，但也深知章月儿已不再是当初几块面包和一袋怪味豆就能打动的小女孩，而是生活在城市里的城里人，已是可望不可即了。章月儿的那一身打扮，就已把本来就有的距离大大地拉大了。

周旺搭话的时候有了一种胆怯的感觉。

"这不是小月吗？"周旺壮了壮胆，还是细声细气地跟章月儿打了声招呼。

"哦，是周旺哥呀，我回来有点事，刚进村子。"章月儿不想多说什么，倒不是因为曾有过那段说不清是有还是没有的恋情，而是每次回村里，只要一见到村里人，不知为什么，总有一种惴惴不安的感觉。

"还回城吗？"周旺又问了一句。

"今晚不回了。"

"明天回吗？"

"不一定。"

"那是准备住一阵子，有什么事用得上我的，你就吭一声。"周旺怯怯的感觉似乎少了一些，口气中多了一份男人的硬气，这种感觉是周旺

111

从骨子里揪出来的，要说当初他能让章月儿有一点感动的话，就是这种男儿热血豪气。

"事倒没有什么，好久没回家了，正好有空，回来看看。"章月儿不想跟周旺说回来是为了打听消息，随便敷衍了两句。

"你好久没回家了，还是城里好，乡下有什么好的？一年到头都一样，我们过惯了，倒没什么，恐怕你不习惯了。"周旺自嘲地笑了笑。

"其实乡下也有乡下的好处，城里天天都有些稀奇古怪的事，乡下倒是清静多了。"章月儿有意往周家村的热闹事上扯。

"这倒不一定，现在乡下跟城里都一样，什么怪事都有，周家村最近就不平静，也有些怪事，你在城里该听说了吧！"周旺想住在城里的章月儿一定是知道最近村里的，那都是城里传过来的。

"我们周家村能有什么怪事？"章月儿连忙问了一句。

"你真的不知道？不会吧，这些怪事都是从城里传回来的，你能不知道？你要是真不知道又想知道，我就说给你听听，好不好？"周旺有些兴奋，他没想到章月儿现在还乐意听他说话。

"那你说说吧。"章月儿本不想跟周旺多谈什么，但一想这是一个最快完成周局长交给重要任务的机会，便问了一句。

"这段时间，周家村也不知道是怎么了，还真的有些怪，一连出了好几件稀奇古怪的事。最出奇的是杨瑶嫁了一个洋人，这也不知道是真的还是假的，村里人都这么说，估计你们在城里更应该知道得清楚些吧。还有一件事，还是杨家的事，听人说周东明，就是交通局局长在城里胡搞女人，听说上面都知道了，正在查呢，这个你可能不知道，算是小道消息。还有一件事我觉得是没屁没眼的事，有人传周家村里出了个大宝贝，上面一拨又一拨地来人，说是要在神山谷搞什么大开发，还传说就是杨瑶嫁的那个洋人开发的，也不知道是真是假，反正这一阵子周家村是真的热闹得不得了，你说周家村能有什么宝贝，那神山谷能搞什么大开发？那可是一座神山啊，开什么发？这不是瞎扯吗！"周旺生怕章月儿不感兴趣，一股脑地把三件事都说了出来。

章月儿一听，心里咯噔一下，脸不知不觉就红了。她猜想传跟周局长有绯闻的可能是说自己，只是她怎么也没有想到这事这么快就传到了周家村，更不知道村里人是怎么说周东明的，她感觉到周家村人是把事情说过头了。她背上冤枉受点委屈并没有什么，只是担心周东明因此受到影响。

章月儿已经麻木的心好像一下子就被激活了似的，一种难耐的痛楚和隐藏在心中的羞愧袭上心头，原有的深藏在内心深处的巨大痛苦而面子上却装扮着光耀的那种虚荣，彻彻底底地抖落在了世人的面前。

此时，心本善良纯洁的章月儿感觉到了从未有过的羞辱，泪已在不觉中顺着脸颊流了下来。

"我走了。"章月儿害怕自己再这样面对着周旺，精神会彻底崩溃，微微低了低头，转身就准备走。

"其实这些也算不了什么了，现在有些人还有什么事做不出来，只要脸皮厚一点。"周旺根本不知道传说中跟周东明搞在一起的那个女人就是在自己眼里一直是冰清玉洁的章月儿，也没有从章月儿变化了的表情上察觉出什么，就顺着话题往下说。

周旺的话再一次狠狠地打击了章月儿。一种一切似乎都彻底完结、一切即将毁灭的感觉死死地压着自己，她恨不得在这个偌大的地球上找一个能容下自己的小小的地洞，钻进去，把自己深埋起来。让自己从此消失，从此与世隔绝。

章月儿经受不了这种打击，万份羞愧之下，趁夜离开了周家村，一时没有了音讯。

有人说她去了南方，闯下了一片天地。

有人说章月儿在返城的路上，被人贩子拐骗到了河南农村，给一个傻子做了媳妇，给傻子养了两个儿女，日子过得很凄凉。

也有人说章月儿投河自尽，连尸首也没找到。

还有人说章月儿跑到了一个很远的地方，开了一家小杂货店，嫁了个不错的人家，日子过得还不错。

周家村人大都相信最后一种传说。

各种各样的传说都没有实际的根据，章月儿命运如何，其实谁也说不清。只是章月儿真的没再回周家村，也真的没有一丝音讯。

第九章

周东明是在章月儿一去杳无音讯，艰难地熬了 3 天之后，实在无法再等下去的境况下，以检查交通局捐助修建希望小学的名义回到了周家村所在的四牌镇。

镇上的头头脑脑大多是他当年提携过的。加上现在县交通局隔三岔五地给四牌镇一些资助，镇上把他周东明看作财神爷。对周东明来说，四牌镇既是他仕途发迹地，也是他最安全的避风港。现在的四牌镇仍是他绝对的权力领地。

周东明回来的目的很明确，就是要抓住这次开发机会。对他来说，如果让这样既发财又有政绩建树的机会错过，那是一件不可饶恕的错误，那是对自己的一次否定，更何况是从自己的权力领域里错过。

这次回来，周东明没有像以往那样端架子、摆威风，更没有心思享受镇上的殷勤接待。他唯一想做的是尽快找到一个机会，介入这场突如其来让自己措手不及的角逐……

毕竟是从风浪中走过的角色，仕途的一步步升迁，各式各样的场面

115

对于周东明来说，都是可以在眉头一皱之后把一切搞得明明白白。然后按照自己的意愿，一步步地圆着自己的梦，角逐着人生。

周东明是个拿定主意就付诸行动的人。他谢绝了镇上头头脑脑的邀请和拜望。连夜找到了镇交通管理所的薛所长，开门见山地指出交通管理部门必须在这次神山谷大开发中发挥应有的作用，必须高质量地做好交通保障工作。没有任何掩饰地指出这是一项重要的政治任务，一项具有重要意义的政治任务，绝不能让路的问题影响这次大开发。

薛所长也算是知事的角色。虽说他不可能一下子就完全明白、理解周局长的一番指示，但他从口气上是领会了局长一席话的分量，他掂量着这一次局长讲的是真话、是硬话。

开发的事热热闹闹地折腾一阵子后，突然间上面没有了消息。但周家村人却一刻也没有放松围绕开发的所有准备，实际上的、精神上的，都在按照各自想法紧锣密鼓地展开着。

周东明隔三岔五地回周家村转上一圈，名义上是检查从镇上到周家村那条土路的改造工作，实际上是放心不下周家村开发的事。

这原本是条土石路，窄的只能容得下一辆车单向通行，又尽是弯道。好在上山的车少，有时个把月也难得有辆车上山，所以也就没有了路状拥堵的事。偶尔有县上的、镇上的头头上山，村里都是在上山的路口派上"警卫"实行交通管制，上山的车不下来，绝不容许别的车上山。

其实，这类"管制"的确是为了以防万一。据说这类"管制"从路修好的那一年开始，快 30 年的时间了，只有一次碰上上山的车还没下山，山下又有车要上去的。而恰恰就是这唯一的一次，还闹出了一个不大不小的动静。

当时在山口担当"警卫"要职的恰巧是村里出了名认死理的老头，人称"老愣头"。要上山的又恰恰是县政府的贾县长。按理说，那阵势是乡下人少见的。一般人恐怕连躲都躲不及，哪敢拦车队。可这老愣头就是个"愣头"，不管那一帮人怎么说，他就是不听，搬着块石头，横在路上，一屁股坐在上面，就是不理这一套。嘴里不停地嘟囔着："老支书说的，谁敢不听。""是村支书官大还是县长官大？村支书的话你听，县长的话就不听？不要说你一个扛锄头的老头，就是你们镇长，见了县长，还不是叫怎么做就怎么做，什么时候说过不字，你这老头，怎么这么死脑筋！"县政府办公室的秘书小吴冲着老头儿不耐烦地说。

"县长怎么了，我不管什么官大官小的，我们老支书是谁，你知道吗？县长去过北京，见过毛主席吗？我们老支书可是去过北京，见过毛主席的！还跟毛主席握过手呢！我这手握过老支书的手，我也算跟毛主席握过手！你握过毛主席手吗？你还是个小伢子，跟你说这些你肯定也不懂！"老头说话的时候，脸上立刻洋溢着一种幸福无比的欢悦，人瞬间就能感觉到峥嵘岁月的那份激情，这份激情是极具穿透力和感染力的，这种感染力对于像小吴这样的年轻人来说，既感陌生，又不可抗拒。

"别再争了，人家也是执行上级的指示吗！没有错！只是这路也该修一修了，小吴，回去跟交通局和公路局说一下，看看能不能把这路修一修？"贾县长知道老头的情绪上来了，难得有这样的好感觉，是一时半会平静不下来的，便冲着自己的一群下属从容地发表了自己的看法。

贾县长一行终没能上山，车从山脚下调头回县城了。周家村的人也不知道山下居然发生了县长车子被挡的事。要不是老愣头一次跟人闲聊时不经意间说出这段往事，恐怕谁也不会知道老愣头居然还有这样的胆识和勇气，敢跟县长叫板。

全村恐怕除了老支书之外，也只有他老愣头有这个胆量。只是老支书靠的是资历和在村、镇、县上上下下的名气和威望，而老愣头靠的只是那股倔脾气！

这种倔脾气本没有什么可以称道的，但现在的世风，总让人对这种"倔强"多了一份敬佩和渴望。

贾县长关于修路的指示最终还是成了张空头支票。秘书小吴当场说得恳切，说回去就找交通局、公路局，抓好落实。但一切都是那一刻的空泛表态。回来后，小吴不仅压根儿没跟两个局传达什么指示，反而给四牌镇的头头脑脑——打电话，对那件他一直认为很丢面子的事大发脾气。说贾县长那天很生气，对镇上的工作很有看法，特别是那条山路，那条路哪能叫公路？只不过是羊肠小道一条，修得也太没水平了！该想想办法修一修，也算为官一方、造福一方人民嘛！还说这件事要不是他出面调和，替周家村一个劲说好话，说不定会闹到什么份上。

　　吴秘书本想借县长的令箭，让镇里修一修那条路，也算是对贾县长有个交代，没想到修路要一大笔资金，小小的穷镇怎能承担。镇长、书记受了一顿训斥，不仅不敢有丝毫的不快，反而对吴秘书的关照感激不尽，分别进城，拜访了吴秘书，随礼致谢。镇长算是明白人，狠狠心，在县水利局下拨的水利扶贫资金里抠出一笔钱，做了吴秘书的工作。

　　贾县长升官走了。

　　吴秘书也走了，据说现在已是行署的副秘书长。

　　因为有了那次私交，那一任的镇长跟吴秘书套了近乎，也调任邻县当上了财贸局的副局长。

　　升的都升了，只是到周家村的那条路依旧，只是路口的交通管制随着老支书的退位，也就不再设了。

　　周家村已经没有了设岗布哨的必要。

　　周家村渐渐归入了平静。

　　这种平静本来就属于安静的周家村。

第十章

杨节胜做了近 50 年村官，退下来时，已是古稀之年，跟江阴华西村老支书吴仁宝有一比。

杨节胜退下来时，全村老少都说该摆村宴感激老支书这么多年为周家村做出的不可磨灭的贡献。杨节胜说我做这个芝麻官这么多年，从来也没有花公家的钱吃过一顿饭，退下的时候更不能破了这规矩，坏了风气，坚持不摆。

听了老支书一辈子话的周家村人这次破天荒地没听老支书的话，坚持要摆村宴，摆一个上场面的村宴。

一辈子说一不二的杨节胜这次也没有固执到底，同意摆上几桌酒菜。老支书说念大家伙跟了我这么多年，也够辛苦的。跟我后面做事，只有吃亏的份，没占上什么便宜，挺难为大伙的，这顿饭从公从私都该吃。村食堂辛苦一下，摆上 3 桌，钱我来出。那年县镇两级表彰我计划生育抓得好，奖了 500 元钱，就朝这个数花吧。本来这钱，我一个人拿着心里也不安。计划生育的事，是国策，当年不让多生，是国家定的政策，那咱得严格执行，计划生育当典型可不是件容易事，是件左右都为难的事，功劳不是哪一个人的，要靠大伙。这生孩子的事是件不好管的事，要有真不听招呼的，硬是偷着抢着多生那么几个的，这先进也就没戏了，所以说这钱是奖给大家的，不是我一个的功劳，用这钱吃饭，合适。

村宴还是摆了，但没有当初村民们计划得那么排场。钱就是老支书的 500 元计划生育奖金，没敢超过这个数。老支书生平第一次喝了那么多的白酒，情绪一直很高，跟大伙一件件地说过去的事，有表扬老部下的，也有批评的，自然也少不了自我批评。大家轮着敬老支书的酒，都少不了一番歌功颂德，这对老支书来说，自然是当之无愧的。老支书也有这样那样的缺点和不足，但功劳是有目共睹，最关键的一条，就是老支书没有自己的私心杂念，一心为公，从没有用手中之权谋取个人私利。人一旦没有了"私"字作怪，即使有些闪失，甚至错误，人们也是能理解的，还是受大家尊敬的好人。

接老支书班的新任村支书郑佳仁端着酒杯，提着酒壶，走到老支书身边，先给老支书斟满酒，十分郑重地说："杨老伯、老前辈，我诚心诚意敬您老三杯酒，感谢您老对我们周家村发展建设做出的特殊贡献。这杯我是代表周家村三千父老乡亲的，这杯酒您老一定要喝了。这第二杯是我代表这一届新班子敬您老的，表个决心，一定干好！有什么不对的，您老一定指出，您的话，我们一定遵从。这杯酒您老随便喝。这第三杯，是我个人敬您的，您是看着我长大的，培养我到了这天，滴水之恩，当涌泉相报，我恐怕是这辈子也报答不了，一杯酒远远不能表达我的心情，更重要的是看我以后的干劲了，决不丢您老的脸。这杯酒您老只要端端杯我就心安了。"

郑佳仁是说完一杯就仰起脖子喝一杯，干脆利索。郑佳仁本来酒量就不大，今天，一连喝了三大杯，脸已经有些红了，说话声音也大了些，要在平时，他可不敢在老支书面前如此大声地说话。别看他跟在杨节胜后面当了七八年的村官，在村里也是个有头脸的人物，但在老支书面前，他仍然没有多少底气，仍然像个小学生。

"你敬了我三杯，说的都在理上，本该也喝上三杯，但今天这三杯酒，我只喝一杯。我在村里干了小50年，做了一些事，有对的，也有不对的，难免也有得罪了大伙的地方，请大家多多原谅。剩下的两杯，记在我账上，算我欠大伙的，等上山的那条山路真能叫得上路了，我再喝，到那时就是喝上20杯也高兴。"杨节胜说完，端起酒杯，一饮而尽。

"老支书的功德，周家村人永远记在心里。我们今后一定努力，争取早一天让老支书喝上那两杯酒，我再敬您老一杯，算是表决心吧。"郑佳仁见杨节胜一口喝下一大杯酒，急忙又给自己满上一杯，干了。

"功德不敢说。我这些年，带着大家能修通这条路，也算件不容易的事，算得上能放上桌面上的事。但也有遗憾，那就是死了三个人，路还不算个正儿八经的好路，这一直是压在我心上的一块石头，堵得慌，心有不甘啊。现在退了，没什么好说的，希望大伙儿能尽快想办法把上山的那条路再好好修一修，也好让周家村有条像样的出山的路。"谁也没有想到老支书这时候哪壶不开提哪壶，偏偏提起修路的事，还提起当年修路死人那陈年旧事。周家村的人不论大人还是小孩，都知道老支书的脾气，以往谁要提路的事，杨节胜的脸准会沉下来，有时候还会劈头盖脸地训上一顿，渐渐的，谁也不敢提修路的事，更没人再谈那三个"祭"路的魂灵。

"老支书，您这话说到我心坎上了。为了修这条路，您老费了大半辈子心血，我心里是清楚的。贵福大兄弟、范二他大大，还有李家顺子，才十六岁，死得多惨！我们知道您心里痛，以往我们不提，是怕您老听了难受，今天您老终于开口了，我们也就敢提这事了。佳仁啊，你得好好听着，要修不好那路，你就对不起老支书，也对不起那三个死鬼啊！"郑佳仁的父亲郑福贵跟老支书同岁，是全村能在老支书面前直来直去说话为数不多的几个人之一。

"那当然，一定尽力、一定尽力！"郑佳仁一听老支书说起修路的事，心想这真是哪壶不开提哪壶，本想找个话头引开这个头痛的话题，没想到自己的父亲这时候接上老支书的话，把修路的事抖开了说，还直接点了自己的名字。这下打马虎眼是不行了，只好应付着表了态。

郑佳仁也不是不想修这条路，可他心里明白，要想修好这条路谈何容易！当年，老支书带着全村的老老少少，拼了七八个冬天，搭上三条性命硬是炸出了这么条小山路。那股拼命的干劲，也只有那个特定的年代才会有。就是到了现在，日子过去了40多年，周家村的老人们，一提起当年那战天斗地的场景，依然激动不已。那份激情终究留存在了老人们的心底，对于当下的年轻人来说，他们并不知道也难以体会到那一代人的心理。现在地分了，人心也散了，谁也不管谁的事，谁也不能像当初老支书那样一呼百应，不是说他郑佳仁没这个本事，就是老支书出山恐怕也没当年那样的气魄了。现在是什么事都讲钱，也别管你干的是公事还是私事，是正当事还是见不得人的龌龊事，都会有人干，但都得先讲好多少钱一天，少了钱什么事都别谈，更不用说是不给钱的义务劳动。郑佳仁当然知道，要想修好那条路，除非"愚公"再世，领着周家村的子子孙孙们一辈辈地修才有希望，否则，摊上谁当这个村长，也没有胆量夸下把这条路拓宽修好的海口。今天自己被逼到这当口了，当着老支书和老父亲的面，也只好硬着头皮应了下来，但完全没有了刚才表决心喝那三杯白酒时的豪情壮志，只是想先把这事应付过去再说，根本没敢去想如何修路的那茬事，那是以后的事。

郑佳仁上任第二年的冬天，县供电局跟周家村对口扶贫，因为是县里分配的对口扶贫任务，是硬性指标。县供电局局长亲自来了趟周家村，当面问郑佳仁在周家村搞扶贫，究竟搞什么才能见到效果。郑佳仁说，周家村是老典型，还从没有让谁扶过贫，以前都是帮别人的份，现在要说困难吧，就是进村的这条路差点劲，要是你们真想出点成绩，出些钱帮我们修修上山的这条路吧。其实郑佳仁也没想有什么结果，而供电局也知道要修好那条路并非一件容易事，但扶贫是政治任务，总得见到点实实在在的效果，总得经得起上面验收啊。最后供电局从当年乡村电路改造资金盘里切出一块给了周家村。虽说这点钱也只能是修修补补，但这已让周家村人欢欣鼓舞，毕竟是有了这笔修路的专项资金，多少可以干点事了。刚上任的新班子，能有如此的运气，怎么说也是件好事，毕竟是有了那么一笔钱。

杨节胜当了村里40多年的头，堂堂正正那是有口皆碑，绝对称得上是个清官。杨节胜在位子上的时候，从不会主动到上面要项目资金，他能干的就是带着周家村人没日没夜拼命地干，从不想着能从上面争取点支持，就是上面主动给周家村，他也不稀罕，更不积极。郑佳仁一接班，就有这么个好事，周家村人嘴上不说什么，估计心里都在琢磨着点什么，有钱把路修一修，怎么说都是大家心里的乐事。

村宴从中午一直喝到了晚上，全村上了桌的大老爷们人人都喝了不少的酒，话也比以往说得多得多，当然也比平日里说得实诚。最后，一算账，杨节胜那500块钱还剩下50多元。杨节胜说，给学校买点笔墨纸张吧。

随着村宴的结束，杨节胜也就不再是村里的一号人物了，取而代之的是郑佳仁郑支书。只是村里人仍然叫杨节胜支书，而把郑佳仁叫作郑支书，带上了一个姓。郑佳仁也有运气背的时候。冬春修修补补折腾了好一阵子的路，在夏天几场大雨之后，竟有近3里的路段出现了大面积滑坡，路又断了。

各式各样的议论随着唯一的一条上山下山的路被堵而陆续在村里传了开来……

那路修通几十年了，窄是窄了点，但总是能走的，这下可好，花了钱不说，倒是把路给堵上了。

郑佳仁也真有点不知天高地厚，官没当几天倒想做大事。跟老支书比起来，他真的是太嫩，也不知道差得多远，老支书都做不到的事，他能成？这明摆着是逞能！

别的闲言碎语，郑佳仁就是在乎，也没什么可说。花钱不但没把路修好，反倒给堵上了，这事摊到谁头上也是堵心，但这能怪谁呢？要怪也只能怪自己运气背，这口黑锅也只能自己背着。但有人说他占了公家便宜，在扶贫款上有些不明不白，郑佳仁可就不干了，一下子就真的急了眼。可是急了眼也没招，因为这些闲话只是私下咬嘴角，谁也没有摆到桌面上明说，这样谁也不好率先发作。郑佳仁只好忍着，后来实在没办法见人就发誓赌咒，说要是拿了一分钱进了自己的腰包，天打雷劈，断子绝孙！

你说好好地这么发一通毒誓，谁听着都觉得怪。郑佳仁最想跟杨节胜把这事说说，可就是开不了这口，就是这毒誓也唯独不敢当着杨节胜面说。

郑佳仁上任后这是第二次断路了。

上次是因为风雪，谁也没说他什么，天灾谁也不能抗，换着谁也不敢跟老天爷较劲。可这第二次路断算不上什么天灾，郑佳仁自然感受到了巨大压力。这次不但是山上山下断了通道，关键是路恰巧是在省、市、县几番人马走马灯似的考察周家村之后突然断的，郑佳仁急就急在这里，赶上这么个时候，谁也说不准，什么时候上面会来个什么样的大人物，要是因为这条路断了上不来，误了开发的事，别说他郑佳仁，就是镇长、书记也交不了差。这个村官当不成尚且不说，说不准给你查个什么错儿出来，给你定制一顶帽子给带上，那都是易如反掌的事。再说，开发的事要是因此泡了汤，那自己前些日子没日没夜的折腾，岂不是白费了力气。

就在郑佳仁进退两难，整天为这条路发愁的时候，周东明突然回到了村里。放出话说决定由县交通局筹一笔款子，不仅要重新打通这条路，而且还要把路拓宽成两辆车可以交汇行驶的二级公路，让山路真正地变成一条通向外面的宽阔大道，让周家村的开发红红火火地搞起来，让周家村父老乡亲真正地富起来。

周东明出乎所有人意料的一番演说的的确确让周家村人着实激动了一番。说实在的，周家村人都有些找不着北。他们纳闷为什么以前一直为了避嫌而一直对养他成人的家乡有些刻薄的周东明，这次对周家村竟如此慷慨大方，没有人去找他更没有人去求他，他自己倒主动来了，说要投钱修路，这岂不是天上掉馅饼，让人吃不透装的是什么馅。

只有杨节胜知道儿子心底打的算盘。对自己儿子心里在想什么，杨节胜是再清楚不过的了，就是周东明自己也难以明白自己究竟要干什么的时候，杨节胜就能知道他其实在想什么。就他那点心思，杨节胜早就看得清清楚楚。

其实，此时的杨节胜虽然还不太清楚开发是个什么意思，但周家村到底发现了什么宝他是知道的。周家村能有什么，他杨节胜比谁都要清楚，祖上留下来那座山多少年前就有人打它的主意了，他硬是压着没让动，谁也没敢动他一锨土、一棵树。

周家村这座山，有着神奇的传说，一辈辈人都说它是一座神山，有人干脆就这么叫。许多传说经过一代又一代人的口口相传，再加上各式各样的加工，传到现在就更加神秘、富有传奇色彩。杨节胜对开发利用这座山本来是犹豫的，也曾经动过心思。大集体时有人提议在神山谷建一座石料场，开采一点石料为集体挣点钱，可一露点风声，就被周家村的老人给压了回去，怎么能在神山谷炸山呢？杨节胜明白了，动神山谷的念头简直就是没头脑的想法，很快就丢掉了这个念想。在他在位的这么多年，再也没有人动神山谷的念头了。

这次上面突然提出要开发神山谷，杨节胜刚开始并没有多在意，他想这可能也只是一些人见他退了下来，找点事吵吵罢了。想着毕竟现在是人家郑佳仁当周家村的家，自己不能像以往在位时那样凡事一马当先，看看再说吧，所以他根本就没表达自己的态度。

紧接着一连出了那么几档子事，把杨节胜搞得精疲力竭，一时没有了精力操心这神山谷开发的事了。让杨节胜没想到的是这开发的事竟然跟自己女儿牵扯到了一起，还跟一个洋人有牵扯，这就彻底打破了他心中的平衡，让他再也坐不住了，哪怕这之前他遭受了什么样的打击，这时候他也要重新站起来，拼掉这条老命也要坚决阻止这场开发，那是一座神山，谁也动不得。

现在开发还只是嘴上议的事，他想反对也无从下手。倒是二儿子周东明表现特别积极，急着要筹钱先修路，这让杨节胜有些左右为难。

杨节胜知道儿子真正看重的是周家村搞开发的事，本想出面阻止，但一想那条上山的路要是能再修修那是再好不过的事了，自己在任时一直有这个心愿，一直觉得再不修修总觉得自己欠了乡亲的。现在既然县上有钱修路，那不正好了了这个心愿，再怎么说修路总比整天胡吃海喝瞎折腾强。

周东明无疑是个精明的人。

周家村的人还一直没弄明白开发究竟是怎么回事，可他已把事情的来龙去脉搞得清清楚楚，并且在心底掂量出这场开发的分量。

周东明是周家村土生土长的，他更加觉得他最先从这场开发中有所作为是历史赋予的使命，天经地义。不仅是他这样想，全周家村人都这样想，因为他周东明是周家村人公认的能人，还是当官的，你不出力谁出力？

周东明自然有了一种舍我其谁的感觉。

自从那次遭遇之后一直振作不起来的心情在这种激情的强烈冲击下

再一次亢奋起来。

从黑暗心理走出来准备再次与现实交手的周东明，面对即将到来的巨大机遇，有一种本能的兴奋，他天生就是这样从不放弃任何一次机会。

这是他的个性。他同样有着自己的痛苦。

章月儿为了帮他打探消息，一去杳无音讯。周东明感到特别沮丧。其实周东明心里清楚，章月儿对他是动了真心，但他却始终装着，不是他心里没有动过一点念头，但他却始终没有闯过自己心里设下的那道关口，他不让自己越过雷池。他也知道章月儿对他的情中感激占了很大的分量，当然也有一部分是欣赏甚至是崇拜。

章月儿从来没有找他主动要过一分钱，也没主动开口要过一样礼物。

她对他有的只是一份真心感激，感激他为自己在城里找到了一个可以落脚的地方，还有可以成为真正的城里人。

她不是那种靠在东街卖笑、在西街卖笑赚来的钱开家饭店，摇身一变成了老板的那种能把脏钱洗成干净钱但身上却难以洗净的女人。

周东明心中还有一个难以解开的结。这个结不仅束缚了他的手脚，也极大地影响着他的心情。以前回周家村，他可以昂着头，自信地面对周家村的老老少少，可以坦然地与老父亲那威严的目光对视。可是，现在他周东明却无法与父亲对视，他心中有一种胆怯，有一种说不出的空虚。

杨节胜对二儿子东明的看法也因为那次变故而一落千丈。

但本性倔强的杨节胜又真的不愿相信自己亲耳所听的是事实。或许那也只是道听途说来的闲话，谁也没有说得那样明白，谁也不能证明听到的那些话是真是假，真相究竟是什么样子，杨节胜不知道，他也没法去证明，又不愿真的去验证这一切。这便成了一个无法解开的疙瘩，让杨节胜几十年潜心修筑的心灵自尊的堤坝在毫无准备的状况下轰然坍塌。

　　杨节胜欲哭无泪，面对周家村老老少少，杨节胜也有了一份从未有过的空虚、一份从未有过的胆怯。

　　父与子这种心理的失衡就这样持续着。

　　周东明毕竟是周东明，在那种无法与父亲对视的感觉经历一段时间的沉默之后，已不再像当初那样强烈，他极力地调整自己，继而开始重新认识自己的父亲，重新调整自己的这种失衡。

　　自己心目中一直敬畏的父亲真的有些老了……

　　杨节胜也在调整着自己的失衡，他苦苦地回忆自己的过去。他觉得自己或许真的老了，不仅是对儿子的教育，还有对这些世事的处理，他明显感到有些力不从心。尽管心里闷着一团火，但却不知道该怎么发泄出来。明知道儿子这次回村里修路，一定有自己不想让别人知道的打算，但他却不知道该不该想办法让他停下来，他只想让周家村早点安静下来，也让自己早一点清静下来。

第十一章

杨瑶嫁了洋人的传闻传了那么一阵子，便再也没人提起。这事对别人来说就像是风一样就这样过去了，但对杨节胜来说却没有那样轻松，麻烦非但没有过去，反而变得越来越复杂了。

杨瑶并没有嫁给洋人，但杨瑶有一个洋人朋友却是千真万确，因此周家村也有了第二次大开发。

周家村上一次大开发还是几十年前的事了。那时周家村赶上第一个国民经济五年规划，苏联老大哥支援帮助开建了一个机械化制茶厂，在当时那可是个在全县都有名的大项目，那次大开发让周家村红火了几十年。

这次大开发不再是苏联老大哥帮忙了，倒是美国人回来搞合作开发了。周家村人嘴里的洋鬼子通过杨节胜的女儿找到了周家村这块藏在大山深处的宝地，热热闹闹搞起了大开发。

亲手完成周家村第一次大开发的杨节胜，这一次成了看客。这次走到前台的是他的几个子女，杨节胜不当村干部了，一家之长的位置总还是在的，只是他就是在这个家里也未必能真的作得了主了，就连女儿也不一定听话了，更何况官当得比自己大还当过自己顶头上司的二小子，那恐怕是真的不听了。

周东明的筑路大军是在他上次回村半个月后开到周家村的。周家村第二次大开发也就这样非正式地拉开了大幕。自此，杨节胜应该算是没有谢幕地退出了周家村政治舞台的中心。

正巧那天午后，一直不见好转但病情也没有继续加重的杨节胜突然昏迷，村里人抬着担架把杨节胜往镇上医院送。担架从半山腰修路队伍中穿过时，嘈杂声曾把杨节胜从昏迷中惊醒，惊异地望着那么多人在那里抡锹挥锤。

杨富国跟父亲撒了个谎，说这是村里人又像当年农业学大寨那样，男女老少都在修梯田呢！杨节胜的眼皮努力地抬了抬，嘴角露出了一丝难得的笑容，但瞬间便消失了。

杨富国不知道父亲是真的相信了自己的话，被自己虚构的情景所感动，还是笑自己最老实巴交的儿子竟然也学会了说谎。

杨节胜的那一丝笑容让杨富国禁不住打了个颤，汗从脊梁骨的缝隙中渗了出来，不觉中汗衫全湿透了。

周东明在父亲住院的第二天赶到了镇上医院。

"周局长，老支书的病没什么大事，这病多半是累的。调养几天就行了。"镇医院的胡院长知道周东明来医院看老父亲，急忙赶到大门口迎接。

"多谢院长了，老爷子要是没什么大病，我就不去病房了，修路的事挺急，我去工地看看，烦你多费心了。"周东明一听胡院长说老爷子并没有什么大病，不像三弟在电话里说得那么严重，就临时改变了主意。

周东明在四牌楼镇当镇长时，最怕见的人就是杨节胜，能躲就躲。现在自己大小也是个局长，但见了老父亲，不知怎么，就是硬气不起来，

130

身子总有些发软。要不是三弟电话里说父亲生病的时候差点哭出声，他是不会这么急慌慌地赶来挨父亲的训斥。

周东明的午饭没像往常那样在镇上的天堂酒家吃。而是到工地上跟承包这条路的工头刘海成在临时搭起来的民工灶吃了顿便饭。

刘海成是周东明在一次下乡扶贫时结识的。周东明的司机贾天成跟刘海成关系很铁，认识没几天，就称兄道弟的特别投入。周东明也知道这两个人都是精明人，能这么快投缘，其中的缘由，就是傻瓜，也能猜出一二。好在贾天成不是个吃独食的，有什么好事，也从没一个人悄悄地享用，算是个知事理顾场面的人。

周东明今天本来没有准备去工地，他是专程为父亲的病而回来的，见父亲的病无大碍，于是临时起意去工地看看。

周东明是个心里放得下事的人，许多事都能沉得住气，极少有心里压不住阵的时候。但对这项工程，他心里一直有些放不下，究竟该怎么搞其实他心里也没有多少底，也一直在打鼓。周家村开发的事着实热闹了好一阵子，突然就没有了动静，不料隔了一些时日，又呼啦啦来了一大帮人，又那么热闹上一下，接着又没有动静。同时还不断有些小道消息传出来，使本来就不明朗的开发再添几份神秘的色彩。

周东明的确是个大能人。在省城不仅有很硬的关系，而且朋友也不少，有一帮铁杆兄弟，分布在政府机关的各个部门，所以不缺通风报信的主。一直以来上面的消息都很灵通，没想到这次消息就突然不那么灵通了，别说像以往那样有人主动报告的，就是打听，也打听不到一个真切可靠的说法，问谁谁也说不出个准信。

平常所依靠的获取消息的渠道用不上，周东明就把精力放在打探"小道"消息上，这也是他精心备下的。

周东明信这些听起来似乎没边没沿的"小道"消息的。他对"小道"消息有着自己独特的理解。他认为小道消息本来是指那些传播渠道不正规的官方消息，是一个畸形的社会现象，所以大家虽然都爱把它叫作"小道"消息，但心里却明白"小道"消息往往就是最准的官方消息，仅仅是因为来路不明才被冠上了"小道"这个不太好听的名字。

现在就连"小道"消息也很难找到，一切都变得模模糊糊，让人捉摸不定，这的确让周东明有些左右为难。工程是自己主动要求上马的，本来是想在大开发中抢到头功。

一到工地，周东明一眼就看出工地上的那种繁忙、热闹是做出的样子，包括那块写在工地最上头那块黑板上的宣传口号，让人看了就觉得有点怪怪的味道。什么"战天斗地不怕流血流汗，大干百天定叫山路变坦途"，说不准就是当年父辈们修路时喊出来的口号，没想到过了30年的光阴还能用上一把。

"周局长，你大驾光临，也不事先说一声，也好让我有个表达心意的机会啊！"刘海成在周东明面前的样子很谦虚，可以说很温驯，像个小绵羊。

"临时决定的，也没什么大事，随便看看，你忙你的，我看看就走，不耽搁你战天斗地。"周东明虽说打心里看不惯这些只会做面子文章的人，但面子上还是客气的。

"中午饭就在工地上吃吧，我知道局长是城里头的人，馆子里的好东西什么没吃过，今天下乡就搞一次忆苦思甜，尝尝咱农家的粗茶淡饭！"刘海成心里也清楚周东明并没有把自己这么个小人物放在眼里，但为了巴结上这么个财神爷，脸上的笑容是不能少的，语气的谦逊也是必须的，就是装也要装出来。

"到了你地盘上，就听你的，咱们就在工地上说好了，就吃个便饭，不多费神。"周东明本不想在工地上吃饭，但这些日子闷在城里，心里的确是憋得难受。今天出了城，想好好地放松放松。整天在城里吃腻了那些大菜，也换换口味。刘海成正好抓住了他的心思，吃个农村土菜的提议正好合了他的心意。

刘海成准备的午饭真的再简单不过了，两个时令蔬菜、一盘红烧土鸡、一盘红烧肉，另加一盘菜炒米饭。周东明倒也吃得很香，这也是他少年时只有年夜饭才能吃得上的美味佳肴，他心底依旧有着深深的记忆。

"周局长，这路修得可真算英明了，现在大家都说'要想富，先修路'，周家村要想真的富起来，就得先修好这上山下山的路。你花钱来修这条路，你就是这山上人的大恩人啊。"刘海成知道周局长打心底喜欢别人的奉承，饭桌上时不时还要颂扬一番。

"这条路的分量，你我都是清楚的，绝对大意不得。我担心的不是开始，而是结尾，是真正的效果。你知道周家村村头那个水塔吧，应该说修得那真是个好，可有什么用呢？现在那也只是个标志，吃水还不是要一担担地挑？还不就是那最后的收尾工程没有落实，引水的管子没接上，再好的水塔也只是个水塔，没有用的摆设。"周东明想点拨点拨刘海成，不要老想着搞花架子把钱拿到手，想着跟自己来虚的。这次他周东明可是要来真的，是要动真格的。他要的是一条路，一条平坦宽阔、平步青云直达顶峰的路。

修路因为有交通局局长的关注而进展异常顺利。虽说还是跟以往修路一样，工钱多少都是先记在账上，不到整个工程最终竣工结算，是领不到一分现钱的，工人吃的饭菜都是从家里带，有时甚至连修路的工具都是自己从家里带。以前，承包工程的包工头最头疼就是这工钱的事，农民做工不怕出力，就是再苦再累也没什么怨言，最怕的就是吃了苦受了累却拿不到现钱，结账的时候，老板要么绞尽脑汁找理由这里扣一点、那里罚一点，要么干脆一走了之，一分钱不给。农民干活是想做一天能拿一天的工钱，哪怕少一点也心甘情愿。刘海成也担心工钱没着落，好在这次交通局局长亲临工地视察，刘海成心里就踏实多了。周东明前脚一走，就把所有的修路工召集起来又开了一次动员会。

这次他明显硬气了许多。

"交通局的周局长刚刚在我这里吃了顿午饭，午饭就比你们多了一个烧土鸡，没多吃更没喝，人家周局长是个大官，想吃什么在城里吃不上？他不在乎吃什么，人家心里惦记着的就是工作，时刻在关心我们这条路啊。大家都知道周局长是周家村的人，是老支书的儿子，那可是个大能人呢！他说了，路要修好，不能出一点差错，钱是绝不会短我们的。我寻思着要是把这路修好了，他一高兴，说不准还能多给个万儿八千的，我不挣黑心钱，只要大家好好干，保证兄弟们个个满意！"刘海成说话的时候，脸上挂着一丝得意，他心想把周局长来工地吃饭的事告诉了大家，好给自己壮壮胆、长长面子，免得大伙儿隔三岔五找他算工钱。

"那周局长这次为啥这样积极？他大大当周家村支书的那年头，他是镇长，不但从没给周家村一分钱的好处，反而每次收税催租都是先拿周家村开刀，让他大大带头第一个交。大家都说他是黑面包公呢！"周家村的朱二海是杨节胜当支书时的生产队长。那年为队上打井的事找过当时的镇长周东明，钱是没要到一分，气倒是受了一肚子，以后不管是谁只要一提起周东明，他就气不打一处来。

"二海，听说那年你为了打井，跟在老支书后面转了好几个月，好不容易说动了老支书，怎么老支书开了金口，那周镇长也没给个子儿？是不是人家给了钱，你拿钱买酒喝了。"林春贵是周家村有名的贫嘴，什么时候都爱逗个乐。

"狗屁！老子喝酒喝得痛快，喝的是自己挣的血汗钱，不像有些人，喝的是咱农民的血汗！"朱二海的气一上来了就骂脏话。

"周局长是个大善人，上次为孙家村一下子拨了好几十万修路，好几十万啊，那是个什么数，你朱二海恐怕连数都数不清，想都不敢想。"周家村的杨虎明向来看不惯朱二海，朱二海当队长的时候俩人就爱顶牛。

"什么好几十万？有人说上百万呢！那么一大笔款子怎么只修那么一

小段路？再说那钱也不是他姓周的私房钱，还不都是我们农民的血汗钱，怎么都成了他周局长的恩赐了？"朱二海看不惯杨虎明吹捧周东明，一听杨虎明提孙家村修路的事，气就更不打一处来。

"再说了，都说花了十几万，有谁知道是真是假？还不知道都花到哪儿了呢！这里面有多少猫腻谁知道？有谁拿了不该拿的谁知道？"朱二海不容杨虎明说话，情绪更加激动了起来。

"听孙家村人说，当初为修路，孙家村的老老少少都交过钱、集过款，就连孙少平的老娘也交了钱。人家老太太可是老军属呢！也不准少交一分。这叫什么？这是非法集资，中央都说不应该，你没听电视里整天都在说这个政策吗？可咱们地方上什么时候缺钱花了，钱是想收就收，收了谁也不敢说。"刚从部队复员回来的杨晨东一向寡言少语，今天不知怎竟一口气说了这么多。

"真是太混账了，孙少平的老娘就一个人在家，人家老伴是抗美援朝的老革命，早就过世了，老人家把儿子送到了部队，那叫报效国家。老人平时连吃盐的钱都舍不得花，哪有钱集什么资啊，你说这事办得混账不混账？"朱二海一听有人竟敢收孙少平老娘的钱，火气一下子就蹿上来了，眼睛瞪得圆圆的。

"我听说老太太当年为了送儿子孙少平上部队当兵，还跟镇上签了协议呢？"孙家村的小狗子说。

"什么协议？哪有当兵还签合同的。"朱二海吃惊地问。

"镇上的头头不想让孙少平当兵，怕他当兵走了，老太太就要找政府照顾，于是就千方百计地找了许多理由不想让孙少平当兵。老太太急了，找到镇上，老太太对镇长说，儿子当兵，是去保家卫国，是去尽忠，不是去打工挣钱，叫我签什么合同？刚解放那年我就当过一回军属，现在门框上还挂着那块'光荣人家'的军属牌，你说这军属牌能不能担保让我儿子去当兵？儿子当兵走了，我不要你们政府多照顾，也不拖累你们当官的。"

"人家老太太说得多好，签什么狗屁合同，简直是欺人太甚！"杨晨东气呼呼地说。

"合同真的签了？"朱二海急切地问道。

"签了！老太太不识字，托人写了张合同，不会写名字，是按的手印。"

"我要找到那个合同，一定送给电视台，让电视台报道报道，为老太太出口气。"人群中开始有人为孙少平娘抱不平。

"我说你们这是在开批斗会啊，'文化大革命'早过了，不兴这个了，大家还是踏踏实实干活吧，挣到钱不比什么都好，操那么多闲心有什么用？干活吧，干活吧！"其实刘海成也爱听大家这样说，觉得听了很解气，但怕大家这样说下去会闹出什么事情来，便及时打住，但口气有些怯怯而快快。

修路的事并没有因为大家心底有怨气而受到任何影响，山里人就是这么实在，干活从不知道偷懒耍滑，他们从来不把力气当回事，敞开来用，从不知道吝惜。尽管辛辛苦苦地干了而且还一时拿不到一个子儿，但总归是挣了个数记在了账上，账上有总比没有强吧，那总算是有点希望吧，总要比闲在家里强。

修路的事在周家村又成了件大事。

第十二章

没想到大事竟让几个小人物搞了个底朝天，况且这几个小人物还是平时见了支书都不敢大声说话的小人物。

事情的起因是这条路需要从周家村的虎形岗穿过，而那虎形岗又是一个非同小可的山岗。

路刚修到虎形岗的东头上时，就被岗头上住着的七八户人家的老老少少给堵住了，坚决不让路从岗上穿过。领头"闹腾"不是别人，就是平时老实巴交，一棍子打不出个响屁但脾气挺倔的范二。

刚开始的时候，范二对修路是举双手赞成的。范二他父亲当年就死在修路工地上，能把路修好，也是了了父亲的遗愿，对老母亲对自己都是一个安慰。再加上在镇上开了个小店，要是路修好了，上山下山就方便得多。范二一听县上要投钱修路，打心底里乐。但事情就在外号"地神爷"的朱九妹一次酒后好似无意说起周家村风水而出现了180度大逆转。

这一逆转可非同小可，闹出一场大祸。

朱九妹是瘦猴悄悄请出山的。瘦猴并没有如愿抢到这次修路的机会，心里特别不忿，他把这都归结到那次自己在李杏花火锅店里的丑态发作。但他并不放弃从别人手里抢回他认为本该是他的机会，于是他就又出手了。

风波就是由朱九妹的风水说引起，周家村人是信风水的。就算"文革"那么彻底地革命，当先进当了那么久，但从骨子里还是信风水的。

绰号"地神爷"的朱九妹，本不是周家村人，是要饭要到周家村的，一个大男人偏偏起了个女人的名字。

朱九妹这个名字还有一段来历。

朱九妹的父亲是个盲人，专门替人算命，据说算得还算灵验，但不管怎么算，就是算不准自己老婆每次怀的孩子是男还是女。老朱说自己命上有子，迟早是会有儿子的。老朱的老婆也特别能生，几乎是一年生一个，不到 10 年的工夫就给老朱生下了八个女儿，偏偏没有一个小子。有人笑话老朱连自己有没有儿子都算不准，还替人算命，八成是骗钱，老朱从不跟别人为这事争辩。老朱真的特别想要个儿子，但老朱的老婆就偏偏不生一个带把的。老朱想要儿子的愿望一次次破灭之后，灰心极了，不再像以往那样一吃过晚饭就催着老婆上床干那事，几个月也懒得回家，在外面挨村挨庄地给人算命，一门心思挣钱，再也不想生儿子的事了。没想到，他这一松劲，半年之后，老朱老婆的肚子又大了起来，老朱看不见，老婆也不讲。老朱在外面算命赚钱，老朱老婆在家带着八个女儿，挺着大肚子干着农活。

"老朱，恭喜你啊，总算没白费劲，你老婆这回真的给你生了个儿子，没想到你这算命的鬼把戏倒是真的可以传下来了。我问你，你命上真的有子吗？怎么你那小子长得不像你，倒像是别人家的儿子。"一天老朱在镇上正巧碰上瘦猴，瘦猴一见老朱，就要戏弄几句。

"生什么狗屁儿子，我都一年没再想再生什么儿子女儿了，老朱命

138

苦，命中无子啊，你就别戏弄我这样一个什么也看不见的老朱了！"老朱本不想跟瘦猴多话，但又有些怕瘦猴，就可怜兮兮地接了这么一句。

"你还算什么屁卦，连自己有没有儿子都算不准，以前硬说你命中有子，你老婆是生了一个又一个，一连生了八个丫头片子，整个村子的计划生育都被你搅和乱了，让大家陪着你受累，你说你缺德不缺德？现在你老婆真给你生了个传香火的，你又说自己命中无子。我问你，你老婆生的那儿子八成不是你老朱的？听说你一年都没跟你那俊媳妇上床了？你能扛得住？鬼才信呢！"瘦猴总想占老朱老婆的便宜，老朱老婆虽说也是个水性杨花的女人，但偏偏不跟瘦猴上床，就是动动手脚的便宜也不让他占。为了这个，瘦猴一直不甘心，总觉得有一股怨气堵在心中，心想我瘦猴哪点比不上你，村里那么多人都能给老朱戴绿帽子，而我瘦猴怎么就不能给老朱也戴上一顶呢，多我这顶绿帽子有什么大不了的。

"烂东西，光谣言有个屁用，我反正看不见，像个猪婆子，生得再多，没一个带把的，有个球用！"老朱老婆年轻的时候，听说是颇有几分姿色的，是老朱花 1000 块钱从人贩子手中买下的。可怜老朱眼睛看不见，媳妇的美貌对老朱来说实在有些可惜。不但可惜，老婆的漂亮反而给老朱添了不少心烦。

老朱老婆年轻的时候，也是个闲不住的女人，背着老朱跟不少男人有过那些偷情的事。老朱的八个女儿长相各异，外村人常把老朱的女儿认作是本村或邻村谁谁家的孩子，好在老朱看不见，尽管别人都这么说，老朱嘴上一直很硬，从不认这些要戴在他头上的绿帽子。

这顶绿帽子老朱嘴硬不认账，别人也是奈何不得，但实际上老朱心里也有数。前些年，孩子还小，农忙的时候，老朱家的农活总是有人帮着干，名义上是看着老朱可怜，但老朱心里清楚，要不是媳妇有几份姿色，谁会在那么忙的时节肯丢下自家的农活给你抢收抢种。老朱听着老婆跟别的男人有说有笑，心里怎能不难受，可苦于眼睛看不见，加上自己这个家又离不开老婆的操持，也就只好忍着。耳不听，心不烦，老朱就常常离家到外面给人家卜卦算命，有时候几个月也不回家。第八个女儿生下来后，老朱更是凉了心，干脆整年不回家。

老朱媳妇也不管老朱回不回家，老朱在家也干不成啥事，还碍手碍脚的，倒不如在外面省心省事。

老朱不回家，老朱老婆不操这个心，但老朱在外面算命赚的钱倒是一个钱也不能少，必须全数上交老朱老婆。老朱倒是看得开，算命挣的钱也算不得什么钱，自己动动嘴皮也没累着，交就交吧，只求在外面图个自由快活，倒也不差。

但这次老朱不干了。老朱眼睛看不见，但他心里却不糊涂，自己整年在外面没着家，不只是他老朱自己知道，全村人都知道。一年里家都没回一趟，连面都没见上，媳妇竟堂而皇之又生了娃，这顶绿帽子是怎么赖也赖不掉的了。

老朱这次想骗自己都骗不了了，无论如何叫老朱也接受不了这等侮辱，这脸打得叫人躲都没法躲。老朱心想，传宗接代传得必须正宗，可这传得明摆着不是我老朱的种，这不是明摆着糟蹋人吗？这不仅是对我老朱的羞辱，更是对我老朱祖上的莫大羞辱，这口气叫谁也咽不下去。

最卑微的人也会有冲天一怒的脾气。被激怒的老朱气呼呼急匆匆地赶回家，本想着一回家就狠狠地抽媳妇几巴掌，不光是解解自己心头之气，关键是要为祖上出出晦气，也算是找回点做人最起码的面子。没想到一回到家，老朱就泄气了，那满腔怒火在媳妇连家门都没让进的霸气打压下，刹那间就没了，泄了气的老朱连个正眼都不敢看名义上还是自己媳妇的女人，他那双瞎眼正不正眼都无关紧要，反正都是看不见，他能做的也就是蜷缩在房子的一个角落，躲在一边心里生着闷气，大气都不敢出了。

"你这个死老朱，老娘辛辛苦苦给你生了个儿子，你倒好，回家连

140

个屁都没有，你不是会测字算命吗？给儿子起个吉利的名字。"老朱没发火，倒是老朱老婆的泼劲上来了，非但没有一丝愧意，还依旧对老朱恶狠狠凶巴巴，好像一个立了战功的大英雄。

"是不是儿子，我也看不见，你们说是就是，反正我是看不见。"老朱本想就这样忍着，尽管心中有气，可又不敢跟老婆对着干，没想到这媳妇也太过分，逼急了的老朱还是表现出了他那少许的不满和不快。

"你这个臭老朱，还敢跟老娘顶嘴，你说不是儿子是不是？那我现在就拿刀割了小蛋蛋，断了你家烟火！"老朱老婆火气一上来，凶得像头母狮子。

"割就割吧，反正有了那玩意，也不是什么好事，有也是个杂种坯子！"老朱是真的被逼急了，破天荒地回敬了一句，声音虽说不大，但这也跟十几年来的唯唯诺诺判若两人。

啪，啪！老朱老婆狠狠地扇了老朱两巴掌。

老朱一声也没吭，连头也没抬，只是闷着头继续抽着他那从不离手的旱烟。

"名字就叫九妹吧，顺着来吧！"老朱挨了两巴掌，一点反应也没有，好像打得不是自己，语气平缓地说了儿子的名字，好像是在为人算命一样。

九妹的名字也就这么用了下来，从了朱姓。老朱顺嘴为儿子起了个九妹的名字后，就一声不吭地离开了家，离开了周家村，再也没再回来。

从那以后，周家村再也没有人见到老朱。杨节胜曾发动全村人四乡八寨地找过，但一丝音讯也没有，老朱就这样无声无息地离开了周家村。

有人猜测，老朱是寻了短见，但尸首一直没有找着。刚开始几年，周家村还常有人说起老朱，时间长了，也没有人再提起了。

老朱老婆从来也不跟人提起老朱，更没有出去找过老朱。当然，从那以后，也再没有老朱算命赚来的钱可以花了，老朱老婆带着几个孩子倒也过得不差，老朱老婆有自己活命的法子，有没有老朱并不是个事。

老朱可怜。

老朱几个孩子也可怜。

朱九妹一生下来，名义上的老朱父亲就没有了踪影，成了没大大的孩子，也挺可怜的。加上村里的小伙伴常骂他是杂种，九妹这样一个本该是女孩子的名字又常被人取笑，从小就不合群。9岁那年突然得了一场大病，整整昏迷了七天八夜，老朱老婆都给九妹准备了后事，没想到这时候周家村突然来了一个云游四方的老中医，老朱老婆本来都不想叫看了，就等着九妹一口气上不来就挖坑给埋了。邻居看不过去，把老中医请到老朱家，对老朱老婆说你就当给菩萨敬炷香吧，给九妹看看吧，老朱老婆还是不想让老中医看。但到了老朱家的老中医不答应了，非要给九妹看，并且答应不收一分钱。老中医号了号脉，就给开了几副草药，没想到这草药还没喝下一剂的量，九妹就醒了，就这样神奇地把九妹的命给救下了。命是保下了，但却落下腿疾，看起来好好的，走起路来却怎么也走不稳当，一瘸一拐的。九妹只上了两年学就再也不愿上学了，杨节胜拿着棍子往学校里赶，九妹就是不去，说打死也不上学了。老朱老婆对九妹也不好，九妹也不跟她亲，俩人很生分。

不上学的九妹也不知啥时候得了什么邪道，长大后竟干起了跟老朱差不多的差事，除了测字算命之外，更多的是给人相面、看风水。据说有几次看得特别准，一时名气大振，不仅是周家村，几乎全县的乡乡镇镇都有人慕名而来。

九妹这个名字本来就怪怪的，再加上还是一个能掐会算的"半仙人"，慢慢地就有人把"九妹"故意改叫"九仙"，也有人说是"酒仙"，反正这么一改，听起来倒是顺嘴多了。

但朱九妹有个老规矩，这是始终不破的，那就是从不在本村及邻村给人看相、算命、看风水。有人问其原因，九妹大都不言原委。

有人说一次九妹喝醉了，跟人说了真相，九妹说周家村的杨节胜阳气太盛，他的这些东西在周家村就不灵验了。

杨节胜自然也不会允许他在周家村干这种营生，朱九妹怕杨节胜，从小就怕，总是躲着杨节胜。

但修路修到了虎形岗，朱九妹破了例。一次在外村跟人喝酒，酒劲还没上来，也没有人提周家村的风水事，但朱九妹却主动说起虎形岗的风水，这次他并没有喝多少，至少没有醉。

瘦猴之前专门跟九妹见了一面。

"周家村有一块地风水与众不同，你们知道吗？"朱九妹突然问同桌的人。

"不知道，从没听人说过，你说说，好让我们开开眼界！"众人附和。

"说说倒是可以，但天机不可泄露。"朱九妹神秘地笑了笑，压低声音说。

"听你的，对谁都不说。"大家有些急迫。

"也不是说对谁都不说，就看对谁说，怎么说了。"朱九妹挤了挤眼笑了笑，喝下一杯酒。

"请指点迷津！"众人有些迷惑。

"第一，你们千万不要说是我说的，周家村的人跟我向来有过节，我不想惹他们，也惹不起他们；第二呢，你们只能跟在镇上开店的范二说出详情，除了范二，对周家村的任何人也不能提一个字。"朱九妹放下筷子，神情严肃地说。

"绝对遵从，大师请讲。"众人开始称朱九妹大师，脸上平添了一份肃然起敬的神情。

"你们仔细想想那周家村的虎形岗，是个什么样的山形？那是一头猛虎伏在岗上，虎形岗也因此得名。再看虎头上的那块巨石，周家村的人都叫他雷打石，传说是雷神劈的。那块雷打石绝非一块平庸之石，那可是一块天下难得一见的奇石啊！奇就奇在你不论站在岗上的什么地方看，都是活生生的一条猛虎张开血盆大嘴对着你，好像在对你咆哮着、怒吼着。虎形岗为什么一直兴旺，老支书家出了那么多有出息的人，当军官的、当局长的、上名牌大学的，靠的就是虎的威风，虎形岗的风水不一般啊！"朱九妹一说起风水，便神采飞扬。

"那为什么虎形岗上的有几家运气背呢，天灾人祸不安宁？"有人疑惑，忙问。

"你是说范家和孙家！范二的大大怎么死的？孙家的小儿子怎么死的？修路炸石头砸死的，那是动了龙脉，惊了龙颜。"朱九妹故作慌张地说。

"那不是虎吗，怎么又出了龙脉？"又有人弄不明白了。

"这就是虎形岗风水特别的根源。你想虎形岗的山崖下，不是有一巨大的石洞，周家村的人习惯叫它海天洞。相传古时候一个受难的龙王三太子，在与虎王打斗中受伤，被逼到这山崖下，前面是千丈石壁挡住了去路，后有猛虎紧逼。无奈，龙王三太子粉身碎骨化作一股白烟，穿崖而过，留下此洞，就是海天洞。雷劈下的那块巨石，正巧落在虎口之下，远远望去，又似一观音娘娘怀中抱一童子，与虎对视。那是观音奉玉帝之命，前来调和龙王三太子与虎王的争斗，一场虎龙之争这才消停下来。也正是观音的调解，周家村历史上才风调雨顺。只可叹那一年村里修路，炸了那块神石，才招来一场杀身之祸，死了三个人。"朱九妹说话的时候没忘喝着酒，被酒精烧得通红的脸上露出一丝遗憾。

"你说的是哪块石头？是虎口下的那块？那块石头不是还在那里吗？"有人不解地问。

"不是那块，是山下的那块，我小时候还爬过呢！不瞒你们说，我那次爬过之后，就得了一场怪病，差点没了命，我这条坏腿就是那时候落下的。"朱九妹脸上露出一丝不易被人察觉的怪异神情。

"对对对，我想起来了，是有那么一块石头，后来修路的时候被人炸了，没想到竟惹来杀身之祸，你今天要不说，谁能知道呢！"有人惊诧地附和。

"那块石头也没什么特别，怎么就成了神石？"还是有人疑惑不解。

"单就石头看，是没什么不同，但仔细一想，的确有些异样，你们想想那么一大块石头的周围怎么连一小块石头都没有，孤零零的在那里，活生生的像是个天外来客。据老辈们传呀，那是观音菩萨从玉帝那里借来一块补天石，挡在虎王和龙洞之间，这才让猛虎和蛟龙不再怒目相视，这样就能平安相处了。不曾想，那一年修路，竟给炸了，你说那是块什么石头，哪能炸得？一炮炸死三个人，那是惊了天神啊！"讲到这，朱九妹放下了酒杯，双手合一，做了个祷告的手势。

"哎哟，哎哟！"众人一阵唏嘘。

"大家再仔细想想周家村的东西两头，一头阳、一头阴，阴阳两界在一个小村子里如此分明。其实村的东头和村的西头都埋着战死的冤魂屈鬼，为什么东头阳气如此之盛，而西头却那样阴森恐怖？这还是因为那虎形岗啊！一个虎形岗把个周家村分成东西两头，一头阳、一头阴。这样其实也不错了，可是现在有人要从虎形岗上开个口，那可了不得，阴阳一断面，那周家村可就没了安宁之日啊！"朱九妹见众人都瞪大了眼睛，心里十分得意，更加神秘地说道。

"这事过了这么多年，本来天神已不再迁怒，现在是周家村有人跟神过不去呀，敢在神的头上动土。周家村的风水要变了，我有何法？"朱九妹摆出一副很遗憾又无可奈何的样子。

"那该怎么办？你也是周家村人，该给周家村指条活路啊！"一位上了年纪的老头听得很认真，一直没开口说话，这时忍不住插话。

"这可怎么好啊！大师可要为乡里乡亲指一条生路啊！"众人听了朱

九妹的话，顿时紧张起来，恳求朱九妹念在同乡的情分上指点消灾。

"你们听说县上在修到周家村的路吗？修路本是件好事，可那路要从虎形岗上过，惊虎震龙，可是不得了，说轻了，虎形岗上有人要丧天命；说重了，整个周家村永无宁日。这话万万不可往外传，天机不可泄啊，各位自重！"朱九妹说完，又喝了一杯，起身要走。无论大家怎样挽留，坚持要走。嘴里还不停地说今晚酒喝多了，一派胡言，泄了天机，得罪了神灵，求神饶恕。

刚开始，大家真的依了朱九妹的话闭口不谈周家村的风水，但没过几天，话还是传了出去。这一传不要紧，整个周家村像炸开了锅，特别是虎形岗的那几户人家，除了杨节胜一家，其余七户不约而同地堵在了路基上，摆出舍命阻止路从虎形岗上通过的架势来。

虎形岗上的几家人跟负责修路的刘海成吵了起来。

"上次修路我大大被炸死了，30年了，你们又要修，这不是要我们虎形岗人的命吗？"范二第一个说话，这也是他平生第一次在大伙中间亮开嗓子大声说话。虽说在镇上开店并没有挣上钱，最后还是把店转给了别人回到了周家村，老老实实当个农民，但这几年在镇上总算长了点见识，至少敢在人群里开口说话了。

"我家小顺子，要是活着也该成家立业了，可怜死的时候才16岁，死得好惨哟，我怎么这么命苦啊！"小顺子的母亲提起被炸死的儿子，失声痛哭。

"谁想把路从这里修过去，先就把我埋在这里，否则休想动一锹土。"人群中有人吼叫着。

"大伙儿消消气，修这路是县上定下的，我只是包下这段工程，做不了主。"刘海成见虎形岗上的人气势汹汹，心里有些怕，小心地解释。

"我们哪里找得上县上，我们就是不让你们动虎形岗的一锹土，要是坏了这里的风水，绝饶不了你！"朱家的三小子脾气暴躁，说出话来恶

146

狠狠的。

"哎，你们是不是听了朱九妹的鬼话？朱九妹是什么货色，难道你们周家村的人不清楚？"刘海成和朱九妹很熟，俩人早些年曾在一起做过茶叶生意。朱九妹爱喝酒，背着李海成悄悄地到赖八店里赊账喝酒，后来没钱还账，赖八就把朱九妹和李海城放在店里寄卖的茶叶扣下抵账，之后刘海成怎么去要也没要回一分钱，只好吃了个哑巴亏。一气之下，就跟朱九妹大吵一场，俩人从此再不往来。自此，刘海成从心底很鄙视朱九妹，骂他是个痞子、骗子、流氓。朱九妹关于虎形岗风水的说法，刘海成也从别人的谈论中听说了些，起初也没当一回事，更没想到周家村人还真的相信朱九妹那些鬼话。等到虎形岗上的人真的不让他再往前修路的时候，他才真的紧张起来，才感到事情远没有他当初想象得那么简单。

"不关朱九妹的事。我们虎形岗不能再让人随随便便地动这动那，是谁叫你们修的路，你就找谁去！"范二说话的时候，扬了扬手中的铁锹，刘海成不由自主地后退了几步。

"修路是周东明局长直接抓的大事，周局长可是你们虎形岗的人，他都不怕坏了风水，你们还怕什么？说真话，哪有什么虎龙之争，要真有，我刘海成就是长十个脑袋也不敢这么胆大妄为。朱九妹的鬼话不能信，他是想坏虎形岗的好事，在跟周家村的人赌气呢！"刘海成虽说被范二的架势给镇住了，但还是硬着头皮做虎形岗人的工作。

"朱九妹是在捣乱、在搞破坏，破坏建设，不能听他胡言乱语。"

"这事得听听老支书的意见，光咱们瞎闹腾有个球用。"

"老支书不当支书了，他还能管这事？"

"怎么管不了，去年冬天大雪封山，要不是老支书，周家村能熬到现在？这事得听老支书的。"

"老支书病得很重，这时候还忍心去惊扰他老人家？"

"老支书到底得的啥病？周家村可不能少了老支书啊，那可是咱们周家村的主心骨啊！"

"要不去医院看看老支书，也好当面问问老支书，讨句托底的话。"

话题一转到杨节胜身上，大家的情绪一下子就平和了许多，你一句、我一句就说到一个调子上了。

"这修路的事，先停停，等我们找找老支书，听听老支书怎么说，听老支书的准不会错到哪里。"站在人群中的老愣头一直在听大伙儿七嘴八舌地说着，没吱声。对修路，他是打心底高兴的，对什么风水的鬼话，老愣头一概不信。本来想劝劝虎形岗上的人别闹腾，但一看今天这气氛不对，就没轻易开口。听到大家提到了老支书，老愣头清了清嗓子，不紧不慢地说。

"对，听老愣头大爷的，叫老支书给我们拿个主意！"老愣头的话音一落，人群中就有人响应。

"这事是我们虎形岗大伙的事，不是哪一个人说了算，谁说话也不行，这路就是不让修！"没想到这时候范二马上把老愣头的话顶了回去。

"二子，你小子怎么说的话？老支书的话你都能不听了？那我问你这小子准备听谁的话了？你这小子也不想想，周家村哪件事不是老支书做的主，去年冬天大雪封山，要不是听老支书的谁能好过？"老愣头一听范二的话就很生气，声音一下子大了不少。

"老支书现在也管不了大家的事了，找他有什么用！"人群中有人在低声嘀咕。

"这是哪个臭小子在放屁，谁说老支书管不了周家村的事了？有种的，你给老子站出来大声说。"老愣头一听，火气忽地就上来了，厉声质问。

"我说的！难道说错了不成？"曾在全村发布杨节胜女儿跟洋鬼子鬼混消息的钟虎从人群挤了出来，大声说。

"是你这不争气的，没良心的孽种！"老愣头其实早就知道刚才私下嘀咕的不是别人，正是自己的亲侄儿钟虎，故意装着不知道，本想发发脾气把大家的火气给镇住，也就把这事给挡过去了，没料到这时候偏偏自己的亲侄儿不买他的账，居然跳出来跟他对着干，这着实让老愣头接受不了，气得破口大骂。

"你这小子，不知天高地厚，不知好歹。当初你跑到城里，没钱吃饭，是人家杨瑶好心好意给你饭吃，你倒好，回来不说人家一句好话，还满口瞎话糟蹋人家，小心天打雷劈呀！"人群中有人在这个节骨眼上不失时机补了一句。

"我没良心，那老支书良心就好？当年我和他大儿子一起体检当兵，俩人都合格了，怎么没让我去？让他儿子去当了兵，不就因为他是村干部吗？手里有权吗？"钟虎不但没有在老愣头的痛斥下有丝毫的退缩，反而亮开了嗓门把30多年前征兵时的往事都抖落了出来。

"你也不害臊？就你斗大的字不识一筐，也能去当兵？"老愣头对侄儿的不知天高地厚不屑一顾。

"他儿子文化是比我高，但当兵是考大学吗？比的是身体，不是比谁识字多，我比他儿子身体好、力气大，我要是去了部队也差不到哪儿去。"钟虎还是一脸的不服气。

"你上学的时候整天不是逃学就是打架，你这样的人也能到部队当兵？就别做梦了！"

"你要是参了军，大不了也就是个厨子，哪能像人家杨保国当上师长那么大的官，当年亏得没让你去，老支书就是有眼光，这叫英明！"

"我们虎形岗的事也用不着你瞎掺和，靠一边待着去，看到你我就倒胃口！"正当大家你一句我一句地奚落钟虎时，一直站在人群中一声没吭的杨富国冷不丁地冲着钟虎吼了一句。

杨富国是极少在公众场合下开口说话的，但今天一开口就是这样硬邦邦地带着火药味。

"欺人太甚！我钟虎也是走南闯北的，不是孬种，你们都这样糟蹋我，不就是怕杨老头吗？怕周局长吗？还不是害怕杨家家大势大吗？老子不怕，老子今天跟你们拼了！"钟虎没想到今天在场所有的人都群起攻击他、挖苦羞辱他，气急之下，顺手抄起一把铁锹，疯狂地朝人群扫去。

一切都在这一刻凝固了。

一场飞来横祸从天而降，随着钟虎横扫的铁锹，只见人群中顷刻倒下一片，鲜血飞溅……

却没听到一声哭喊，那一刻是那样的寂静，没有一丝的气息。

"打死人了！打死人了！"人群中突然爆发出一声凄厉的叫喊。随着这声叫喊，惊呆的人群好像在噩梦中突然醒来一样，哗啦一下向四周散开。

"我杀人了，我杀人了！"紧接着人们听到了钟虎惊恐的喊叫声。

这一声喊叫，彻彻底底地把正欲四处逃窜的人惊醒，回过头一看，才发现钟虎手中依然握着那把铁锹，在他身边躺下了四个人。

杨富国第一个冲上去，从钟虎手中夺下铁锹，这时候惊呆的人群才迅速围了上来。

"快，快，赶快把人送医院！"范二紧跟在杨富国身后冲过来，看地上躺着的人血肉模糊的，赶紧招呼人往医院送。

这时候杨富国俯下身子正准备扶起躺在地上的老愣头，才发现老愣头的脑袋被削去了一大块，已经奄奄一息。躺在地上的另外三个人却没有真正伤着，只是惊吓后摔倒在地，这时也从惊恐中回过神来，依旧躺在地上目光呆滞地望着周围的人群。

"不要怪……怪虎子，他不……快去找老……老支书……"老愣头偎在杨富国怀里，话还没来得及说完，头一歪，就过去了。

第十三章

老愣头被侄儿钟虎用铁锹劈死的噩耗迅速在周家村乃至全镇传开，很快就传到了县城。在偏僻的山村，这类事的传播向来是最快的，其速度不亚于城里各种绯闻依靠现代媒体的传播速度。

杨节胜当天中午就知道了，范二是一口气跑到镇上，直奔医院，把这个坏消息告诉了正在镇上医院住院的杨节胜。这个时候，周家村人要做的就是把一切告诉老支书，老支书无疑又成了他们的主心骨。

"老支书，出大事了，钟大伯被人打死了！"范二一见老支书，眼泪就出来了，气喘吁吁地说。

"二子，你再说一遍，谁被人打死了？！"杨节胜正躺在病床上输液，猛的听范二这么一说，忽的一下就坐了起来。

"愣头伯让钟虎用铁锹给劈了，当场就没了。"这次范二总算是把话说清楚了。

"什么时候？"杨节胜大吃一惊，急忙问。

"就刚刚，我是一口气跑来的。"刚才那一阵急跑，范二可真是使出了浑身吃奶的力气，就像是一头发疯的狮子似的。

"跟我回去。"杨节胜不容置疑地说。

"也得跟医生打个招呼吧？"范二说，其实他也知道这话说了也是白说，这个时候谁也挡不住杨节胜。

"还说个球啊！"杨节胜什么时候也没说过这样的粗话，说着就把输液针管给扯下了。

"大爷，不能随便拔输液管，要是出了什么差错，我们院长没法跟周局长交代啊！"护士见杨节胜拔掉输液管，起身要走，急忙挡在了门口。

"都出人命了，我还输什么液？不关你的事！"杨节胜没心思跟护士多费口舌，边说边拨开挡在门口的护士，冲出病房，范二紧跟在后面。

"老支书，还是跟医生说一声吧，你身子骨……"范二心里没底，既想老支书能早一点回到周家村，他知道周家村现在一准乱成了一锅粥，只有老支书才有可能平息这场从天而降的灾难。但又担心老支书的病，那同样也是非常重要的，他范二绝没有任何胆量敢冒这么大的风险，所以既想快点走，又不敢就这么随随便便地离开医院。

"都什么时候了，还啰唆什么？你赶快把事情说个大概。"杨节胜有些不耐烦。

"都怪朱九妹，他搞迷信。"范二的话像是刀子，透着一股不可宣泄的怒气。

"他都胡说了些什么？"杨节胜紧接着问。

"他说修到周家村的路要伤风水，会引起龙虎斗，要给周家村带来杀人之祸。"范二有些怯怯地答道，因为信朱九妹带头闹事的就是他范二。

"路修到哪儿了？"杨节胜一听范二说是因为修路引起的，又是一惊，急切地问。

"路刚修到虎形岗，朱九妹就放出狠话，虎形岗的人今早就去了工地，挡着不让修，这才出了事！"

"朱九妹怎么说的？"杨节胜问得更加急切。

"他说当年修路，炸的那块石头，是王母娘娘向玉帝借的补天石。是你领着人给炸了，天神发难，一下子死了三个人。说要是再敢修路，就会惹祸上身，要出更大的事，还要死人，要死更多的人。他说的有板有眼，大家不敢不信。"范二是又气又急又悔。

"瞎扯淡。你们也真混账，朱九妹那几句鬼话就能哄了你们。钟虎在哪里？"

"全村人都在工地上呢，等着您回去发话。"

"郑佳仁他们呢？"

"不知道，出事的时候他不在现场，再说出了这么大的事，他们能有什么办法，老愣头大爷咽气的时候，只说了一句话，叫我们找您……"

"范二，你跑得快，你赶快回去，先把钟虎给看起来，千万别出事，要多派几个人。叫郑佳仁派人一定要把朱九妹给找回来，先把他看起来，干脆先把人绑了，派专人看住。我随后就到。"杨节胜紧走一阵后，感到体力确实有些不支，便叫范二在前面快走。

"老支书，你先歇口气，我先回去，叫人来接你。"范二知道这时候老支书的任何一句话肯定都是对的，他必须绝对地执行。

就在杨节胜正急匆匆地往回赶的时候，在城里的周东明也同样快速地得到了消息。

这几天，周东明本来就为修路的事费尽脑筋，没想到，更烦心的事突然发生，接电话的那一瞬间，一向沉稳的周东明竟忍不住倒吸了一口冷气，瘫坐在椅子上。

周东明的恐惧并非单单因为周家村出了人命官司，而是两天前市委组织部贾部长找他谈了一次话。

市委组织部部长贾文是在自己家里找周东明谈的话。那天周东明刚从省上开会回到家，贾部长的电话就追了过来。

"周局长吗，我是贾文。听说你去省城开会刚回来，一定很辛苦吧，但是今晚你还得再辛苦一下，我有一些事情想找你聊聊，不知你有没有时间？"贾部长是县委机关的老人，曾经是周东明老丈人的部下，自然跟周东明是很熟络的。

　　"部长，我刚从省城开了个会回来，还正想着去拜望您呢！没想到您先打电话来了，我马上就过去。"周东明一听是组织部部长的电话，显得有些兴奋。

　　"去我的办公室谈吧。半小时后在我办公室见。"贾部长的语气依旧不紧不慢。

　　"晚上您就别费神到办公室了，从家到办公楼还有那么一大段路呢，挺不方便的。正好我也准备去家里看看，干脆我去您家，这些日子一直忙这忙那，这一想起来，真有些日子没去家里了。"周东明这话绝不是什么顺嘴的客气话，每次省城开完会，他一般都是要去贾部长家坐一坐的，今天正巧贾部长主动把电话打过来，周东明连忙劝贾部长别辛苦去办公室，他要去家里拜望。

　　"那不好吧？晚上还让你多跑路，还是到办公室吧。"其实贾部长也懒得那么晚上办公室，但嘴里还是坚持着要去。

　　"我哪里费什么事？我马上就到，贾部长。"周东明心里有些纳闷，心想贾部长今天怎么跟自己这么客气起来了，以前找他，都是直呼他小周，就是在公众的场合，也很少叫他周局长。今天倒好，不仅一本正经地叫他周局长，还这样生分。周东明心里没底，就更想到贾部长家去看看。

　　"那好吧，那你就辛苦一趟了！"贾部长没再坚持，答应周东明来家里。

　　晚上 7 时 50 分，《新闻联播》后的《焦点访谈》一播完，周东明准时按响了贾部长的门铃。

这个时间是周东明晚上拜望贾部长的固定时间。其实今天他的车早就到了贾部长住的那个大院，车停在一个没人能注意到的角落里，他一直坐在车上等。

周东明是知道贾部长的生活习惯的。晚上7点中央一台的《新闻联播》是一定要准时收看的。之后的《焦点访谈》更是绝对要看的。这对他来说，已不仅仅是一种生活习惯，而且还是一项十分重要的政治任务。这项政治任务也并非是贾部长一个人的。全县科以上干部人人都有这样一份任务，这是县委、县政府共同给全县每一位科级以上干部布置的任务。

这项政治任务是县委、县政府以正式的红头文件下发到全县各单位、各乡镇的。

杨节胜是落实这项政治任务最忠实的老干部，就是没有这份通知，他也是天天都看《新闻联播》之后的这档节目，已成雷打不动的习惯，他把看这样的节目当成工作，也当作身份来要求。全村人都知道他看这个节目，这时候是不会有人来家里串门的。

知情的人知道，这个通知发出来是一场争论的结果，甚至可以说一场斗争的结果。

两年前，从来也没在中央电视台露过脸的安江县终于上了中央台，上的还是黄金时段的精品栏目。报道的是县政府随意将上面拨付的专项基础建设投入资金挪作他用，甚至用来修建楼堂馆所。

中央台记者悄悄地到了安江，在安江采访了好几天，省里、县上居然都不知情。片子做好了正在送审时，正赶上省长到北京开会，省长秘书在京城的朋友圈很广。省长开会，他就四处联络、四处拜望、四处宴请。一次在与朋友闲聊中无意得知片子的大概，一想这事非同小可，一旦上了《焦点访谈》，不仅安江县扛不住，就是省长脸面也挂不住。再说这次省长来京参加的就是有关整顿规范经济秩序的会议，中央领导在会上重点强调、严格要求就是要严肃整顿财经纪律。会上素以铁面著称的总理严肃地点名批评了一些省市，庆幸的是 H 省这次没有被点名。H 省省长暗自庆幸，心想总算逃过总理这一关。没想到会还没结束，秘书的内部消息就到了，中央台关于 H 省的曝光片已送审，正择机播出。

这对 H 省来说，无疑是措手不及，也是绝对不可接受的。

H 省省长当即把电话打到了省政府办公厅，指示要尽快把事情查清楚，严肃追究有关责任人的责任，从严从快处理，尽全力消除影响。省政府当即把省长的指示向江南市市委、市政府通报，市委、市政府通报又向安江县委、县政府传达。

江南市委在理解省长的指示上，却产生了分歧。一部分认为应该立即查清事情真相，纠正错误，严肃处理责任人是省长指示的精神实质；而另一部分则认为省长指示的精神实质是消除即将可能造成的外部影响，而要做到这一点，关键是设法阻止片子在中央台播出，至少不能在省长在京开会期间播出，那样岂不是让省长在全国丢人现眼？双方争执不下，会议开了大半天最终没个结果。

事关重大，江南市委书记、市长谁也不知道究竟该怎么办，才符合省上的指示精神。不敢马虎更不敢拖拉，无奈又把电话打到了省里，如实报告了两方面的争论意见。省政府办公厅也是开了半天会，反复研究省长指示精神，同样拿不准，电话又打到了北京，想探探省长的真实想法，最大的最急迫的关注是什么。省长秘书一听省长的指示居然转了一圈又传给了自己，当然不高兴。说首长的指示已很明确，一是查清楚，二是消除影响。首长现在正在向中央领导汇报工作，中央领导对省里一年来的工作评价较高，没想到安江县不早不晚，偏偏就在这节骨眼上出这样的乱子！此事非同小可，必须从全省工作大局出发，绝不要因小失大，本来 H 省一年来工作形势一派大好，如果为了这么一件小事丢了分，那该有多冤，不管采取什么措施，一定要把这件事情妥善处理好，绝不

156

能有任何闪失。

话虽说讲得很严厉，但还是给出了基本的态度。省里、市里、县里三级又连夜继续开会、继续研究、继续争论、继续僵持、继续不统一、继续拿不出方案。

最后还是省政府秘书长开口定了调子。

秘书长说大家别争了，也别吵了。我们坚决按省长指示办。一是尽快查清楚，二是尽力消除影响。查清楚没问题，县里尽快成立一个班子，狠狠地查、查它个水落石出，不论牵扯到谁，严格依纪依法从严处理，该撤职撤职，该处分处分，动作要快。至于消除影响，我看有两层意思，第一层意思是尽快改正，挪用的资金赶快补回来，一分不能少。没钱也不行，砸锅卖铁，也要给堵上。全省年初定的扶贫赈灾工程要一项一项逐个检查落实，该启动的立即启动，该计划的好好计划，抓紧时间，把工作抓起来，把声势造起来，省电视台和省报马上派出记者团到安江县，搞一次声势浩大的宣传战。这一层意思是省长的，不会有错。至于第二层意思吗，你们有人建议想办法让中央台不报道或压一压日子再报道，这不能说没有道理，但毕竟有些欠妥，你们想想，中央台能听咱们的吗？更何况《焦点访谈》，那是什么节目，那可是中央首长都特别关注的电视节目，这样的栏目，你想左右，谈何容易？再说，干涉本身就是错误。但话说回来，这也不是说就没有办法可想了。上次中央台来你们县上采访是暗访，暗访固然有它的意图，同样也有它的不是，比如对事情的全局了解上，对核心问题的了解上都有可能存在不够全面、不够具体的问题。问题既然出了，人家也采访了，咱们也不能掩盖，掩盖问题是不讲政治的表现。但为了报道更准确，反映的问题更全面客观，省、市、县都有积极配合的义务。就冲这一条，你们是不是可以专程上一趟北京，找找上次来采访的记者，好好地跟人家记者沟通沟通，该认的错要坚决诚恳地承认，这时候别还那样死要面子活受罪了，放下自己的身段，共同把这个报道搞好。这也是对全省，乃至对全国人民负责吗！从这个角度理解，我看这也未尝不可。如果能撤下来不播，固然好；如果人家坚持一定要播，先做一些必要的加工完善，不要急着上，隔些日子再播，也好有些回旋的余地，千万别这时候给省上上眼药啊。

秘书长讲话的时候，全场一片寂静。与会的大大小小官员几乎是屏住呼吸，谁也没有出声。

"我在中央党校学习的时候，有个同学是广电局的，听说跟中央台的人挺熟，需要的话，我可以打电话，你们去找一找。"秘书长见大家都在听自己讲，停了停，喝了口水，轻咳了一声，清了清嗓子。

"谢谢秘书长的关心、指点，您要是打个电话，那真是求之不得的，那样事情就好办多了。我们工作没做好，让您费心了。我作为县长先向您检讨。"县长是坚持要想办法疏通一下，最好把片子压下来不播。一听秘书长也是这个意思，马上觉得有些理直气壮，赶忙检讨表态。

"秘书长这么一说，我们也觉悟了。我们理解首长的指示有出入，高度没上去，请秘书长多批评。"县委书记一听县长抢先发了言，也跟着表了态。

"大家还有什么要说的？要是没意见，是不是可以散会了？"秘书长环顾了一周，问大家。

"没意见。"大家的声音都不大，但每个都表了态。

"你们这次到北京，省里会全力支持，提供一切方便。你们放手去办，一定要把事办利索一点，办漂亮一点，要大气一点，不可大意，这也是要站到讲政治顾大局的高度去认识。"秘书长把县委书记、县长找到一旁，又交代了几句，似乎仍有些不放心。

"我们明天去北京。尽最大能力办好，请省里放心。"县委书记、县长再一次表态。

第二天，安江县委主管宣传的副书记率县委宣传部部长、县委办公室主任和县内最大一家私营企业的老板以最快的速度赶到京城。

省政府秘书长的电话也在他们刚到北京不久，顺利地打到了广电总局那位中央党校同学的家里。

到了京城，县委孙副书记才发现自己即将去完成的这项工作并非像自己想象的那样多么具有开创性，其实这在京城并不稀罕，只是偏僻的安江从来没有人接触过罢了。

知道不只是他一个人来干这样的事，孙副书记一颗悬着的心稍稍平静了一些，心里多少有了一点底。

在来京的飞机上，他一直在想自己是不是第一个为一个节目播与不播，早播还是晚播到中央台公关的第一人。这对他一个县委副书记来说，毕竟是一个全新的工作，尽管他年富力强，办事能力在全县上下有目共睹。但那毕竟是在一个人口才十几万的小县城，他的能力最多也只是在市里才有点说头，而他现在要去的地方并非县城，亦非省城，而是首善之地的京城，要打交道的不是小县城的那些小人物，而是堂堂的中央电视台，那里面都是些什么人，说好听一点那全是精英，说白一点，那都是些人精。何况这次要去做的是一件并非光明正大，并非信心十足，并非可胜可败的事，而是一件只许成功不许失败的非常之事。他实在是有些无所适从，尽管有堂堂的省政府秘书长坐镇指挥，他还是有些胆怯，有些惶恐不安。

但事情远没有他估计的那样复杂艰难。秘书长的电话让他很快找到中央台赴安江县采访的那三名记者，因为有广电局官员的电话，三位记者挺客气，没多费口舌，就答应可以互相沟通协调，并答应当晚就在一家宾馆见面商谈。私营老板自然把当晚的应酬之事安排得妥妥当当，那是经常出国的主，自然是驾轻就熟，一路搞定。

吃饭是件应景的事。私企黄老板订了个豪华包间，备了一桌丰盛晚餐，但三位记者坚决不从，无奈只好随随便便点了几个菜，三位记者还坚持要由他们做东，孙副书记当然不允，掏出钱包抢着要买单。黄老板一看这架势，忙起身说这不是打我的脸吗，你们都是工薪阶层，工资不多都不富裕，又都是体面人，埋单付钱这样的琐碎小事，就让我来做，也算给我们这样的人一个脸面。记者无奈，说那今天就"剥削"一次资本家吧，孙副书记笑笑，黄老板痛快地点着钞票。

沟通非常顺利，记者听得很认真，采访本上记下不少孙副书记的意见和意思。并一再说回去一定尽快商量，把这个报道处理好。

孙副书记不敢在京城久留，与记者谈了之后急忙返回省里，把情况如实报告了秘书长。而私企老板则继续留在了京城，做后续的工作。

事情虽说进展顺利，但安江县不敢有丝毫的大意，县委、县政府专门行文下发全县，要求全县科级以上干部每天注意收看《新闻联播》，特别要收看《焦点访谈》。

没想到，孙副书记刚从省城回到县城的第五天晚上，《安江县的故事》还是如期播出，并在节目结尾加了一句："本台将继续关注安江县挪用专项基础建设资金一事，跟踪做好后续报道……"

省委秘书长大怒，痛骂孙副书记是个废才。

孙副书记大声喊冤，明明说得差不多的事，怎么一转身就改口，大骂记者不够意思，斥责私企老板办事不尽力。

为了等跟踪报道的下文，全县上下都真的坚持了收看每晚的《焦点访谈》。贾部长当然更不会错过一个晚上，这一点周东明当然知道。

周东明是算着时间按响了门铃。

"东明啊，今晚《焦点访谈》没看成吧，有意思着呢！"贾部长一听门铃声，就猜到是周东明算着时间到了，边开门就说起了刚在中央台播出的《焦点访谈》。

"有什么新闻，不会是咱们县的跟踪报道吧？"周东明显得有些不自然。

"倒不是我们县的事，但也是差不多的事，还真有点意思呢！"贾部长顺手递给周东明一根烟。

"这栏目办得不错，我有时间也是天天晚上看。"周东明接过烟，掏出打火机点上了。

"多看看，没错。长长见识，可以从中吸取教训嘛！"贾部长还是那样不紧不慢，慢条斯理。

"是的，是的。"周东明连忙附和。

"东明啊，最近在忙些什么？"贾部长问周东明，也就开始转入了今天谈话的正题。

"有几处工程刚开工，想赶在国庆节前完工。"周东明回答得很快，没有半点迟疑。

"哪几处？"贾部长紧跟着问。

"城西的环城路拓宽，城中心那条十字路的加宽，县城到6个乡镇公路的整修。"周东明回答得依旧很快。

"没有别的了？"贾部长依旧是不紧不慢地问，但这次的口气有些不同。

"也就这几项，我们交通局工程都是县委开会定下的盘子。"周东明回答得还是那么干净利索。

"最近，市委接到几封群众来信，是反映你的，你要多留意，不能让别人揪住了辫子。"贾部长的口气又缓了下来。

"有这事？多谢部长提醒。"周东明的声调一下子低了下来。

"您是不是认识个叫章月儿的女孩？"贾部长停了一下，接着问道。

周东明这次没再开口。

"听说以前在交通宾馆干过，前不久走了？"贾部长见周东明没马上回答，也不等，接着问。

"是有这么个女孩，是我同村的老乡，细说她还是我家一个远房亲戚，那年考大学落了榜，又不愿外出打工，家里人就托我给在城里找个活干，我也有好些日子没见到她了。"周东明解释说。

"要小心呐，为了一个女人误了自己前途，不值得！"贾部长的话不轻不重。

"我们之间没有什么，也不会有什么，这我可以向您保证，请您放心！"周东明继续解释。

"听说你在修四牌镇到周家村的那段山路？那段路并不是你交通局年初的计划，是你们临时加上去的？估计也没开会就定下了吧？钱的事怎么能这样随意呢？更何况这个时候你去插这个手干什么？听说修那条路要花一笔不小的资金，这钱你准备从哪里出？怎么补这么大的一个窟窿？钱上的事可一定要小心一点啊！"贾部长依旧不急不忙地说。

周东明还是没接话，他不知道该怎样解释，没有了刚才说起与章月儿之间传闻那样心里有底气。

"好啦，还有些事以后慢慢说吧，你也别背什么思想包袱，我先找你聊，是让你再仔细想想，等组织上开会研究后，我再找你谈。"贾部长稍稍提了提嗓子，但还是不高。

周东明想跟着表个态，嘴角动了动，却没出声，终究是不知道说什么才好。

"别垂头丧气，要相信组织上会妥善处理这些来信的。再说现在的告状信也是太多了，这些信也不一定都是客观的，有些也是捕风捉影，没有什么证据。好了，今晚就谈到这，你忙了一天，也该回去好好休息休息了。"贾部长站了起来，准备送客。

"谢谢部长的关心。"周东明的语气低沉。

"谢我干什么，做事一定要压得住阵脚，要能稳得住，你是从基层一步步上来的，应该有这个定力和能力。"贾部长轻轻地拍了拍周东明的肩膀。

162

"多谢部长鼓励，我不多打扰您了。"周东明语气依旧低沉。

"别想那么多，抽时间我再找你谈。我就不送了，走好。"贾部长把周东明送到门口，再次叮嘱。

周东明从贾部长家里出来，感觉到一种从来有过的空洞和惆怅。这种空洞和惆怅是他以前从未有过的。他感到头有些隐隐作痛，一种无法名状的痛苦袭扰着一向强硬的他，他感到全身有一种即将崩溃的痛苦。

周东明重重地叹了口气，无意识地把手伸向自己上衣口袋。一件硬硬的东西让他吓了一跳，本能地把手缩了回来，定了定神，才恍然大悟，苦笑地摇了摇头。

家中出奇地安静。郑萍自从不明不白下了岗，反倒比先前要忙了起来，晚上一般都很晚才回家。周东明从来不过多过问妻子郑萍的私事，他在她面前总有一种连自己都说不清楚的惆怅，这种惆怅自从郑萍嫁给他那一天就像烙印一样烙在了他的心底。

女儿在自己的房间做作业，没有极特殊的情况，是不会有任何声音的。就连家里的那只平时很爱叫的小花猫也像懂得主人的心思，谨慎地偎在墙角，一动不动地注视着自己的主人，那眼里显然有一种讨好。

这种眼神是周东明以前常常见到的。那是他仕途上一帆风顺，事业上踌躇满志的时候，他那些部属的眼神。过去他对这种眼神是一种漠视，他从心底看不起这种眼神，他鄙视这种没有刚性的眼神。但今晚这种眼神却给了他一种无可名状的快感。小花猫的这种眼神，他不仅无法漠视，而且竟有几份感激，他在猫的眼里感受到了他昔日拥有的那份做人的自信，只不过今天的这份自信是那只可怜的小猫给他的。

平时晚上家里的电话常常是铃声不断，可今晚家里的电话似乎也安静了许多，除了一个找女儿讨论作业的电话，再也没有一个电话打进来。别的安静周东明都能接受，唯有平时热闹的电话一下子沉寂下来让他有一种极为不祥的感觉袭遍全身，他不知道这种寂静的后面究竟蕴藏了多大的杀伤力，布下多深的陷阱在无声无息地等待着他。

要是仅仅如贾部长所说的那样，周东明是用不着如此这般恐慌的。周东明是个十分精明的人，他十分清楚贾部长今晚只是给他提了提醒，给他吹了吹风，下了一场细细柔柔的小雨，更猛烈更可怕的暴风雨或许在某一天，更有可能在一个漆黑的夜晚以不可躲避的速度重重地砸向他。

周东明已感受到了自己头上已经没了遮盖。

他只有迎面承受。

要说，周东明在仕途也算是顺的，几乎没有什么挫折。虽说不是平步青云，但对没上过大学的他来说，这在这个比较偏僻的县城是颇让人眼红的。这一切的拥有，固然有他本身的努力和聪明，但更重要的是一直有人提携他，有一种力量一直在起着作用。

周东明是个不可多得的人才。这话是大家的共识。

贾部长找他谈话，他原以为是自己将会再一次在这个共识中受到益。前些日子县上传着年底会提拔一个副县长，他认为自己应该是极强的竞争者之一。

其实成为副县长这个位子的有力竞争者，也并不是他周东明自己的个人感觉，而是大家私下公认的。在县里大大小小的十几个局长中，他周东明绝对算是个佼佼者。同时，周东明还有一个别人没有的优势，因为在大家的眼里，他不仅仅是个交通局局长，还是老县长的女婿，当年县长大人乘龙快婿的光环或多或少还在罩着他。全县上下对老县长那种发自内心的尊重，仍然给他带来许多别人可望而不可即的好处。

这是他周东明的资本。是对于想在仕途上走得尽可能远的他来说极为关键的资本，甚至可以说是不可或缺的，别人没有，但周东明有。

周东明曾经并不看重这份资本。有很长一段时间，周东明对岳父大人给自己带来的诸多优势和好处不以为然，偶尔从心底还有些不快，甚至是不屑。他认为自己完全可以凭能力、凭做事的毅力，靠自己的努力打拼一片天下。

当年，县长家的千金屈嫁他这个农民的后代，他没有受宠若惊，也没有欣喜若狂。妻子郑萍大学毕业，而他只上了个高中，尽管他刚开始的时候心里还是有一些惴惴不安，但他始终没有自卑过，他从一开始就在心理上为自己构筑了制胜的坚硬城堡，他把自己童年生活的艰辛，少年时的艰苦磨炼作为一种郑萍无法感知的财富记在自己的人生账上，他从心底坚信这才是人生最可珍贵的财富，这种财富是通过日积月累才拥有的，别人给不了你，得靠自己去挣去拼。

周东明从不讳言自己贫寒的过去，反倒把这些作为支撑自己把一切都踩在脚下的力量。周东明常常挂在嘴边的一句话就是："我小时候穷得就差没有要饭，那样的苦难我都闯了过来，现在还能有什么难比没饭吃更难！"

苦难这东西的确给了他克服一切困难的力量。

但他也真有闯不过的难关。

面对仕途上第一次坎坷，他感到苦难的过去不仅不能给他支撑的力量，反倒对他的良知发起一次次拷问。

他想到了父亲。父亲一辈子刚正不阿地做人，做的官虽小，甚至还说不上是官，但做人堂堂正正的，他从心底敬佩，他是多么想也能像父亲那样当官做事。

他想到了自己的岳父。一个刚懂事就跟上队伍，在战场上出生入死的老革命，面对一次次的不公正，依旧那么坚韧、那么豁达，心底没有一块不能让太阳照晒的阴湿地。他周东明以前同样没有这样的阴湿地，心底四处都是阳光灿烂，但现在他却有了心理上的这块阴湿地，究竟是什么时候开始有了这块阴湿，他并不清楚，以前或许没有时间去寻找，所以阴湿也就藏匿在了那个并不起眼的角落，根本不会有人会看到，连他自己都不清楚。可现在太阳即将照到这里，这一切即将曝光于太阳的直射下，他痛苦、他惊慌、他有些失措。

他想到了三弟。在兄妹四个人中，唯一没走出周家村的就是这个读书最少，性情耿直倔强甚至还有些木讷的弟弟。也是他这个三弟，在他们四人之中，日子过得最简单，简单得只要能有口饭吃就知足。以前，周东明常常埋怨弟弟，埋怨他怎么就这么憨，怎么就这样与世无争，怎么就这么乐于清苦。但现在他竟有些羡慕起弟弟这种平淡的生活，开始怀念小时候在村里的那种生活，虽然艰苦，但心底自由、安静而坦然。

乡下的三弟依旧过着简单的乡村生活，日出而作，日落而息，心里没有阳光不能照耀的地方。

他同样想到了在部队的大哥。大哥是家里走得最远，官当得最大的，也是全村老老少少公认最有出息的，他是这个家族的荣耀，也是周家村的荣耀。大哥官做得大，却没什么官架子，就在这一点上，他是比不上大哥的。

周东明对做官有他自己的认识。他认为做官是要摆一点架子的，否则没有人会把你当回事。他认为自己比大哥做事要灵活得多，最适合在官场上混，大哥之所以能不通官场之道，却也能在官场走得比较远，那是因为大哥是在部队，那里的官场要比地方上清静。要是转业到了地方，还按部队的那一套行事，就会行不通。

周东明对大哥是既有几份怵，也有几分怨气，实际上他并不理解他大哥。在他眼里，大哥怎么说也是个不小的官，肩上两杠四星。可就是这样一个实权人物，却办不了什么事。那年县里有个领导亲戚的孩子在大哥部队里当兵，赶上有机会提干，市领导通过正面的渠道和私下的关系找到了大哥，20000元的礼金并许以诸多丰厚回报也没有做通大哥的工作。钱是一分没收，市上那位领导开始以为钱是不是有些少，又加了10000，大哥还是悉数退回。其实，周东明心里清楚，20000元对于生活并不宽裕的大哥来说，已是个不小的数目。但为什么大哥不收下那送上门的钱，只要费点神给下面打个电话，不就轻轻松松把家乡父母官托办的事办了，能跟家乡的父母官拉上关系，那是长线投入，是件多好的事。

杨保国是怎么想的，周东明是无从知晓的。这么顺水人情的好事大哥就是不做，周东明是领教到大哥的个性，其实这也没什么奇怪，父亲杨节胜不就是这样子的吗，大哥像父亲，他骨子里何尝不是这样子呢？

市里的那位领导为这件事对杨保国很有看法，同时也把怒气与怨气记在了他周东明的头上。尽管周东明曾多次托人为这事深表歉意，市里的那位领导每次都是嘴上说没事，并带话给他，言之切切地对他大哥的为人表达由衷的敬意。但周东明心里知道，这种敬意是可怕的，比痛痛快快地挨顿骂还可怕。

周东明并不因此对大哥有多少不满与抱怨，只是有那么点想说又说不出的遗憾。由此他想，这次县上之所以会把他的这点事摆出来，他认为跟市里的这位领导一定是有关系的。至少他周东明已不再是那位市领导的门里人，不说对你不利的话就是对你不错了，就是对你有恩了。

想到这，周东明浑身不舒服起来，手又不由自主地伸进上衣的口袋里，又摸到了那个硬硬的东西，这次他没有把手缩回来，而是顺手把那个硬硬的东西掏了出来，放在手中把玩开来。

这是一个想送出去而没有送出去的东西。

周东明不是个喜欢送礼的人。实际上在他心底是十分憎恨请客送礼这些在他看来俗得不能再俗的事。只是心里记着，时刻提醒自己不要去惹不必要的麻烦。但他万万没有想到，这下子还是惹了麻烦。尽管因不在自己，但果自然是要落在他头上。

他有些恨大哥，但又找不到充足的理由。大哥这样做并没有什么不对的地方，是不能怪大哥的。当初是大哥没给人家面子，因此得罪了市里的头，并不是他周东明惹下的，但账却是记在了他头上，他要因此承担后果，这能怪罪谁呢？

想到这，周东明自嘲地笑了笑，心底却在暗骂。

窗外传来几声狗叫声，是那样无力，像是一条病狗。周东明小时候养过不少条狗，对狗他是了解的。

第十四章

杨节胜赶到虎形岗工地的时候，围观的人群还没有散，老愣头的老伴跪在老愣头尸体前哭得死去活来。钟虎已被五花大绑地捆在不远处的一棵柳树上，媳妇兰芝带着两个儿子围在身旁，也是哭得惊天动地。钟虎则两眼紧闭，任凭妻儿怎样哭闹，却好似什么也没有听见，像个木头人似的一动不动。

虽说杨节胜当了40多年的村官，乡下的什么事没遇到过，但这次，他还是被面前的场面惊呆了。

40年前那个冬天，他才30出头，也刚当上周家村的头，带着全村的男人去修路，没想到开山放炮就一炮就炸死了三个人，就那也没有今天这么惊恐，这样无所适从。那时候，他是一村之长，血气方刚，尽管他上任时间不长，但短短的时间里他就建立了不可动摇的权威，他的话在周家村要是有人敢站出来提出异议，根本不用他发话反驳，那提意见的人就会被全村人树为批判靶子，不但一下子就被孤立起来，而且会成为众矢之的，遭到几乎全村人的训斥。但现在他杨节胜已不是一村之长，只是个已经病倒躺在病床上的老头，他的话究竟还能不能有分量？他这个老头还能不能拍板？村里新支书上任也有几年了，村里出了这么大的事，出来的救场的应该是他们，而不是他这个老头。

击溃一个人的其实真的不是用拳头把他身体击倒在地，而是从精神上动摇他的意志和信心，特别是对那些强势的人，更是如此。

杨节胜算得上是一个强人，真正动摇他意志和信心的是儿子周东明、女儿杨瑶对他内心自尊的打击。

这份打击杀伤力很强，杨节胜第一次感到从心底深处的一个小缝隙里涌上的一丝悲凉。

他第一次有了退缩的念头……

人的身体其实仅仅是一具躯壳。精神才是支撑这个躯壳的能动力，才是保证这个躯体去做人做事的真正力量之源。一个人一旦精神垮了，就是有再强的身子骨，那也支撑不了多久，也会一天天在凄凉的心境里消磨着精神，让硬朗的身子骨一天天软化，最后绝望地消耗完结躯体走入坟墓……

像杨节胜这样硬朗的身子骨也经不住如此残酷的打击。站在那里，他感到双腿乏力，头晕目眩，尽管他使劲地挺了挺腰板，但仍旧感到力不从心，他张了张嘴，想说话，但却一个字也没有发出音来，两行泪水已顺着老人的脸颊流了下来……

他一辈子苦心经营的周家村在他下台之后，竟乱成这样，这是他没有想到的。

特别是朱九妹这样以前连在周家村都不敢说话的人，现在竟也敢胡说八道起来，竟然还能让这么多人信他的鬼话，能轻而易举地把整个周家村搅得一团糟。

自己苦心经营的周家村真的就是这样不堪一击，竟是这样经不起折腾？

本来心情就不好、身体也不好的杨节胜终没有支撑住他那一直硬朗的身子，直直地向前倒去，重重地摔在地上。

刚刚平静了一些的人群又是一阵剧烈的骚动。

周家村人万万没有想到，全村人急切盼望着回来给大家做主的老支书，竟没有来得及说上一句话就摔倒在全村人面前。

骚动的人群朝杨节胜摔倒的地方涌来。

突然，人群中传出撕心裂肺的哭声，那哭声异常的凄厉，迅速在周家村上空弥漫开来……

周东明在村东头的那棵千年古松树下听到这声凄厉的哭声，坐在车里的周东明心猛地一沉，不由自主地"啊"了一声。

"局长，快到了！"司机贾天成一听坐在后座的局长突然"啊"了一声，以为局长路上在打瞌睡刚刚醒来打呵欠，连忙搭腔。

坐在后座的周东明没有吱声。其实今天他并没有像往常那样一上车就闭上眼睛睡觉，今天他是怎么也睡不着，一路上翻来覆去想贾部长跟他提的那几件事，他不知道贾部长为什么会在这时候跟他说这些事，是不是有人在背后搞什么小动作？年底增补一名副县长的事最近在县上传得正紧，是不是有人抓他的小辫子，想踩住他周东明好让自己往上爬？贾部长是不是在给自己透个底提个醒？妻子郑萍究竟知道不知道外面说他的那些风流韵事？要是知道她信吗？章月儿一走就没了音讯，是不是真的寻了短见？周家村修路怎么偏偏在这个关节眼上出了人命官司？

乱上添乱，弄不好，就要出大事，乡下人一般不折腾，要是真是折腾起来那就没了谱，是一定要出乱子的，那岂不是把他周东明架到炸药包上，等着死吗？

周东明越想心里越乱，极力想让自己不去想这些头痛伤神的事，但无论如何，都无法让自己真正平静下来，满脑子里装的想的仍旧是这些乱七八糟的事。

"局长，是先到家，还是直接到工地？"司机贾天成并不知道周东明今天究竟为了什么事这么急匆匆地往周家村赶，一路上局长一声不吭，他也没敢问，眼看快到了，便小心翼翼地问了声。

周东明仍然没吱声。

车子又继续朝前开。过了一会儿，周东明声音低低地对司机贾天成说："先把车停在这里，你去把刘海成给我找来。"

贾天成把车停在了一个拐弯处，自己下车去找刘海成。周东明一个人坐在车子里，掏出手机，拨通了办公室主任的电话。

"喂，我在周家村，这里出了点事，你抓紧时间备上十万元钱，约上公安局的孙科长，抓紧时间赶到四牌镇，等我的电话，不要声张。"周东明从县城出来时，他不想惊动任何人，所以谁也没打招呼。上了车又一想，感到这次这个事情绝非那么简单，单靠自己恐怕已经左右不了，便想到办公室主任，并想到了公安局治安科的孙科长。周东明在四牌镇当镇长时，孙科长当时是镇派出所所长，那是周东明的铁杆兄弟。

"明白，我马上约上孙科长就往四牌镇赶，估计有个 40 分钟就到了。"

"章月儿有什么消息没有？你找一下瘦猴，叫他赶到周家村见我，他可能在城里的西门招待所。"周东明又加了一句。

"没有章月儿的一点消息，手机停机了。我已吩咐了瘦猴，叫他一有消息就报告。"

"好吧，赶紧办吧！"周东明见刘海成已急慌慌地赶了过来，忙挂了电话。

"局长，不好了，杨老爹刚才突然晕倒了，人事不省。"刘海成一见面，没说老愣头被砍死的事，而是把杨节胜摔倒的事最先报告了周东明，他认为这才是最重要的。

"什么？人在哪？"周东明一惊，慌忙问。

"就在前面，大家正在找医生，正在扎担架准备往镇上医院送呢！"刘海成急忙答道。

"小贾，赶快用车送，快。"这时候周东明一下子清醒了过来。

"那你呢？"贾天成问了一句。

"这时候，还管什么我？你快一点，镇上医院倘若不行，就直接送到县医院，我现在就打电话。"周东明有些不耐烦。

贾天成不再言语，急忙调转车头，和村里的几个年轻人小心地把杨节胜抬上车，朝镇医院急赶，同去的还有杨富国和村民兵营长。

贾天成开车送杨节胜上医院。周东明和刘海成则被周家村人团团围住。

"周局长，我们工作没做好，出了这么大事，让您分心了。"郑佳仁一上来就道歉检讨。

"都怪朱九妹，胡说八道。"刘海成一心想把大家的火气引到朱九妹头上，自己好抽身推脱责任。

"这事不能全怪朱九妹，他的话有时候灵验着呢，你看，这不真是出了人命！"人群中有人反对刘海成。

"朱九妹的话这么快就应验兑现了，这还能怪他？要不是他提个醒，那还不知会死多少人呢！"又有人帮腔。

"什么风水，什么虎龙斗？要不是朱九妹胡说八道，扇阴风点鬼火，虎形岗会闹成今天这样子？"人群中立即有人反驳。

"朱九妹是祸根，一定要抓住他，好好地审他个三天三夜，看他还胡说八道不？"郑佳仁接着人群中的人的话说。

"老愣头大伯死得冤，竟让自己亲侄子给劈死了，这事咋办？"有人开始提老愣头的死。

"老愣头一生没儿没女，待侄儿钟虎就像是亲生儿子，这下可好，竟惨死在自己亲侄儿手上，这事咋办？"有人附和。

"要按法律讲，钟虎最少也要判个死缓，说不定要砍头呢！杀人偿命，自古都是这个理，一命换一命！"人群中有人开始讨论钟虎的命运。

"那样老愣头就死得更冤了！自己死了，亲侄儿也没了。能不能想想办法，保一保钟虎。要是一下子出了两条人命，那周家村可真是受不了！"

"国法可不是闹着玩的，谁能保得了？"

"大家都静一静，听周局长讲话，这时候得听周局长的，听周局长给咱们拿个主意。"郑佳仁见大家你一句、我一句讲得热闹，周东明站在那里，一言不发，只是耐心地听着，觉得这时候该让周局长说话了，连忙对大家高声喊道。

"对，听周局长说话。"人群中立即有人响应。

周东明一开始不知道现在村民的情绪究竟是个什么状况，真怕哪儿说得不对劲了会给自己难堪，所以站在那里没贸然开口说话，听了那么几句，他心里就有数了，感觉这气氛比自己想象得要简单一些，加上这时候又有人请他说话，觉得这也是个说话的机会了。

"乡亲们，我也是虎形岗出去的，小时候我记得村东头有块石头，村里的大人都说那是块神石，连摸都不敢摸。那时候我们小孩子谁要去爬那块石头，回家都免不了一顿狠打。那时候我就不信这个，偏偏去爬，爬一次，我母亲就打我一顿，再爬再打，但不管怎么打，我照样要爬。那个时候，朱九妹的父亲就对我妈说，要是我再敢去爬那神石，就活不长了，把我妈吓得直哭。可我却没把老朱的话当回事，照旧去爬。这些，年长的乡亲都是知道的，我也不知道自己爬过多少次那块神石，我非但没死，小时候连小病也没得过一次！"周东明没直接讲老愣头死的事，而是扯起了小时候自己爬"神石"的往事。

"周局长说得极是，他小时候爬神石这可是出了名的，你看看他受了什么灾，不但没损着一根毫毛，反而发达了，当上了官，你们说那还算什么神石？都是老朱瞎胡扯的。"郑佳仁还算是个明白人，见周东明说到这个关节上，分明是让自己接话，就不失时机地接了这么一句。

"当初是老支书领着大伙儿炸了那神石的，可老支书家几个孩子当军官的当军官，当局长的当局长，上大学的上大学，多有出息，要是真有什么神，那还容得老支书家这么发达，说那块石头是块神石全是鬼话！"有人马上附和郑支书的话。

"以前我在镇上工作，周家村不但没有从我这里得到什么好处，反而为我担了许多担子，这些我心里都很清楚。说句良心话，我周东明也不是那种不懂人情世故的人，只是在外面做事，有时候也是心有余而力不足！这次为修这条路，我是下了决心了，不修好这条路，我也对不住家乡父老乡亲这么多年对我的看重。但万万没有想到，好心没办成好事，竟发生这档子事，真是对不住大家，都是我没做好工作啊！"周东明说着说着，真的动了感情，有些哽咽，连话都说不下去了。

刚才还嘈杂的工地这时候变得死一般的寂静。

周家村人没想到堂堂的局长大人竟会当着他们这些平民百姓的面如此动感情。在他们心目中，周局长一向是个不讲情面，也不会轻易动感情的硬心肠的人。那年周家村遇到百年不遇的旱灾，全村老少吃水成了大问题，他当时是镇长，村里人想了一个招，指派几个老弱病残的村民到镇上找他，几个人哭哭啼啼地在镇政府磨了一上午，他周东明非但没有念及家乡人的感情去过问一下，反而叫治安办的人硬是把那几个可怜的周家村代表赶出镇政府。这还不算，还派人把支书杨节胜叫了过来，叫他老父亲把人给领回去，连句安慰话也没留下。从那以后，周家村人就再也不到镇上、县城找他办什么事，再也不指望从周家村走出去的杨镇长、周局长为自己办什么事了。周家村人也从没怪过他周东明，因为在村民们看来，贵为一局之长的周东明虽说是看着长大，小时候也是赤脚在田堤上乱跑的农村孩子，但现在人家不仅脚上穿上了皮鞋，而且还坐上了小汽车，是个官爷了，那是命贵的人，命贵的人当然不同我们这些命薄的小人物，那是不会跟平常人那样儿女情长讲小不叽叽的，贵人自然有贵人的做事风格，是绝不同于凡人的，周家村的老百姓对贵人是打心底的敬重和羡慕，只有崇敬、只有仰视、只有服从。

对这种寂静。周东明是熟悉的。他也习惯了这种寂静，他知道这种寂静是服从，是尊重，是这些在山沟里长大的乡下人发自心底的服从，绝对地服从。但今天他却在这种寂静中变得空虚起来，他无法像往日那样坦然面对众乡亲投过来的敬重目光，他不知道这种敬重还会持续多久，一旦上面真的查下来，他非但不会拥有这份敬重，反而会成为众人唾弃的败类，面对的只有鄙视的目光。

乡下人向来爱憎分明，敬重一个人不讲理由，一旦有一天知道原来他们敬重的这个不值得他们敬重，那他们就会不讲理由地憎恨这个人。对于这一点，周东明心里非常清楚的，他熟悉这一切。

"事情既然发生了，我们只有想办法把事情处理好，老愣头大伯是咱们周家村公认的大好人，他这次被侄儿钟虎误伤致死，实在是件让人心痛的不幸事件。老愣头大伯在咱们村子里是德高望重的老人，这次也是为了周家村的事才出面仗义执言，算得上为公而死，一定要厚葬老人。钟虎伤人致死一事，我们也要客观分析，老愣头一生无儿无女，钟虎虽说是侄儿，实际上老人待他比待亲生儿子还要亲。要是把这事弄复杂了，恐怕老人在天之灵也不会答应的，况且大妈谁来养呢？"周东明尽管心里有些发虚，但脸上仍旧显得镇定自若，依旧不慌不忙地说着。

"是啊，钟虎这小子也是一时糊涂，要是判了他，那大妈咋办？钟虎这事咱们是否按乡下的风俗，叫大妈说句话，就别报官了。"郑佳仁顺着周东明的话说道。

"这么大的事，不报案怎么行？案子还是要报的，我已给县公安局打了电话，要不了一会，县公安局的同志就到了，到时候听听他们的看法。"周东明估计公安局的孙科长快到了，提前把报案的话说了。

"还是局长见多识广，办事有原则性，我们这些人就是没见过什么世面，水平低，觉悟低，真是糊涂，人命官司怎能不报案？局长想的细，都替我们报了案，等县公局来人吧！"郑佳仁一听周局长的话，才知道自己本来是想顺着周局长的意思说的话没说到路子上，很不好意思，急忙自我批评。

"你们还是先准备一下老人的后事吧，棺木有现成的吗？要准备最好的。事情不管怎么样处理，安葬老人的事都得抓紧着手办，不要到时候搞得紧紧张张的。"周东明平淡地说。

"这事我们一定办好，把大伯送好，您就不要多操心了！"郑佳仁还是表态。

"办这事你们比我有经验，我就不多说了。至于老人葬在哪里，你们有什么考虑？"周东明不紧不慢地又问了一句。

"这一点我还真没来得及想，您是怎么想的？给我们拿个主意吧！"郑佳仁根本没有想到这一层，一听周东明突然提到这事，一下子没了主意。

"这事还是你们自己拿主意，周家村为修路死了好几个人，大伯也是为了这条路啊！"周东明把话说了一半，他估计郑佳仁是听出了他的话中之意。

"这事我们会想周到的，请局长放心。"郑佳仁的确听明白了周东明的意思。

这时候，远处传来一阵急促的警笛声，刚才已渐渐放松了些的人群又一下子紧张起来。周东明知道县公安局的孙科长已到了。

"大家不要紧张，这是县公安局的同志到了，等一下我们听听他们的意见。"周东明说。

周东明的话音刚落，警车就停在了周东明的跟前，车门打开，从车里下来的正是孙科长。

"我给大家介绍一下，这就是县公安局的孙科长，接到我们报案后，就急急忙忙从县上赶来了。"周东明边跟孙科长握手边向大家介绍。

"其实用不上介绍，大伙可能都认得我，今天这事我在路上就听了个大概，周局长这么忙，一听到消息就给县局报了案，并且还亲自来了，的确也是为了周家村好。郑支书跟村上的大伙商量商量，我认为一切还是要从维护大局出发，依法办事。"孙科长在来的路上就一直在想该怎么处理这事，周东明之所以要他来处理这事，目的和意图是什么，他心里是明白的，这档子事按理说是含糊不得的，人命关天的事，哪能民不报、官不究呢？伤人致死，不管是误伤，还是什么，最少也该判个十几年的。但他明白周局长"大事化小，小事化了"的意思，也只好含糊地应付了一下。

"大伙都听到了，孙科长是代表县公安局的，也是替我们周家村着想，这事说到底是朱九妹从中捣鬼，先得把那小子收拾了。"支书郑佳仁再次把话题引到朱九妹头上。

"朱九妹搞封建迷信，当然是不允许的，一定严惩！"孙科长这次说得果断干练。

"朱九妹的事下一步再说，现在把老愣头大伯的事说一下，入土入安啊！"周东明语调缓缓地说，显得有些悲伤。

"大伯一定要厚葬，老人家为周家村奉献了一生，全村人有口皆碑。大娘一生无儿无女，我们一定安置好，让老人家安度晚年！"郑佳仁接着周东明的话，激动地说。

"大伯是为了修路，为了周家村的稳定才惨遭不幸的，厚葬无可厚非。至于大娘的生活，我们会帮助解决，具体的由办公室的主任跟村里谈，一定要保证大娘晚年幸福。这里的事拜托郑支书料理一下，有什么事就直接找我。"周东明的语调依旧缓缓的。

"感谢局长的关心，我们一定把工作做好。"郑佳仁感激地说。

"修路的事？"刘海成心里一直惦记着修路的事，担心被这事一冲，工程款受影响，便急忙问了句。

"路暂时不修了，停下来！"周东明依旧声音不高，但透着十分的果断。

"那要等到什么时候？"刘海成没料到周东明会这么不假思索地回答，感到十分紧张。

"等着吧！"周东明本来就想把修路的事先搁下来，看看势头才说，正巧赶上这档事，便趁势决定工程下马，所以语气十分坚决、不容置疑。

"那工人的工钱？要是发不出工钱，恐怕没法向大伙交差，搞不好也会闹出事的。"刘海成一听修路的事没戏了，没多想别的，急忙讲钱的事。

"你先应付着吧，你还没那点打发大家的钱？"周东明的声音依旧低低的，但已明显地不耐烦。

"那？"刘海成还想说什么，见周东明转身走了，便把话咽了回去。

"为了修这路，有人写匿名信告周局长，说他为家乡办事，不讲原则。"办公室马主任虽说是冲着刘海成说，其实是想让在场的人都能听到。

"谁这么缺德？谁要是告周局长，我们周家村人绝不答应，我带着大伙找县里去！"郑佳仁这次话说得干脆利索，透着几分肝胆相照的豪气。

"这倒不必，现在办事难哪！也难怪有人说三道四，要说就让他们说吧。不过，郑支书，今天这事你可一定要处理好，否则他们可是找到借口了。钱的事我跟马主任说过了，你跟他谈吧，周家村折腾不起啊，也万万乱不得！"周东明对郑佳仁轻声和气地说。

"您放心，这事我一定办好，绝不打扰您！"郑佳仁今天是受宠若惊，他什么时候能跟贵为一局之长的周东明如此平行地说过话，所以一个劲地点头表态，唯恐一腔肝胆忠心不能充分表达。

第十五章

就在周东明正在周家村为老愣头被亲侄儿用铁锹劈死的事尽力做好后事处理的时候，安江县委刘书记接到了市里打来的电话，说的就是他周东明的事。

"老刘啊，好久没你的消息了，整天都在忙些什么？"打电话的市委组织部孙部长跟刘书记同过事，说起话来比较随便。

"孙部长，你可是大忙人啊，怎么想到给我打电话？有什么指示尽管吩咐啊！"刘书记一听是组织部部长的电话，有些惊讶，虽说与孙部长关系还算熟，但以前是很少直接通电话的，尤其是孙部长从来不主动打电话给他，有事都是通过办公室的秘书转告，也就是说其实俩人还不算是真正意义的熟，也只能算是工作上的关系吧。

"你这个县太爷，没事怎敢随便给你打电话，怕影响你政务吗！"孙部长的口气有些调侃的味道。

"什么县太爷，你这是批评我呀，咱叫公仆，怎敢叫太爷？是不是我这个公仆出了什么问题，有人揭发了？要是有人告了，你该先通个口信，也让我跟老婆孩子有个交代。这个忙您不会不帮吧！"刘书记也是调侃。

"你这是在给自己抹黑，还是替自己撑脸？你是有名的黑脸，市里上下都知道的红心干部，哪有人告？不过今天打电话给你，也确实为告状的事。"孙部长还是那样不轻不重、不紧不慢地说。

"直说吧，告谁？谁告？告什么？是贪污，还是腐化？现在告状的人多，屁股不干净的人也多，有人告不是什么稀罕事，也不是什么坏事，帮助我们加强监督，你说呢？"刘书记一听真是人告人的事，不禁觉得有些好笑。

"你猜是谁？周东明，交通局的周局长。你们不是一直称赞是一个好苗子吗？怎么别人一告，就告了那么长的一串。我觉得这事得慎重一点为好，所以先给你打个电话，通个气，你说呢？"孙部长的口气依旧平缓。

"材料在哪？"刘书记显然是有些震惊。

"就在我手上，厚厚的30多页呢！"孙部长的情绪还是没有什么大的变化，还是那样慢条斯理。

"主要都是些什么事？"刘书记的语气也放缓了些。

"这不便在电话里说，有空，你来趟市里，咱俩慢慢说。不过，不能让其他任何人知道这事，你是老同事，我这是一半公一半私跟你说呢。"孙部长的语气稍稍有了些变化，尽管只是稍稍一点，但在电话那头刘书记是听出来了。

"那好吧，不犯自由主义，找时间去面见您。"

"好吧！"

电话就这么平平淡淡地断了。

挂断的只是电话，周东明的事却没断。告周东明这事说在意料之外，其实也在意料之中。周东明本身就是让人不怎么能看得清的那种人，说好的可以夸上天，看不上的也能数落出一堆责骂。不管夸还是贬，有一点认识是统一，就是这周东明是个能干的人，能力有，能干成事。大概也正是因为这个，能干事的周东明总是说要提拔却总是提拔不了，在正科岗位上干了整整 10 年。

又传出来要提拔的消息，告状信也到了。周家村那桩人命案还悬在那里，对周东明来说也是颗地雷。

老愣头的老伴在关键时候说了话，为亲侄儿开脱了杀身之罪。这也等于为周东明脚下的这颗地雷拆了引线，至少是在这件事上救了周东明一把。

郑佳仁就是那个懂事的拆引线的人，要不怎么说多大的官要想干成事，身边就不能没有几个会干事的人，周东明身边不缺各色人。

周家村这桩人命案，其实是一件很棘手的事，郑佳仁就不显山不露水地给办得不留一点漏洞。郑佳仁一开始天天陪着钟虎婶娘，苦口婆心地给她讲只有救下钟虎才能救下钟家才能救下周家村，也才能真正修通上周家村这条路。大娘开始怎么也转不过这个弯，怎么也想不通把人活活劈死了咋能说说就没事了呢？自古以来都是杀人偿命，杀人的命案还能通融吗？这村支书怎么跟平时讲的不在一个理上了呢？

郑佳仁真的有招。夜里专门见了被关在村部一间小黑屋的钟虎，给闭眼等死的钟虎不动声色地点拨了一招。

第二天天刚亮，抓起来后一直没吭声的钟虎突然对看守的民兵说要见婶娘一面。看守的民兵作不了主，急忙报告了村民兵营长，民兵营长又立即报告给了郑佳仁。

郑佳仁一听，二话没说，连忙对民兵营长说："见一面就见一面吧，反正都这样了，让他们娘儿俩好好唠唠，你们在门口看好，千万不要让那小子跑了就行了。"

钟虎是被五花大绑着去见婶娘的。一进门就扑通一下跪在了地上，声泪俱下，大骂特骂自己是禽兽之心，说就是千剐万割也不解婶娘的心

182

头之恨。哭着说，婶呀，您是白疼我这么多年，我不是人，是畜生，是狗屎。这一辈子，我欠您老人家实在是太多太多了，眼看我就要到九泉路上见大伯去了，求大伯好好地痛痛快快地打一顿，等大伯解了气我就跟着大伯，再也不分离了，留下婶婶您一个人在世上受苦了，您老要多保重了。

老愣头老伴开始有些不知所措，一语不发。她也想说点什么，但怎么也开不了口，只是木木地站在那里，任凭钟虎哭着喊着。

钟虎也不管婶婶说不说话、表不表态，只顾自己痛痛快快地忏悔着。突然，钟虎嗷嗷大哭起来，一阵痛哭后，连哭连说："婶呀，我要去看我大伯了，您有什么吩咐吗？有什么话要对大伯说，您就对我说吧。"哭完说完之后，连着磕了七八个响头。

老愣头老伴哪见过这场势，亲侄儿的一连串的表现让老人始料不及，没有丝毫的心理准备。惊愕之后便是号啕大哭，一把把钟虎搂在了怀里，一声一个儿地哭了起来。一直等在门外的治保主任，见两人抱在一起，痛哭不已，一时也没了主意，赶忙叫来郑佳仁。

剩下的事，郑佳仁做得十分得体，也特别有人情味，这恐怕是他这一辈子做得最得意最成功的一件事了。

在郑佳仁看来，这就是他这个别人并不看得上眼的领导的特别之处，也就是精明之处，就算是智慧。

别看郑佳仁平时恢恢的，这次却特别利索。先是召开村支委会，把老愣头老伴和钟虎抱头痛哭的凄惨场面淋漓尽致地表述了一遍，引得全场一阵唏嘘。尔后又召开全村村民大会，会上特意安排老愣头老伴当着全村人的面为侄儿钟虎求情，其语其情同样是凄凄然，让全村人无不为之动容，许多妇女当场哭出了声。

"大伙都看到了，大娘太可怜了，大娘可是天下的大好人呀，我们乡里乡亲的咋办？大家说说！"郑佳仁适时地引导大家。

全场沉默，妇女的哭声也停了。

"县公安局的孙科长也来了，这事县上也知道了，怎么办呢？我想还得替大娘的今后好好想想，听大娘的，钟虎也是失手误伤了人，就叫他伺候大娘一辈子，尽忠尽孝，这样也好让大娘以后的日子有个着落。大家举手表态吧，有意见的举手。"郑佳仁说。

下面一下子安静下来，没有了说话人，也没有了哭声，过了一会，开始有人说话了。

"好，没有人反对，那按我们周家村的村规，这事就这么定了，在村子记事大簿子上记上一笔，钟虎这小子以后要是对大娘一丁点儿不好，全村人绝不饶他，听到了吗？钟虎！"郑佳仁十分严肃地说。

一场风波最后以厚葬老愣头而悄然平息。最后认定老愣头致命伤是倒地头部撞击石块造成，钟虎的持揪是诱因，并未真正击中人，算持械斗殴，以行政治安论处，拘留 15 天。第一时间到现场的县公安局孙科长很快办结了此案。

周东明对郑佳仁的这次作为十分满意，专门差镇上的干部对郑佳仁表扬了几句。

郑佳仁受到表扬后，自然十分高兴。买了一大筐水果专门到镇医院看望了杨节胜，一五一十地汇报了自己是如何处理老愣头后事的，他渴望老支书也能表扬自己几句，在郑佳仁看来，已是一介平民的杨节胜的话比局长大人的话分量还要重些，要是杨节胜能肯定自己几句，那他心里就会踏实得多。

杨节胜一句话也没说，连眼也没抬一下。

郑佳仁也猜到会是这个结果，但心里还是很失望。

第十六章

周家村神山谷开发的事热炒了一阵，又渐渐归于平息，没有了下文。周家村人都把这事给淡忘了，本来也没几个人把它当个事，开不开发，对周家村人来说，好像也没什么多大的关系，只是传出是杨节胜的女儿联系外商搞的开发，还传那外商是杨瑶的男朋友，更有人说杨瑶已经嫁给了那个老外，这样一来周家村才有人觉得这场开发有点意思，多半是看热闹的心态，并不是关心什么开发的事。

没想到过了半年，突然有一天又传出消息，说神仙谷的开发正式获批，不久就将开始征地。这个消息一传到周家村，周家村就热闹起来了，征地这事对农民来说可真是太敏感了，原先并不关心开发的人也关心起神山谷开发的事了。更何况传出消息说，这次开发投资近十个亿，那还得了，周家村人什么时候听过这么大数目的投资，有这么大的投资，那征地的钱自然也就少不了，周家村许多人开始了期待。

杨节胜一场大病后，身体已大不如前，再加上一连串的变故让他更加感到心力交瘁，许多事他是想操心也真的操不上心了，每日一早就出门把周家村走上一遍的习惯也是坚持不来了，已经有好些日子没有在村头露面了，周家村人也渐渐习惯了没有老支书的日子，只有周家村的老人有事没事喜欢到杨节胜那里唠唠依然没有改变，这已经成了习惯。

操心了一辈子的杨节胜也许真的想歇息歇息了。对开发的事本已不想再多过问，他似乎也感觉到自己是真的没有了精力再操心这些事。但一听到这次投资这么大，还牵扯到规模不小的征地，他还是坐不住了，他担心周家村在开发中吃亏，农民要是真的没了土地，那还叫什么农民，往后的日子靠什么？要是真的闹出点什么岔子，那怎么跟当年开垦周家村的老辈交代？

杨节胜是真的操心了。操了一辈子心的人，这时候能不操心吗？虽说女儿杨瑶前面已让他伤透了心，操碎了心，但总归是自己亲闺女，他当然担心女儿杨瑶在这中间出什么岔子，更担心自己原来寄予厚望的二小子周东明在这其中会干了什么他不应该干的。

有传闻说，这次开发投资方很有来头。资源开发本就控制得特别严，更何况还有环境保护方面的限制，要是打通这么多环节，把那么多部门走通，那该有多难！再说还有耕地的征用，明显是超出了政策允许，已经引起社会议论。杨节胜当然知道，这土地是高压红线，是不能碰的，在周家村碰这根红线，他更不能允许，他无论如何也要出个面，为儿子为女儿，更是为周家村。

杨节胜在想，女儿杨瑶在这次开发中究竟是个什么角色？一个女孩子不仅跟上层建立了关系，还拉上了海外的背景，她怎么就有了这能耐？他想直接问，又总是找不到什么由头开口，觉得电话里问自己闺女这事不妥，心里就一直揣着这个不安。

对于神仙谷的开发，杨节胜心里不是很有底。按理说有机会开发是个好事，至少周家村可以从经济上受益，封闭了很久的周家村的确需要打开山门，否则是真的要彻底落伍了。同时，杨节胜心有不甘，自己一辈子苦苦坚守的这块地方，终将也要失去它的宁静与纯粹，被动地汇入汹涌的大江大河里，是吉是祸谁也不知道。村里的年轻人纷纷走出了大山，把几辈人辛辛苦苦开垦出来的土地荒芜在周家村，刚开始不也是心有不甘、心里没底吗，可拦不住啊，尽管你杨节胜是从心底对他们好，想着为周家村保住生存的大本营，到了外面，什么都没有了，就靠一双手，能在城里挣到活命的钱吗？可这几年，从外面打工回到周家村的人哪个不是说后悔出去晚了，还没有哪个出去打工又回来不再出去的了，心是真的活动了。

　　一直没让杨节胜操心的杨保国从部队上转业回到地方，杨节胜刚开始压根儿不知道，也就没法操这个心。他根本没想过大儿子保国这辈子还会脱下军装，名字都给你起了个保国，不就是想让你一辈子扛枪保卫国家吗，怎么半道脱了军装呢？好在杨保国没跟家里提转业这档事，杨节胜也就不用操这份心。

　　当上师政委的杨保国，其实自己也没想到自己干到了正师还会转业。他是从副军级单位政治部主任岗位平职交流到师政委岗位的，虽然说是平职交流，但从部门主管到单位主官，哪能是一样的岗位培养，明显是加大培养力度，是特别明显地重用，是想安排到部队主官的岗位上锻炼锻炼，增加任职经历，谁都明白这是上面特意安排的重点培养，没想到不到一年就赶上整个师转业到地方。上级想把他安排出来到其他部队任职，但他婉拒了。一个师上千名干部上万的兵，如果他这个当政委的可以调到别的部队任职，那凭什么去做别人将要面对的脱军装的工作。他不但不能转身走人，异地任职，还要担起这个整体转业安置的重担。别人还可以发发牢骚、骂骂娘，可他不能。整个师在被裁之后，全师千名干部都要走人，大都心里不痛快，政治委员平时都是做别人思想工作的，都是给别人讲道理，现在轮到自己了，心里有苦也开不了口。师里大多师职干部都选择了原地退休，这是政策允许的，但他想自己过了年还不到 50，退什么休啊，一咬牙决定转业。

没想到，咬着牙顶着风险转业的杨保国一转业就被 H 省看上了。省委组织部的人一看，杨保国的档案里有 1 个二等功、4 个三等功，无数个嘉奖的记录，还有参战经历。这么年轻优秀的师职干部，一定是个不可多得的人才。正赶上中央要求省纪委班子要有一个 50 岁以下的重点培养对象，一旦瞄准了，先安排到省上工作一年，一旦考核成熟，就直接进省纪委班子，成为省委重点培养对象。

按理说这么好的事，竞争自然非常激烈，怎么也轮不上他一没根基、二没靠山的军队转业干部。本来省委也考察了好几个培养对象，没想到这几个人个个在省委班子里都有自己的靠山，尽管大家都是面子上风平浪静，其实私底下都在暗暗较劲，提拔谁不提拔谁这一连串的关系都难以平衡。省委为这个提名开了好几次会，意见始终不能统一，人选一直定不下来，这倒让谁也不认识，谁也不了解的杨保国有了机会。省委组织部将杨保国的材料提上省委常委会，得到了常委们的一致肯定，不管当初自己是提名举荐谁，这时候都一致说还是杨保国更适合这个位置，意见竟然是高度统一，其实他们对杨保国的认识与了解也就是组织部提供的这些资料，别的大家表面上是一无所知的。就是有一些人知道，那也都没有公开来说，各自都有着各自的理解与打算。

就是这样，杨保国一转业就留在省委。省委决定让他暂时配合即将到龄休息的省委胡副书记分管政法委工作。如此一来，转业干部杨保国就成了一颗冉冉升起的政治新星。

这是杨保国万万没有想到的。组织部部长找他谈话的时候他还觉得不可能有这好事，省委书记亲自跟他谈话的时候，他倒镇静了许多，觉得这应该是真的。

杨保国没有多少兴奋，这是他的性格。对他来说更多的是忐忑不安，这也是他的性格，他天生就是一个不事张扬的人，向来是为人行事都很低调。

这种不安和低调是有道理的。就在杨保国惊诧的心情还没有完全平静下来，上任后接手的第一项工作，就让他真的惊恐不安起来。

接手的第一项工作，就给踌躇满志的杨保国当头一棒。省委明确指示由他牵头负责成立专案组，调查安江县挪用赈灾款问题，其中有一项是直接点名县交通局以扶贫的名义挪用赈灾款修路，局长一个人说了算，根本不上会研究，想修哪条路就修哪条路，没有任何制约，胆子大得上了天。

省委主要领导谁也没有想到这是给杨保国出了个太大的难题。查办一个小小的县交通局局长，在省委看来已是杀鸡用了牛刀，让新上任的杨保国来抓正好可以先试试手热热身。这些年交通系统出的案子是一个接着一个，大家对这个系统出事已是见怪不怪了。省委的意思是这项工作正是考察杨保国工作能力、思想素质的好机会，他们也认为像这样的问题交给刚从部队转业的干部来处理要合适、方便得多。杨保国本想找个理由推辞，或者干脆直说了，请求回避，但他始终没有决心开这个口。

杨保国看完了那长达 45 页的检举揭发信。他简直是惊呆了，他无论如何也难以相信自己的弟弟竟如此胆大妄为。

杨保国感到少有的恐惧。本来想一旦工作有了个着落，就回趟老家，但现在，他迟疑了。他告诉妻子洁茹，对外，特别是对老家的人，暂时封闭自己任职的消息。洁茹问为什么，杨保国没跟妻子说实情，随便找了个理由搪塞过去了，好在洁茹不是个多事的女人，也不多问。一直想回老家的想法也暂且丢在了一旁。

心里十分矛盾的杨保国左右为难。感觉到自己被人架在了火上，像这样的事，按理说是应该申请回避，但他实在下不了这个决心。初来乍到，组织委以重任，多好的机遇，倘若失去了，可能一辈子也就这么庸庸无为地过了。除此之外，杨保国打心底也替弟弟捏了一把汗，他想作为兄长，他至少应该让弟弟不会受到诬陷或有更大的麻烦，当然他也不会因为他是自己亲弟弟就庇护他，这一点他对自己有自信，他有这个底气。

但杨保国又不知该从哪里着手去调查这件事，按常理，从正面进入恐怕是不行的，要是能设法从侧面进入情况，或许还会让他方便得多，但他又苦于人生地不熟，没有办法入手。

杨保国进到一个进不能、退也不能的死胡同。

杨保国转业回原籍也是临时决定的，刚开始也准备就地转业，那样安排可能要好些，毕竟跟当地政府有些交道，一些人脉关系可以用用。但杨保国就是天生不愿求人找关系的性格，不想临转业了还破了自己多年给自己定下的规矩，于是彻底断了留在当地安排的念想，决定回到原籍安置。这里虽说是故乡，但自己 18 岁参军离开，已经 30 多年了，与家乡是少有接触，特别是与地方政府上的人更是没有交往，他不善于搞这些关系。

杨保国原以为他转业回原籍只是他自己的事，不会引起多少人的关注，更何况他连老家的人都没提及转业这档子事，也是为了减少一些不必要的影响。但并不是你不想别人关注你，你想低调，别人就跟你一样低调不去关注这个事。实际上，当初为这个位置争得不可开交的那几个人，谁也没有真的服气就这样从这场竞争中悄无声息灰溜溜地败下阵来，他们当中谁都没有放弃再搏一次的努力，而他们中有人把最后的努力放在了他杨保国这里，已经开始密切关注着这匹突然杀出来的黑马。

关注其实就是寻找机会。而调查周东明是一次难得的机会，特别是安排杨保国主抓这个案子，更是一着妙棋。很多人并不知道这其中的道道，但有人早就把杨保国的情况搞得一清二楚了，不是一个姓，是亲兄弟是谁也赖不了的事实。

这是一支暗箭，这对杨保国来说是一种考验。

杨保国这时候想到了早已转业到地方上的战友周仲春。

周仲春当了 15 年兵转业到了地方，那年，杨保国都提营教导员了，他还是一个兵，正好就在杨保国的那个营，俩人虽说是同年入伍的兵，又是坐一趟火车到军营的老战友，但毕竟一个是官、一个是兵，交往并不多。后来周仲春转业回地方，运气不错，分在了省城一个单位，当了名机关司机，杨保国偶尔春节回家，俩人最多也只是见上一面，吃顿饭，联系依旧不多。这次转业，杨保国也没跟周仲春打招呼。倒是后来周仲春从别人嘴里得知自己的老战友、老领导转业分在省城，居然还在省纪委上了班，成了重点培养干部，才主动找上了门来。本是想套个近乎，加深一下战友情、为日后办事打点基础，但没想到杨保国倒是先求他办事了。

"杨主任，您的一个老战友找您，叫周仲春，您见不见？"刘东华在省委机关给副省长开车，也算见过世面，所以在杨保国面前就不显得过于拘谨。

"杨主任，您也太不讲战友情谊了，回来了，连个招呼都不打，怕我们以后找你办事呀！"周仲春跟杨保国之间就没有那么多客套，一进门就埋怨起来，显得俩人以往很熟悉。

"哪里，哪里，刚回来，门都还没摸着呢，真的没顾得上通知大家，更没有去拜访大家。老战友了，总不能为这点事就把人批评得一无是处吧！"杨保国转业以来真的没顾得上跟这些老战友联系，刚开始是因为心情的缘故，对突然转业多少有点转不过弯来，自然没兴趣去找这些老战友，后来转业安置的事峰回路转，心里一直忐忑不安，再后来又接手这桩烫手的难题，一下子陷入极度矛盾之中，更没心思去找这些老战友了。今天一见周仲春，才发现自己自从确定转业回地方以后，一直在混乱的不清晰的思维中稀里糊涂地过了这些日子。周仲春的出现，让他突然感到自己似乎已经找到了一种从困境中走出、从混乱中理出一条清晰思路的机会。

这种机会是一位老战友的拜访带给他的，这是杨保国没有料到的。

"这以后还靠大家多提醒，你在地方上比我熟悉，有话要直说啊！"杨保国真心诚意地说了心里话。

"有您这话我心里就踏实多了，那我就瞎说了，说错了，您也别见怪，但我是真心诚意的。"这时候周仲春倒是显得有些拘谨了。

"你这人，怎么到了地方上了就变成这样，没有当初在部队时的那股利索劲了，说吧！"杨保国不习惯这种吞吞吐吐。

"对啦，您这话就点到点子上了。这地方上的事跟部队上的事还真的不太一样。"话题并不轻松，但周仲春说得却很平淡。

"在部队上也听人说起地方上的一些事，听你这么一说，看来还真是那么一回事呢！"杨保国不禁感叹。

"就拿您这次转业的工作安排来说吧，您能料到您会到这么个位置？"周仲春是老战友，说起话来就轻松得多，没那么多弯弯绕。

"我哪里会想到转业能分配这么个位置。现在转业干部安排难是大家都知道的事。大多是降职安排。我呢，当初也没抱什么大的希望，还做好下沉到市里的安排呢，没想还有了这么个机会，我可是什么人都没找呀！天生就是这个性格，最讨厌求爷爷拜奶奶那一套，这你是知道的。再说，就是当初想找人活动活动，我谁也不认识，也没门进啊，能找哪个呢？在省上要说熟悉的也就是你了。"杨保国说。

"没找就对了，要是找了，您绝对没这个运气。"周仲春说。

"有时候，想起这些事情来，也真有些怪，真的不好说呀！"杨保国感叹道。

"我只是个小司机，给你们当官的开车，混口饭吃罢了。"周仲春自嘲地笑了笑。

"什么我们当官的，咱们可是战友啊，不兴你这样说！"杨保国也是笑了笑说。

"难得您有这心态，您是刚到地方，我是斗胆胡说。以后您就是给我一千个胆，我也不敢在您面前这样放肆，想见到您恐怕都难了。"周仲春说。

"哪能呢？我是那种人吗？"

"那未必，人嘛，是会变的。不过，我嘴臭，说不准还会时不时会啰唆几句的，那时候您别烦我就是了。"

"你这就见外了，能有人多提醒有多好，我哪能烦呢！"

"哦，对了，您在省上或者在中央究竟有没有什么关系？真的一个人也不联系？"周仲春一脸严肃地问。

"我一直在部队，地方上哪有什么关系？谁也不认识啊。"杨保国说的是实话。

"有人说，胡副书记跟您父亲是老相识，这次回来您找过他吗？"周仲春还是没忍住。

"我压根儿都没往这方面想，不瞒你说，这次我回地方到现在还没跟家里人说，电话都没打一个，就是想着不惊动人，哪会跟胡副书记说呢，再说胡副书记还记不记得我都难说，都有小 20 年没联系了！"杨保国对这个话题并不感到奇怪，平静地说。

"那不行，现在想当官，多少都得有关系。"周仲春还是那么严肃地说。

"不会吧，哪有那么复杂。"杨保国对这类感叹不感兴趣，随口应了句。

"你不信？你听没听说安江县，就是你老家那个县有个局长最近传得乱哄哄的？其实那就是后台出了问题了。要说就他那点破事，有什么大惊小怪的，比他事大的多着呢。但问题出在这小子编织的关系网一不小心给弄破了，不知从哪儿折断了一根关键线，那网一下子全散了。没有那张网罩着，你就不行，你就不能潇洒了，就有人要把你拉下马。你说一个小县里，有多少人眼红着要当局长，只要一有了机会，管他什么手段，都得使出来。"周仲春说得起劲，杨保国听得眼睛都直了。

"你认识那个局长吗？"杨保国小心谨慎地问了一句。

"我哪里认识什么局长的，也只是听别人说过。怎么，你对这事感兴趣？"周仲春也没在意杨保国的神情，顺嘴回问了一句。

"不是感不感兴趣，多听点地方上的事，也好熟悉工作吗！你要是有办法就把这个局长的事给打听一下，跟我说说，不过，不要搞得沸沸扬扬，悄悄地打听打听，这些事大都也只是私下传的事吧。"杨保国尽量说得很随便。

"那没问题，用不了两天，我就可以弄得八九不离十，我们司机这一行，想知道点什么事，那还不容易。要是真反腐败，聘机关的司机当联络员，那准没错，您信不信？"周仲春有些得意地说。

"我信，我相信你的能力，没点本事，你也来不了省政府机关。不过，这事不要张扬，免得惹麻烦。拜托了！"杨保国再次叮嘱。

"您就放心吧，这点破事还用得着费什么力气，找个知情人闲聊，一准摸个清楚。不过，您信不信，这事不用打听，我也能猜出个大概。"周仲春虽说是个小司机，但说起官场上的事却头头是道，显然知道的很多。

"那好吧，我等你回话。"杨保国不想扯得太远，就准备把话打住。

"没问题，最迟后天晚上，我就可以给您讲个详细。只是您现在是大官了，见您一面也不容易啊，您这省委大院我进不来啊！"周仲春半开玩笑半认真地说。

"我把家里的电话号和手机号都抄给你，到时候你先打电话，我们找个地方，好好喝上一顿。"杨保国边说边给周仲春写电话号码。

"哪敢跟您一块吃饭啊，您是省上大官要员，怎么能随随便便在大街上小饭馆里抛头露面呢？我还是等您召见吧。"周仲春说完就起身要走。

"那就听你的，后天还在这里。"杨保国说。

"遵命，在部队喊惯了是，回到地方上一开始也是喊是的，惹了不少笑话。好在你在部队是当官的，不常喊是答到，到地方还是官，更不用喊是答到，是不会闹笑话的。"周仲春又扯到了差别上。

　　"你以后别一口一个你是兵我是官了，什么官呀兵呀，咱们是战友，一起入伍的老战友！"杨保国很真诚地说，这是他由衷的心里话。

　　"听您这话真是顺耳，您听说过现在社会上把哪三种关系称为铁杆兄弟吗？其中老战友就是其中之一，我听人说是这样三种关系的人：一是同窗共读的学友，二是一个战壕蹲过的战友，三是一同下过乡插队的知青老友。我们虽说没一同蹲过战壕，但一起坐过火车，坐过汽车，是一同睡在土坑上的战友，关系自然是铁，您是当官的，我是当兵的，我是靠上了。"周仲春又是一通世俗宏论。

　　"又来了，又来了，什么官呀，兵呀的。"杨保国这次嗓门高了起来。

　　"哈、哈，真该死，又犯错误了。"周仲春边说边出了杨保国的门。

第十七章

周东明处理完钟虎劈死亲叔老愣头这桩挠头事，回到城里，已是深夜一点。孙科长把周局长的司机打发走，让周东明上了自己的车。

"局长，今天累了一天了，找个地方放松放松。"孙科长笑着说。

"太晚了，今天真是要把人给累趴下了，早点回家休息吧。"周东明伸了个懒腰，十分疲倦地说。

"才一点，这时候才是好玩的时候。况且今天这么累，也需要好好轻松轻松。"孙科长看起来是真想玩一玩了。

"算了吧，改日我请你去个好地方，今天你做得不错，也该慰劳一下你。"周东明推辞起来。

"什么好地方？就这么大的一个小城，哪个地方我不知道？要不今晚我们就去。"孙科长对好地方表现出极高的兴趣。

"今晚可是去不得，听说你们公安局新提的副局长挺有干劲的，三天两头查全城的好地方，是不是？"

"别提了，你说的是刘副局，不瞒你说，那是个扫帚星，整天瞎折腾，全局上下都烦他，嫌他事多。部队转业干部就那德行，办事缺心眼。"孙科长显然是对刘副局长的行事方法不满。

"不过，你们公安局也够乱的。一边查人家，一边又跟人家和在一起，太黑了。"周东明情绪似乎好了点，说话也有了点精神。

"都一样，现在哪儿都一样。您是我老领导，不是外人，我讲实情。您说这些年哪年不扫黄打非？怎么越打越乱，越扫越黄呢？真是那些家伙有豹子胆？您想想，怎么可能呢！要是真打、真扫，就是有天大的胆，也不敢跟我们公安对抗。"孙科长一边说，一边从口袋里掏出中华烟，递给周东明一根。

"哟，改抽中华了，档次不低嘛，比在乡镇当所长要上层次了，有人供呗！"周东明很少抽烟，但这次没有迟疑就把烟点上了，潇洒地吐了个烟圈。

"抽点高档烟，算个屁事，现在这年头供烟供酒的不多了，大都换成硬通货了。现在还在吸烟的干部可是好干部了，您想现在谁还会收什么烟啊酒啊，那有多累啊！您这个大局长，收吗？"孙科长是个老烟枪，一口烟咽下去，再吐出来，也吐了个烟圈，只是比周东明吐的要规范漂亮得多。

"咱们别在这时候发什么感慨了。说点别的，比如什么小道消息，什么花边新闻，你在公安局，信息广，说点开开眼界。"周东明知道孙科长去年竞争副局长没成，心里不太平衡，便不再跟他说那些惹气的话，倒是想从他嘴里打听一点对自己有用的消息，便把话题转到了这上面。

"都是些乱七八糟的闲话，不想说。小小的县城也是什么人都有呀！"孙科长有些懒得说。

"说点最近发生在金色池塘里的那桩风流韵事，听说有点听头。"周东明见孙科长不想开口，便点破了题。

"怪了，您怎么知道有这档事？千万别瞎说，说漏了嘴是会惹麻烦的。"孙科长没想到一向城府很深的周东明竟会直截了当地跟自己提"金色池塘"的事。

"你这小子，在我面前也封锁消息。你不说就算了！"周东明故意激孙科长，有些赌气地说。

"不瞒您说，这是绝密，说不得啊！不过，既然您把话都说到这份上了，我就点一点，千万别让第三个人知道。"孙科长能到县公安局工作，也多亏周东明当初从中帮忙，对周东明，他是心存感激的。

"不方便就不说吧，我也就顺便问问罢了。"周东明是何等精明，明知道孙科长会说，故意显得无所谓的样子。

"其实也没什么绝密不绝密的，您说就这么一个小小县城，发生了那么桩事，能不走漏风声？上面叫封锁，咱们没办法，那就封锁呗。您是老领导，跟您报告点情况也没什么大不了的。金色池塘这事都怪刘副局，瞎逞能，惹了个大麻烦，为这事县上领导都头疼死了。"孙科长也知道周东明是故意激自己的，但还是开口说起了金色池塘的事，他不能不说，但他又不想一口气全说了。

"怎么又扯到了刘副局长，人家刚从部队转业回来，办事不是挺有原则性的吗？"周东明假装对刘副局长的事不感兴趣。

"什么原则性，那是没有工作能力，没有官场经验。那天其实都安排好了，他不参加晚上的行动。可不知是哪根神经搭错了，他突然自己开着车就到了金色池塘，把我们好不容易布置好的场子给搅得一团糟，唉，别提了，那天晚上可真热闹呀！"孙科长说到这里故意停下来。

"怎么个热闹法？"周东明平时是很能沉住气的，今天显得有些急。

"他一去把那地方的几个包间都查了，本来他一个人也忙不过来，但那天现场有我们一大帮干警，这些人本来是去走形式的。没想到他一去就直接下了死命令，前后院一堵，这下可是热闹了，几个包间的肮脏都抖落出来了。有意思的是这些干警老兄，平时造声势有一套，真的动真格的，一个个都没了主张。真有看头呢！"

"你那些部属不是跟你去应应景做做样子的吗？后来怎么竟动了真格？"周东明一步步把话题引到关键问题上。

"人家是副局长啊，在现场下的命令能不听？说真的，就是这些干警，也有想趁机给金色池塘一点颜色看的，正好，副局长亲自坐镇，那就冲吧，一冲冲出了大麻烦。"孙科长又在关节点上停了下来，迟迟不涉及具体问题。

"能有什么麻烦？有大树盖着阴，凉快着呢！况且你们公安敢在太岁头上动土？除非不想干了！"周东明继续激孙科长。

"一捅开，想盖也难了。您说也真有怪事。那些女的，抓住了你就自认倒霉呗，最多也就关上你两三天，最多也就一个星期，最后再罚点钱不就放人大吉。说真心话，关上几天，那还是难得的休息，弄到郊外一个僻静地方一住，只要舍得花钱三餐好吃好喝，日子过得还挺舒服。罚点银子，那更算不了什么，放出来再加价收呀。可那天抓的那女的偏偏不是个善茬，抓住了她倒来了情绪，不但不认错，还冲着刘副局长直嚷嚷，说你小小的一个副局长，也敢抓我，你知道我是谁？你知道我认识谁？当场说出一大串市、县领导的名字。刘副局不理那一套，强行带回连夜审问。一审麻烦出来了，那女的身上牵出了许多人。你说那天晚上，她正在陪什么人，不说了，说了吓您一跳，市的××副市长！"孙科长没说那副市长是谁，但周东明心里知道。

"说了有个屁用？那些女人的话怎能当真，一笑了之算了，就当那女的是放屁！"周东明继续引导着孙科长的话题。

"要是仅仅那女的说了，也没什么大不了的，权当胡说八道。可刘副局长偏偏要较真，把这事一直捅到了县里和市主要领导，这下就给头头们出了道难题。查吧，又下不了手，不查吧，又没有理由，死死地将了领导一军！"孙科长越说兴致越浓。

"扯了不少人？这事怎么收场？听说有人已把这事捅到了省上，省上要查呢！"周东明想知道事情严重到什么程度，就装着极诡秘地说到了省上。

"具体扯到了哪些人，我不太清楚，据说不少。至于省上知道不知道这档事，我真的没听说。我想不会吧，这事没多少人知道。"孙科长不相信省上已知道这事。

"以后有什么情况多通报通报，免得整天什么都不知道，被人卖了还不知道价呢！"周东明知道孙科长也不会知道更多更详细的情况，便不想再细问下去。

"对您我可是一百个忠心，这点您心里清楚。今晚就表个忠心，陪您玩玩！"孙科长坚持要乐一乐，不想回家。

"今晚就算了，下次吧！"周东明心里不踏实，玩什么都没兴趣，坚持要回家。

"那就改日吧！还是当官的讲政治，说不玩就不玩，想玩也不玩，难怪不断进步、不断争取更大胜利呢！"孙科长见周东明真的没兴趣玩，就不再坚持。

孙科长把周东明送到家后，自己独自找乐去了。

周东明有自己的做人行事的底线。

周东明有着自己不同一般的精神世界。

但很多人并不理解，妻子郑萍也不理解。周东明也许从来没有指望妻子能读懂自己的内心世界，他也没有向妻子打开自己紧闭的心门。

妻子郑萍向来对他是宽松的。平日里就是心里有些不舒服，她也是尽量压在心底，这一点，她是受母亲的影响。但后来一连串乱七八糟的事情发生之后，她开始反思自己，她毕竟不像她母亲那样识字不多，她受过高等教育，有自己的生活天地，有自己的思想空间。自从莫名其妙地被下岗分流之后，她开始更多地关注自己的心灵感受，也开始审视自己一直没有仔细品味的婚姻，开始观察和判断曾经在官场上春风得意现如今又跌入低谷的丈夫。

周东明对这种观察是敏感的，他从妻子的眼神里读懂了来自妻子的不信任。这对他来说，有着一种难以排遣的压力。这种压力，周东明其实是熟悉的，从当初娶县委书记女儿的那一刻起，他就感受到了这份无形的压力，那是心灵深处的一种承压，尽管表面上他意气风发，年轻而富有活力的脸上呈现的是底气十足的情感张扬，但那压力是存在的，那不是印在脸上，而是刻在心头的。

在妻子面前，周东明一直小心翼翼。他知晓县委书记女儿在县城里的分量，但他对这份已经没有了活力、没有了爱的婚姻已没有了感觉，早就渴望着有朝一日能从中超脱出来。心底深处对自己有着很高要求的他，渴望着一步步向上攀越，渴望着一览众山小的意境和感受，渴望着登高望远，把一切都踩在脚下，成为可以控制周围一切的胜利者。

周东明是有想法的人。他对婚姻对爱有着自己的见解。在他眼里，爱分三个不同的空间，第一空间是性爱，这是人最本能的需求，是与动物相一致的。第二空间是爱情，那是人类最发达的文明，是情欲与心灵的一种完美结合。第三空间才是婚姻，那是正常人都拥有的，是一个硕大无比的盒子，是一张没有边界的大网，装着你的一切，网着你的所有。第一空间是在第二空间内，是第二空间的内核。而第三空间包着第二空间，但第二空间只是退缩于偏于一隅的一小块神往之地。

周东明是一个有着强烈征服欲望的人。他曾想自己能把第一、第二空间、第三空间都收容在自己的情感之中，他自如地掌控着享受着第一空间、第二空间、第三空间，在这三个空间里自由驰骋，成为广阔无边情感天地的性情达人。

生活中的周东明根本没有这般洒脱。

他的三个空间不但无法相互包容，相反却是严重的相互对立。相互对立的三个空间拉扯着他的心，他置于其中，曾经全身心地周旋着，最后他发现自己不可能做到同时拥有三个空间，甚至两个都是绝对不可能的。他也曾反复掂量着该割舍哪一块，该放下哪一块，该拥有哪一块。妻子对于他来说有什么价值，他是绝对清楚的，那是他成为社会人的最起码的前提，更何况他是个从政的人，那家庭的存在更是他立足于政界不可或缺的。周东明清楚，在当今的社会条件下，确保后院稳固，即便不很稳固，起码是不乱不倒，这一点是绝对至关紧要的。

周东明自从隐隐约约听到外面传着自己的一些不干不净的闲话之后，开始重新修正三个情感空间之间的相互关系和各个空间在心中的地位。

第一空间，对周东明来说已经没有了什么诱惑，舍去这一空间对他来说并不困难，少去甚至不去那些解乏的娱乐休闲场所，对他来说不难做到。孙科长执意请他去乐一乐，他坚决回绝。对于诸如歌厅、美容美发屋、桑拿房这些场所，他是发自内心深处的厌恶，不喜欢那里的裸露与直接，不喜欢那里没有真情只有纯粹的金钱味道。他从心底看不起那些终日不见阳光的女人，他常常提醒自己要远离这样的环境。

周东明这样的男人身边并不缺少女人，更何况他周东明有章月儿这样的女孩子陪在身边，第一空间自然是属于章月儿的。周东明并没有把章月儿简单地划定在第一空间，而是模糊地放了在介于第一、第二空间之间的一个特殊空间，对这个空间，周东明投入了真情实感。章月儿虽说只是一个农村姑娘，长得也并不十分漂亮，更没有什么社会地位，但周东明打心眼里喜欢她。章月儿从来不张口找他要这要那，也从不提什么要求，但他却心甘情愿主动地为她去想去做，尽他所能为她一步步走进城市生活创造着条件。

在周东明看来，章月儿当年要是高考发挥正常，考上一所大学成为让人羡慕的天之骄子是再正常不过的事。妹妹杨瑶当年成绩还没章月儿好，运气好上了大学，人要跟人比，那可真是气死人。周东明为她与幸福生活擦肩而过感到惋惜，他自己当年也是这样与大学失之交臂。

周东明觉得自己拥有的是一颗不幸旁落的珍珠，他把章月儿看作是童话里的灰姑娘，而他就是那王子。在对章月儿的感情上，他是真情投入，在章月儿身上，他感受到的是一种难以割舍的依恋，他把这种依恋理解为爱情，这是当年与妻子郑萍谈恋爱时所没有感受到的。当初，他只是一个小干部，又没有上过大学，更没有什么社会背景，也看不出将来会有什么出息。相反，当时郑萍是县委书记家的千金，正牌的大学生，加上人又长得漂亮，多少人盯着。郑书记当初执意要把女儿下嫁给周东明，郑萍相信父亲的眼力，虽说不是那么心甘情愿，心里也不是特别反抗。但周东明就不一样了，当时除了服从，就是忐忑不安，就是不折不扣的自卑。这样两种不同心境，当然难以谈出什么爱情。但18年过后，周东明在章月儿身上感受到了这份迟来的爱恋，他从心底珍惜。但这毕竟是一份错过时光的感情，尽管你可以把它看作是美丽、真诚的，甚至你也可以把它看作是爱情，但尽管它美丽，却有一种无可奈何的残缺，尽管真诚，却有一道绕不过去的道德之门。

章月儿离开安江后杳无音信，对周东明来说，无疑是个沉重的精神打击。他放在章月儿那里有几张总共有30万元的银行卡，本是想让章月儿拿这笔钱在城里创业做点自己的事，可章月儿一直没有动这笔钱，只是替周东明保管着银行卡。这次没有把银行卡留下就没了踪影，周东明不但不怨恨她，反而为她担惊受怕起来。那30万元的存款完好无损地存在安江的几个银行里，章月儿带走的只是银行卡而已，或者连卡也留在了安江的某一个地方。

关于章月儿的种种传说，周东明都不信。他坚信章月儿只不过是暂时没有了消息，要不了多久，她一定会跟他联系的。

章月儿在周东明心里已是亲人。

就在周东明处在极度空虚恐慌，无所适从的节骨眼上，市委周副书记突然来到安江县视察工作，并且点名要见交通局局长周东明。

周副书记是市委分管干部的副书记，点名要见一个局长，本身就是件挺敏感的事，何况周副书记跟周东明的关系本来就很微妙，这时候点名要见他就更不同寻常了。这样的点名就让周东明有些摸不着头脑，也找不到北了。本来，周东明跟周副书记关系挺熟的，而且县里都私下说他是周副书记线上的人，他的伯乐靠山就是周副书记。但近一年来，俩人的关系突然冷了许多。据坊间说有一次安江县委张副书记跟周副书记汇报工作时，特地提到了周东明的情况，把周东明好好地夸奖了一番，本想是讨周副书记高兴，没想到周副书记听后，不但没表扬他，反而沉下脸很严肃地说了一些很原则性的话。虽说没有直接点周东明的名，但话的意思张副书记自然是听明白了，周东明跟周副书记的关系并非如外界所说的那样，别说是线上人了，至少是现在已不在一条线上，或者说周副书记根本就没看上周东明。

张副书记经过这么一遭，就觉得自己很是窝囊也很可笑，早前为了讨好周副书记，对周东明是高看一眼，没想到这几年是敬错了菩萨，磕错了坟头，白费了精力。自此，张副书记对周东明的态度来了个180度大转弯，通过各种途径把周副书记与周东明之间真实关系巧妙地不留痕迹地传播出去。

或许也有不信的，也有将信将疑的，但周东明敏感地嗅到了这个对他来说难以接受的味道，最受刺激的当然也是他。张副书记不留痕迹放出来的话，最能读懂的当然也是周东明，这恰好印证了周东明的担心，看来周副书记真的把侄儿在部队没提成干的责任和由此产生的不满全部推到了他周东明的头上，这让周东明觉得实在是太冤枉。

周东明的确感到冤枉。当初为了周副书记侄儿在部队提干的事，周东明是费尽了心思，就为这从不求人的周东明不知多少次找到哥哥杨保国，可哥哥杨保国就是不松口，由此他怨恨哥哥杨保国。周东明专门为这事到周副书记家里负荆请罪，可人家周副书记反而批评他不该这么想，还对他哥哥大加赞赏，褒扬之意尽在话语之中。周东明心里自然明白这是面子上的话，但他也在心底存有侥幸，认为周副书记应该能体谅他，应该不会因为这件事而真的迁怒于他。

张副书记态度的骤然转变，以及有意无意放出的话，再加上一连串烦心的事接连出现，他的心存侥幸也瓦解了，他确认了周副书记在这件事情上的真实态度，真实地感觉到了自己的靠山从此没有了，感到一种源自内心深处的孤独……

周东明万万没有想到在自己面临深渊的时候，周副书记竟点名要见他，是祸是福？周东明疑惑不解，他也没有能力对这次不同寻常的召见做出合理的预想及判断。

周东明在惊慌中等待着，一天、两天、三天过去了，到县里已3天的周副书记还没有确定什么时候见他，他几次想通过苏秘书打探一下消息，但每次拨了苏秘书的手机，还没等接通就慌忙挂断，他不知道一旦接通了，他跟这位以前挺熟但现在却已不再联系的老朋友说什么。

周东明跟周副书记的秘书苏朋关系一直不错，曾经可称得上是好兄弟，苏朋想办什么事，周东明是心领神会，苏朋不用开口周东明就痛痛快快、利利索索地给办得妥妥帖帖，苏朋心里自然心存欢喜，经常在周副书记面前夸周东明好，如何如何有能力有眼力，是难得有培养前途的好干部。周副书记也正是听了这些赞美之词而渐渐喜欢上了周东明，周东明从心底很感激苏朋。自从周副书记因为侄儿提干的事与周东明之间产生隔阂之后，苏朋从中也做了许多补救工作，在周副书记跟前替周东明说了许多解围的话，但周副书记始终不吭一声，对周东明不说好也不说坏，苏朋心里明白，这次老头子是真动了肝火，恐怕是一时半会解不开这个疙瘩，也就只好从长计议。

这次周副书记到安江县的消息是苏朋打电话通知周东明的，电话里，苏朋再三嘱托，要周东明要想尽一切办法，抓住这次机会，跟老头子亲近一下。

周东明感到很为难，虽然是苏秘书示意，但他还是心里没底，反复琢磨着，周副书记已在张副书记面前亮了底牌，这说明周副书记已下决心从心底把自己赶了出去，说句难听的，那叫抛之门外，扫地出门。加上自己这些日子四面楚歌，一直夹着尾巴做人，这时候要是找上门，那会有什么好结果？这时候周副书记躲他恐怕都躲不及，怎么会主动去惹这个麻烦？周东明怎么也想不出个所以然，也没办法解释得通。

周东明也曾猜想周副书记是不是担心拔出萝卜带出泥，害怕周东明的事倘若被揭开了牵连上自己，而不得不提前出手保护周东明？但这种想法只是一闪念，马上就被否定了。

思前想后，周东明感到更加不安，他不知道周副书记这次召见又将给他带来什么，是祸是福？他无法预知，这时候自己能做的，只有艰难地等待。

1天……2天……3天……

周副书记到安江已有3天，周东明一直在等，但左等右等，没有一点消息，连苏秘书也没再打一个电话。周东明开始怀疑当初给他传话的县委办公室刘主任是不是搞错了，或者是有意出他的洋相，挖苦讽刺他？

就在周东明惶惶不安的时候，也就是周副书记到安江县的第五天，周副书记的电话打了过来，这次不是苏朋转接的，而是周副书记亲自拨通了周东明家中的电话，并且已是晚上快12点的午夜时分。

"东明吗？我是谁，你能听出来吗？怎么这么多天也没你的消息？到了你的一亩三分地，你也不露个面，我请你也请不动？"周副书记好像是半认真半开玩笑地说。

"周副书记，我想见您一面，可以吗？"周东明一下子就听出了是周副书记的声音，脑子里轰的一下，声音有些颤抖。

"什么时候？"周副书记紧跟着问了一句。

"就现在，行吗？"这时候周东明稍稍镇静了些，估计说得利索一些。

"太晚了，你来也不方便，明天吧，我找你。"周副书记的声音很低，但透着一份亲切，这一点，周东明是听出来了。

"周书记，上次那事真不好意思，我哥那人就那脾气，认死理，我是真想为您把事情办好，效犬马之劳……"周东明从周副书记那份亲切里找到了一份勇气，鼓起勇气把一直想说而不敢说的话说了。

"东明呀，你都想哪去了，你哥哥是对的，我批评了苏秘书，怎么能给部队领导找那麻烦？你哥哥政治观念强，办事讲原则，值得我们学习，以后有机会能不能引见引见，当面向部队领导讨教学习。"周副书记没想到周东明会突然直接提到去年那档事。

"哪敢，是我办事不力，让您烦心了，为这事我跟我哥大吵了一次，现在俩人还没缓过劲来呢！说真的，他们部队上的干部，脑袋瓜就是死，认死理。"周东明感到终于找到机会跟周副书记解释，便抓住机会想挽回周副书记对自己的信任。

"东明呀，这你就不对了，怎么能为这事跟你哥吵架呢，你哥做的是对的。这事刚开始，我不太清楚，苏朋也没跟我说，后来我知道了，狠狠地批了他，你说，怎么能这样办事，这不是胡闹吗？我们怎么能随便干扰人家部队上的事，那不是添乱吗？这事，我想找个机会跟你哥当面说清楚，免得大家都误会着。"周副书记的话说得客气，也很有原则。

"周副书记，我……"周东明一听周副书记的话就有些丈二和尚摸不着头脑，别看平时挺聪明的，但这时候他却听不懂周副书记话的意思，一时语塞。

"电话里也说不清，明天见面再说吧。老支书身体还好吧，代我问他老人家好，好些日子也没去看望老人家了，抽空陪我去看看他老人家。"
周副书记也有些纳闷，他原以为这时候周东明会拿他一把，也正是因为
担心这一点，他才耐着性子等了三天，本想以静制动，掌握主动，没想
到周东明就是不露头，就是不主动找他，这就让一向以沉稳著称的周副
书记有些坐不住了，只好试着打周东明的电话，本想摸个底数，没料到
周东明的一席话又让他陷入迷惘之中，也只好再等等，等看明白了再说。

　　周东明更坐不住了，他压根不知道周副书记为什么会给他打这个电
话，还一口一声老支书、老人家地嘘寒问暖，更让人找不到北。他甚至
觉得这是不是周副书记真的要着手查他，故意投出烟幕弹迷惑他稳住他。
细思极恐，他更加不敢随便表露自己的观点，也是想先静观大势，而后
才该做什么做什么，他怕弄巧成拙，把本来已是乱成一团的事弄得更乱。

　　周东明不知道自己在部队的哥哥已于三个月前从部队转业回到了省
上，并且成了省委后备干部。要是真的知道有这么个茬，这一切他就会
看得明明白白，就是他看明白了，他也绝对不会真的拿周副书记一把，
但或许他会跟周副书记好好地玩上一场，这么久憋得也实在太难受了，
逗逗玩还是可以的。至于怎么玩，他根本没想，只是脑子里露出那么一
丝念头，瞬间就消失得无影无踪，就像从没有出现一样。

　　憋气的周东明真的想泄泄半年多的日子里累积在心的晦气。

　　杨保国就是坚持不把回省上的消息告诉家里的任何一个人。

　　杨保国估计有他自己的想法，他有自己的做事原则。

第十八章

杨保国下决心要把检举信中反映的问题一个个地查个水落石出。

下这个决心，对于他来说，实在是太难了。整整三天三夜，他一刻不停地权衡着这个案子的分量。省委刘副书记专门找他谈了一次，别的什么都没涉及，一开口就是这封头痛的检举信。

电话是刘副书记的秘书孙东平打来的。

"杨主任，我是孙秘书，刘副书记想找你说件事，你看这两天什么时候有空？"孙东平 30 刚出头，师大哲学系毕业的，刘副书记直接从省团校挑出来当秘书。杨保国刚到省上，没有明确职务，他就叫他主任，因为主任无大小，大到中央的头头，小到村里的芝麻官，叫主任别人不会不高兴，所以孙秘书在杨保国刚来的时候，有一次开会俩人见了一面，就叫他杨主任，他这一叫，大家就跟着叫，就算是认识了。

"孙秘书，你说吧，我刚来，有些还没搞清东南西北呢，以后你多提醒，多帮助。书记什么时候有空，你打个电话，我就马上过去。"杨保国刚到省里，认识人不多，对谁都是谦虚客气，这也是他的性格。

"杨主任，您是领导，您这么说我就受不住了，以后有什么事，您就尽管吩咐，我是秘书，就是为你们领导服务的，您要是这么客气，那我就失职了。"孙东平虽当了三年多秘书，但为人行事还算是低调平和。加上杨保国是省上的年轻后备干部，以后的升迁发达显而易见，所以对杨保国，他是真心诚意的谦虚友善。

"你说到哪儿去了，我刚从部队上下来，对地方上的事还是了解不多，要多向你请教，你就别谦虚，不周到的地方就多提醒，我好尽快改正。"杨保国也是真心诚意的说心里话。

"杨主任，你也该挑个秘书了，有一个人跟着，你就可以放下那些小事，专心致志地想大事了。"孙秘书说。

"我才来，还是个学生，哪有资格配秘书，给领导当秘书，还够不上格呢！"杨保国转业到省上，职务还没明确，按部队转业干部到地方都要降职安排的惯例，虽说待遇上是个地厅级，但从部队上转业到地方，哪个不是下调几级安排，正师职能给安排个副厅就算不错，按这样算，自然是没资格配秘书的，但是他杨保国现在的实际位置和预期的职务，又是可以配的，办公厅主任也曾侧面征求过他意见，他一直谦虚，这事就没人好说了。孙东平又这么一提，他心里倒真是有了些想法，又不好说，只好又自谦一把。

"我有个大学同学，现在在省检察院，这人人品不错，工作上有能力，什么时候我给你推荐一下，要是满意，你可以先放在身边用着，正好他也是这个专案组成员，你也正好借这个机会考察考察。"孙东平的话说得直接，没绕弯子。

"一起工作，一起工作，不好说秘书什么的，有什么事，我多找他商量。"杨保国话说得十分得体。

"这样吧，杨主任，要是您有空就今天下午 3 点钟，来书记办公室一趟，好吧。"孙东平那边好像有人敲门，就急急地把时间定下来。

"我准时去。"杨保国急急忙忙地说。

放下电话，杨保国突然想到了胡副书记昨天跟他说的那件事。

杨保国领受的任务是协助胡副书记抓政法工作，目前，主要是按照中央的精神，抓几起经济大案要案的侦破和审理工作。

胡副书记这些日子一直在北京住院，前不久才回省城，杨保国本来想早一点拜见他，一是尊重，二是领受任务。可是一连几天都没能找到机会。胡书记不是身体不便就是有客人，时间上一直调不开，杨保国初来，认识人少，没别的法子，也就只好等。

好几天没有一点音讯，杨保国心里不仅惴惴不安，还莫名地有些说不清的烦躁，但没有办法，只好忍着。就在他担心胡副书记会不会也是今天下午找他的时候，胡副书记的电话还真的主动打过来了。

"杨主任啊，我是胡东平，听刘秘书说，你这几天找了我好几次，我这些日子身体不太好，加上外出了一阵子，刚一回来，找上门的人多，刘秘书也就没安排我见你。我刚才狠狠地批评了他，再忙，也该早点安排你来呀，有些工作要给你讲一讲，得抓紧办，下午你抽空来一趟我办公室，就在我的办公室谈谈吧。"胡副书记是省委班子里的老人，德高望重，在省上有极高的威望，说话也是直截了当的，没有什么弯道。

"胡书记，我一直想去拜见您，就是没有机会。您身体不方便，我还是去家里看您吧。"杨保国没想到胡书记会亲自打电话安排相见，惊诧中有些感激。

"还是到办公室吧，第一次见面，在办公室会合适一些，你说呢？"胡副书记说话的语气很亲切，颇有长者风范。

"书记，我什么时候去合适？"杨保国问道。

"我叫刘秘书给你打电话吧。"胡副书记的声音始终是那样轻缓。

"好，我听刘秘书通知，您保重身体。"杨保国说。

"谢谢，我老了，快下台了，交好班，也就了了心愿。"胡副书记说完就放下了电话。

杨保国拿着电话，还在想胡副书记刚才说的那句话，直到话筒里传来急促的"嘟嘟"声才怅然若失，意犹未尽地放下电话。

一向严谨、细致、稳健的杨保国却犯下了大忌。他在接胡副书记电话，答应随时听从胡副书记召见的时候，却把孙秘书约定的时间给忘了。也许他并没有真正忘记，只是这时候，他对任何召见都没有能力说声"不"字，哪怕是极委婉的说辞他都没法说出口。他能做的，唯有绝对的遵从，这一半是他本身就有的性格，一半是军旅生活养成的。

这种性格却把他推到了一个极左右为难的境地。

今天下午，省委两位副书记都要召见他这位尚没有明确职务的军队转业干部，一个明确是下午三时，而另一个并没有明确具体时间，那也就意味着随时都有可能召见，他没有任何理由可以拒绝，甚至不可以做任何解释。

至于能不能解释，让自己从这个尴尬境地得以解脱？其实是没有一个明确的答案，仁者见仁，智者见智，但他杨保国是不会去做任何解释的，这就是他杨保国，与别人有不一样的想法。

在镇医院住院的杨节胜，实际上也没什么大病。只是因为接二连三出了那么多乱七八糟的事，心里烦上了火，加上岁数大了，一病就卧床不起。在镇上医院住了一段时间，身体渐渐恢复了一些，老人在医院就待不住了，想早点出院，但院长一直不答应，说您老的身体还很虚弱，还要多静养几天，周局长十分重视您老的身体，说要办出院一定要跟他说一声，他同意了才可以办理出院手续。杨节胜虽说肚子里窝了一肚子火，但又不好冲着院长发，他知道院长也是没有办法，其实他并不想留杨节胜这样的人住院，不是老汉不好伺候，而是担心照顾不周，周局长不满意，那才叫出力不讨好。留也不想留，推又不敢推，只好硬着头皮留杨节胜在医院住着。

杨节胜住在医院，周家村发生的事一件不落地但又件件经过重新整理后报给了他。这是支书领会周东明的意图后做出的决定。杨节胜对村里的事也不像从前那样件件都要问个清清楚楚，问个水落石出，杨节胜一改常态，大都是只听不说，也极少发脾气了。

　　杨节胜老伴看着不对头，就问："老头子，你整天不说话，都在想什么呢？你不是支书了，闲事也就少管，自己生闷气，会伤了身体，你病了还不是累我这个老婆子，想开点。"

　　杨节胜说："我话都不说了，还管什么闲事？"

　　老伴说："你嘴上不说，心里却闷着气，不管归不管，可你心里要是有气就冲我发，反正这么多年我也习惯了，有气就冲我发吧，就是别闷着。"

　　老伴心疼老头子心里闷着气会伤着身子，东劝劝、西劝劝，生怕哪一块没说到。

　　杨节胜说："老婆子，我总觉得要出事，要出大事。这眼老跳，莫不是我不行了，要走了？"

　　老伴说："你这死老头，一辈子反对迷信，这人老了怎么又信了，眼跳有什么，心里想事，眼就跳，没事好好养病、别胡思乱想的。"

　　杨节胜说："二小子这些日子没露面，也不知怎么样了？钟虎把老愣头给劈了，我总觉得那样处理有些不对头！杀人偿命，这是谁都懂的理，怎么二小子那么一说，钟虎的小命就给保了？我总觉得这事不在理。"

　　老伴深深地叹了一口气，情绪自然是受到老头了提到老愣头惨死这事的影响。

　　杨节胜也没顾及老伴情绪，又接着说："钟虎这小子平日里对老愣头就不好，什么时候为老愣头干过活？这下给劈死了听说哭得死去活来。我看那不是真的伤心，那是装的，是演戏给人看，讨大家的同情。"

　　老伴又叹了一口气，说："你也别老提那事了，提起那事心里就特别地难受。当初为了修那么条路，那年冬天一下子就死了仨，死得是那么惨，有的连个全尸也没保住，但那时候人死得虽说很惨却死得光荣，怎么说最后尸首也埋在了烈士陵园边上。上面不批烈士，那是上面的事，当年不是你硬顶着，大队自己开会批准那三个人为烈士，你说说当年那场追悼大会开的有多场面，全村老老少少都去了，人人都戴了朵白花，怎么说也算是我们周家村的烈士吧。可老愣头呢？就这样不明不白地死了，这人死得可真是冤哪！”

杨节胜接过老伴的话说：“那天听说二小子带着县公安局的孙科长到村里处理这事，你说二小子是交通局的，怎么能带上公安局的人？那孙科长以前是二小子的部下，是不是二小子自己找来压阵的？这样的事怎能一个人那样简简单单说句话，就完事了呢？这说不过去啊！”

“这事就不说了吧。老愣头一辈子没儿没女，在世的时候也不怎么舒坦，死也死得冤惨，这难道真是一个人命就该这么苦？老愣头一辈子做人做得堂堂正正，没干过什么亏心事，怎么这样一个好人没得好报呢？”杨节胜说不再说老愣头的事，但嘴里还是不停地念叨着老愣头，只是声音低低的，好像是自言自语。

“老婆子，你怎么不言语了，想啥呢？”杨节胜见老伴坐在椅子上发呆，就问了一句。

“二小子虽说不姓杨，那毕竟是我们的亲生儿子，当了局长之后，是有些变了，这次为修路，闹出这桩事，我琢磨着，这事恐怕没这么简单，怎么能说私了就私了，要是有人告上一状，那事就闹大了，怎么能这么随随便便就把事给抹平了，他是走糊涂道呢！你该说说他。”老伴心里头还是在想老愣头的事，她总觉得这事有些怪，为二小子担心。

“你又找老朱算命了？算什么命。是什么命就是什么命，能算出什么名堂？二小子自从当了个局长，真的变得不像样了，我说他，他能听得进去？就是他老岳父，县委老郑书记讲他，他恐怕也不把话当成话了。”

杨节胜一直没有把上次在城里头听到的那些说二儿子周东明的话告诉老伴，他心底对这个自己原本很看重的儿子很是担心失望，病也正是因这些乌七八糟的事而起。

"小四子的事，搞得全村风言风语，已经是丢死人了。你说美国佬说有多坏就有多坏，你说瑶瑶怎么那么不懂事？杨家的脸全让这个丫头片子给丢尽了。"老伴对女儿与美国人交朋友的事耿耿于怀，一说起来就生气。

"瑶瑶的事没什么担心的，我打听清楚了，她和那个洋人是同学，交朋友也不就是谈恋爱，那还是两码事。我寻思小四子这里出不了大事，要真是跟那外国小子谈恋爱了，她也不会那么大胆地往村里领，大概只是一般的朋友罢了。我担心的还是二小子，现在我恐怕是管不住他了。"杨节胜还是担心二儿子周东明的事。

"叫保国回来一趟，你身子骨一直不好，他也该回来一趟，他是老大，总得为家分点担子。"老伴对大儿子对家里照顾太少早有意见，在她看来，长兄为父，身为杨家长子，理应为这个家多负担一点，特别是老人老了，力不从心的时候，就更应该主动担起治家管家的重担，但杨保国当兵在外，极少能顾得上家，这让母亲一直感到不满。

"保国是扛枪的人，哪能有精力照顾家，这个后腿我们能拖吗？不过，有好些日子没有保国的信了，上次在信中，他说他今年准备要回家一趟，怎么现在没有一点音讯呢？你给二小子打个电话，叫他问问。"杨节胜对大儿子没有什么怨言，他理解支持他，虽说这时候，他也希望有人能为他分担一点担子，但他绝不可能因为家事而拖了儿子的后腿。

"那好吧，我去给二小子打电话，还不知道能不能找到他呢。"老伴虽然嘴上跟老汉斗气，但心里还是服气的。对她来说，老汉永远是这个家唯一让她心里感到安宁的顶梁柱。

杨节胜平常跟老伴说话不多，今天不知怎么，俩人竟能拉起家常来。

在医院住久了，老汉的性情有了很大的变化，似乎在慢慢地适应这个他越来越看不明白、越看越感到惶惑的社会。老愣头的死对杨节胜的打击实在是太大了，虽说他不可能预感到老愣头的死将会给他、给他这个家乃至整个周家村、四牌镇、安江县直至省上带来一连串风暴，但他隐约地感到这件看似并不复杂的事件之后，似乎隐藏着一种难以预见的变数。

风暴来得如此之快，是杨节胜万万没有想到的。

市立医院的刘副院长亲自率医疗组到四牌镇卫生院为杨节胜会诊，并执意要安排杨节胜到市里医院住院治疗。

杨节胜觉得这事有些丈二和尚摸不着头，自己并不无大病，怎么突然要转到市立医院？并且还是副院长亲自领队专程来接？

"是不是我那二小子安排的，没病去什么大医院，这不是瞎折腾吗？"杨节胜以为这次又是二儿子周东明找人安排的，心想这小子又在玩什么花招，心里自然十分不快。

"不是，不是。这跟周局长没什么关系，是我们周副书记亲自安排的，本来我们陈院长要亲自来，不巧临时有个急事，没有来成，才安排我来的，您老得一定去，您要不去，我就交不了差了。"刘副院长话说得非常诚恳。

"周副书记？哪个周副书记？是市委的周副书记？我们都有好多年没怎么来往了，他怎么会突然想起安排我到市里去看病，这中间肯定有误会，肯定是搞错了！"杨节胜坚信这还是儿子周东明在中间折腾，要么就是一场误会，反正城里的周副书记是不会无缘无故关照到他的，尽管他也算是新中国成立前参加革命的老同志，曾经也当过一村之长。

"市里的周副书记。说得清楚得很。您老是老革命，解放时期参加革命的，这一点周副书记特别提到了，没错吧！"刘副院长还是微笑着，脸上的笑容是真诚的。

"什么老革命？我哪里是解放时期参加过革命？你们搞错了！一定是

搞错了！"这时候其实杨节胜心里明白刘副院长并没有找错人，但他仍旧坚持说搞错了。

"你这死老头，又犯病了不是？你怎么不是解放时期参加的革命？你不是在过江的队伍里给解放军连长当过几个月的勤务兵吗？怎么不算参加革命？我记得有一年，你还为这事找人证明过，现在怎么又自己打自己嘴巴了？"老伴在一旁急忙插话。

"是呀，哪怕早参加一天，只要是在线内，也算解放时期的老革命。我们医院有个老院长，是杠杠内的前一天晚上到队伍上的，第二天起床才见到连长，那入伍就算是杠杠外的，为这事，不知找了多少人证明，找了好几年，才好不容易落实在了杠杠内，确定为解放前参加革命的，那是资格，是待遇，谦虚不得。"刘副院长举出身边的例子加以说服。

"我一辈子也没想过这事，要是那样，我成了什么人了？我是在队伍上干了一些日子的活，但那没有什么正式的入伍手续，加上后来又掉了队，算不上参加革命，靠不上的事硬要往上靠，那算什么事！"杨节胜话说得很干脆，但言辞之中也不难让人感觉到那份对逝去时光的淡淡失落。

"那时候哪有什么正式入伍呀，我在电影电视里看到，俘虏兵把头上帽子一换，就算是革命了，听说还有这样的俘虏兵当了解放军的大首长呢！"刘副院长仍然十分诚恳地劝说着杨节胜。

刘副院长说的无意，杨节胜听了倒有了感觉。自己早年稀里糊涂地在国民党队伍上混过几天日子，那真就是为混碗饭吃。虽说没多久就溜了号，但杨节胜对自己这段在他看来并不光彩的经历一直羞愧不已，对那顶曾经稀里糊涂戴在自己头上的国民党军帽，从内心深处极度羞愧，他不愿再记起那几天的日子，他想彻底地忘记。

那顶帽子曾经也使他激动过，但他现在不敢想了也不愿想了。那顶帽子其实是顶旧帽子，但不管是旧的还是新的，那都是他长那么大平生头一次带上那么正规的帽子，特别是帽子上那青天白日帽章，更是让他感到莫名的踏实与激动，这应该是与从此不担心肚子挨饿有关吧。有了这顶帽子，就等于找到了吃饭的地方，像他那样没有家没有亲人的流浪人，能在队伍上当差，能吃得饱饭，当然是件好事。

杨节胜后来也常常不由自主地想起那顶帽子，要是那时真的把那顶帽子在头上戴牢实了，那该是个什么样子，想到这他就不敢往下想，再往下想就一下了跳到了村西头阴森森的乱坟岗，一想到那就立即觉得后背发凉，恐惧马上就包裹全身，气都出不顺畅。

这事不想也难，就是你不想，也有人赶着让你想。那年，"文化大革命"刚开始，突然有人就抓住他曾经戴过几天国民党军帽这一条，说杨节胜是国民党军队溃败时潜伏下来的特务，举报他没大也没妈，没兄也没弟，甚至连姓什么叫什么，都没人知道，是个不知根底不知来路的人，对这样的人自然要保持高度警惕，弄不好就是一个大特务呢！更可怕的是这样危险的人现在成了共产党的干部，那算是潜伏成功了，看看这多危险！

举报果然奏效，上面很快就派人下来查这事。那时候，杨节胜是大队干部，调查组一下来先停了他大队党支部书记的职，实施隔离审查，县革委会派了一个姓周的同志带队调查。杨节胜也没隐瞒什么，就把怎么当的国民党匪兵，又怎么当了逃兵，后来又怎么样到了解放军的队伍上，后来又怎样因病掉了队，一五一十地给县上的同志说了，郑同志问有什么东西可以作证，杨节胜就拿出一支笔和一顶帽子，说就这笔是当年连长送的，帽子是国民党队伍上发的，后来到了解放军队伍上来，把帽子上的帽章给撕了，换上了一颗红五星，就变成了解放帽，可是红五星不知什么时候不见了，就剩下这顶旧帽子，杨节胜问："你说这帽子究竟是顶"红"帽子，还是顶"黑"帽子？"

郑同志说："你这人真实在，谈得很彻底，态度很端正，我回去如实汇报。"

杨节胜说:"我对组织从不说假话,有什么说什么,你们要是还不信任我,就继续查,我对谁都不隐瞒,我的确是在两个队伍上都干过,第一次是稀里糊涂,就是为了混口饭吃,后来当了逃兵。第二次是听别人的话找上队伍的,那其实也是为了有口饭吃,到了队伍上才知道这次投靠的是咱老百姓的队伍,后来是因为生了一场大病才掉了队。"

来调查的郑同志回去后,就没再有什么消息,既没有认定杨节胜是特务,也没给他正名,更没人说起他当年参加革命的事。

杨节胜停职检查了一年多后,公社革委会又让他官复原职,还是大队党支部书记,据说这只是因为公社革委会在周家村实在是找不到一个人能取代杨节胜来领周家村这个头,没有办法只好请他出山主政周家村。杨节胜虽说心里一直压着这块石头,但也没有办法,只好把委屈和冤情压在了心底。这事本来不说也就过去了,没有人再提就完了,可偏偏在5年之后,又闹出个大事来,那次差点真把杨节胜的一条命给丢了。

事情就出在那个身份不明不白的孤寡老头身上。

周家村人谁也记不得究竟是哪一天,村子里悄悄地来了个陌生老头,既不挨家挨户张口讨要,也不跟任何人搭话,人家给点什么就吃点什么,村里人也就没把这样的事当回事。

杨节胜是大队支书,见这老头实在可怜,就让村里人发点善心,把这孤寡老人当五保户养起来。日子还是这样一如往日那样往前过着,一个没名没姓的老头的到来,也不可能影响周家村人的生活。

突然有一天,平静的生活还是突然被打破了。受到杨节胜照顾的来路不明老头竟然谁也没说就给埋在周家村西头的那片战亡国民党军坟头上添了新土。

这事一下可就炸开了锅,有人借题发挥,说杨节胜这是跟国民党特务接上头,准备搞破坏了。于是就告到了公社,接着又告到了县上。

那个年代，这样的事谁也不敢大意。很快，县里就呼啦来了一大帮人，上次来的郑同志也来了，直接就把杨节胜秘密看管起来。

杨节胜心想这下完了，背上了这么一顶黑锅，就是跳到黄河恐怕也洗不清了。杨节胜也没给自己争辩解释，就直接把怎么可怜这个流浪老头的事一五一十地跟调查组人坦白了。接着也没再有人找他再问什么，杨节胜就这样被关在大队部一间小屋子里等着处置，一天三顿饭家里按时送来，杨节胜顿顿都把饭吃得精光。

就在外面上下乱成一团，周家村老老少少惊恐万分的时候，那老头在关押的那间破窑洞里上吊自尽了，死相极为凄惨。一场风暴因为神秘老头的自尽而戛然而止，等待处置的杨节胜也是死里逃生，随着调查组的人悄然撤离，被秘密看管的杨节胜也被秘密地解除了看管。

调查组的郑同志临走时跟杨节胜说，你呀，以后就别再提当匪兵的事了，要说就多说说在咱们自己队伍上的事。要是能找到什么证明，你最好到县民政局去办个证，确认一下你参加革命的时间，那样什么事就都清楚好办了，还会有一笔钱领，虽说没几个钱，但总算有个说法吧。

杨节胜说，算了吧，都过去那么多年了，当初队伍上的人都走了，谁也联系不上，找谁证明呢。再说也没什么功，争那名头不好吧，不值当领什么钱，领了心里也不自在。

郑同志说："你不是当过连长的勤务兵吗？你还记得那连长叫什么名字？"

杨节胜说："记得，连长姓杨，叫杨大军，山东人，大个子，那可真是条汉子。"

郑同志说："那好吧，以后再说吧，记住我的话，从此以后对谁也不要再提当年稀里糊涂当了几天匪兵那档子事了。"

杨节胜说："记住了，不说了。"

郑同志临走又跟公社的书记交代说，这样的事就不要再多折腾，周家村要是没有了杨支书，那是要吃苦头的。郑同志是县里来的，说话自然有分量，加上杨节胜在周家村本身就有的分量，公社上是清楚的。既然县上有人发话，公社上自然是乐意遵从，所以县里调查组一走，杨节胜就放了出来，仍是大队支书，周家村的一把手。

郑同志后来当上了县里的书记，不仅提拔了杨节胜的二儿子周东明，而且把女儿郑萍嫁给了周东明，和杨节胜成了亲家。

至于杨节胜落实政策的事，郑书记没当县委书记之前，曾几次找到民政局督办，但一直没有结果。后来跟杨节胜结成了亲家，这事也就没人再提了，杨节胜本来就不上心，也没再问，这事也就不了了之。

经过那次"特务事件"后，杨节胜的命运发生巨大变化，他领着周家村人战天斗地，渐渐地把名不见经传的周家村变成了全县乃至全省闻名的学大寨典型，他自个儿也从小小的公社级劳模、一级一级往上评，县劳模、省劳模，一直评到全国劳模，还到了北京，受到伟大领袖毛主席的亲自接见，据说还跟主席握了手。这些名头让杨节胜在周家村、四牌镇、安江县甚至于省里都有了足够的政治资本。

杨节胜也不再问落实政策的事，他想把新中国成立前那两桩事都忘了，他想将功补过，就这样扯平算了，这只是他心里想的，嘴上再也没提过这件事，他艰难地翻过了那一页。

这段历史，刘副院长是不清楚的。不管他如何变着方式从各种角度去做工作，杨节胜就是不去市里医院，无奈，刘副院长也只好向镇卫生院做了一番交代之后，带着深深地自责和惶恐不安回市里向周副书记交差去了。

杨节胜在刘副院长离开四牌镇卫生院的当天晚上，坚决要求出院，无论镇卫生院院长如何劝留都不行，只好亲自护送杨节胜回到周家村。

杨节胜回到村里已是夜里9点多，全村一片寂静，全村谁也不知道老支书会在深夜悄悄回到周家村。

第十九章

　　杨保国坐在办公室里，两只眼紧盯着案头的红、白、蓝三部电话。红机子是省委一号台控制的，接转的大都是省委、省政府领导电话，白机子是普通电话，可以直拨全国、全世界，蓝机子是一条机密线，杨保国协助胡副书记分管政法，这条线是举报专线电话，知道这条线的人并不多，范围也限在各县市以上领导，加上他刚到省里上班，知道他这部电话的就更少，所以打这部电话的就更少。杨保国在部队上时，案头有两部电话，一部是全军直拨，一部是红机子，也是师一号台控制的专线专接电话，是只有他这一级领导才能享受的待遇。他从新兵连时就听老兵说起过红机的种种神秘，刚下连队，连长办公室的那台电话正巧是红色的，他心里一阵激动，两眼瞪得大大的，以为这下见上了红机子，当天晚上就把见到红机子的消息记在了日记里，并写信告诉了家中的父亲。后来才知道连长的那部破电话除能接通营部，偶尔能打到团部以外，是什么电话也打不通接不进的。他很懊悔，心里也难过，似乎有了一种被人欺骗的感觉。从那以后，在心底更加渴望有一天能亲眼看一看红机子

222

是啥样子。后来有一次在军长办公室里看到了，才知道红机子其实也就那么一回事，只不过电话是由一号台控制的，一般人打不进来，也是轻易不用的。后来当上了师政委，也配上了红机子，自己也不常用。杨保国刚到省里，不认识几个人，电话自然也就少，红机子更是没有用过，只有胡副书记打过一次电话，用的是红机子，红机子一共才响过两次铃，一次大概是打错了电话，电话那头的那个人叽里呱啦说了一通，而杨保国听得莫名其妙，也不敢问，最后那人大概是感觉不对劲，把电话放了，搞得杨保国紧张了好一阵子，对红机子的感觉就更有点那个了。

两点半是省委机关下午上班的时间，杨保国每天都是 2 点钟就到了办公室，这是他几十年军旅生活养成的习惯，对规定的时间从来都没有迟到过一分钟。但到了地方，他发现上班的时间其实只是象征性的。一般的公务人员大概在 2 点半前后才陆续到办公室。厅局级以上的领导们就不一定了，上班各有各的点。省里领导就更没谱了，有时候根本不上办公室，除了开会讲话、陪会剪彩、赴宴、出国出省考察学习、旅游观光之类活动之外，所剩时间并不多，一切公务的办理都通过秘书这个关节。杨保国没有秘书，也没有正式的房子，临时住在省委的一个内部小招待所里，虽说安静，但不是办公的地方，再说杨保国初来乍到，对在家办公还不习惯，所以每天最早到办公室，有时候一坐就是整整一个下午，好在杨保国在办公室还能坐得住。

杨保国耐着性子等，眼看 3 点钟就要到了，案头上的三部电话仍没有丝毫的动静。他在想倘若 3 点钟到了，胡副书记的电话还没有来，会见的时间不能确定下来，那他是去拜见刘副书记，还是等着胡副书记的召见？这对他来说，是个两难的选择，顾此失彼，无法找到一个全美的方案。

3 点差 5 分，桌上的红机子准时亮了红灯，杨保国迟疑了一下，还是接了，他原以为是胡副书记的，没想到电话是刘副书记的孙秘书打来的。

"杨主任，您过来吧，书记已在办公室等您了。"孙秘书对杨保国格外尊重，一般的人他是不会再打电话提醒的，能按时安排你进见就算不错了，但对杨主任是另眼高看。

"好，我马上到，谢谢啊，孙秘书。"杨保国对孙秘书的提醒很感激。

杨保国放下电话，正准备走时桌上的红机子又响了。杨保国迟疑了一下，他不知道这时候该不该接这个电话，但他这个迟疑只是一瞬间的事，他本能地拿起了电话。

"杨主任吧，我是胡天乐，下午要是没别安排，你现在就来我的办公室，我找你说说，顺便把一件事交代一下，有些急的事。"胡副书记说话向来是客气礼节中透着一份不容置疑的气氛，杨保国也真切地感受到了这一点。

"我一直想拜见您呢，我这就来。"杨保本来想跟胡副书记说明一下情况，把刘副书记召见的事跟胡副书记说了，但他觉得不妥，胡副书记是省里的元老，人品官德在省里都是有口皆碑，威望极高，他能这么幸运地到省委工作，据知情人说胡副书记在会上是最先提出意见，对此，杨保国心存一种说不清的感激。一直想拜见，就是没找到机会，没想到胡副书记会主动召见，无论如何他是不会不准时的，更何况这是第一次。他没多想什么，就应了下来。放下电话，杨保国还是有些犹豫了，刘副书记在办公室等，自己又答应了胡副书记的召见，自己无论如何都要失信于他们其中一个，而对这其中任何一个失信对他来说都是极可怕的一件事，都将为他刚刚起步的事业带来不可预知的阻力，甚至是灾难或者毁灭，想到这，杨保国浑身不禁一惊，不经意已是一身的冷汗。但他还是略略整理了一下头发，让自己尽量镇静一些，拿上机要本，朝胡副书记办公室走去。

省委领导的办公室在省委大院一个并不起眼的小楼里，杨保国也在这栋小楼里办公，办公室是三间，一间办公室、一间会客室，里面还有一间卧室，条件和标准虽说比省委领导稍差一点，但跟秘书长的办公室相比，毫不逊色，杨保国刚来时，谦虚了好一阵子，说有两间就可以了，一间办公、一间会客，但办公厅坚持要把党委办的房子腾出来，并且装修了一下。对这，杨保国一直有些忐忑不安，每次见到党办周秘书就不自然，好像有愧于他似的，而周秘书对他一直是客客气气，非常尊重，这更让他感到惴惴不安。杨保国上二楼到胡副书记办公室，正好经过周秘书的办公室，他本不想跟周秘书打招呼，但周秘书倒是主动地跟他说话了。

"杨主任，上楼呀？"

"对，去胡副书记那里一下，您忙着呢？"杨保国本不想说上哪，但又天生不会敷衍别人，心里不想说嘴上还是自然不自然地说了去找胡副书记，但声音并不大，他担心让楼上的刘副书记或孙秘书听见了。

"我陪您上去吧，杨主任？"周秘书很热情。

"谢谢了，我自个儿去吧，上去左手边的第三间是胡副书记的办公室吧？"杨保国没上几次楼，更没有去过胡副书记的办公室，还是上次到三楼开会时，听周秘书介绍，才知道胡副书记的办公室是左手边的第三间。

"第一间是梁秘书，第二间的门不开，第三间是副书记的会客间。您最好是先敲梁秘书的门，叫他引一下。"周秘书很负责，介绍得很具体、清楚。

"好的，我先找梁秘书。"杨保国不认识梁秘书，更认不得胡副书记，只是在电视里见过几次胡副书记，见了面是认识的。

"哦，对啦，梁秘书没在，他去安江了，您就直接进吧，胡副书记房间里有个小赵，以前是胡副书记的司机，这几天替梁秘书。"周秘书说着已准备跟杨保国往三楼走。

"梁秘书怎么去安江了？"杨保国停下脚步，轻声地问了一声。

"听说梁秘书下一步要去安江锻炼。"周秘书也停了下来，压低声音跟杨保国说话。

"到安江？"杨保国显得有些惊讶。

"是呀，就是您老家那个县。"周秘书答道。

"什么时候？"杨保国对这事很在意，又问了句。

"那不知道，恐怕是老头子退了吧，这是老头子交代的，梁秘书还不太乐意去呢！"

"为什么？"杨保国不理解。

"安江是个什么地方？要是让我，我也不想去，难着呢！"周秘书说。

"找时间再跟你聊，周秘书，我现在上去了。"杨保国还想问，但又怕胡副书记等久了，显得自己不尊重，所以就不多问了。

"杨主任，您来了，快去书记办公室吧，书记问了我一次，我说您怕打扰他休息，在楼下等呢。"杨保国刚上二楼孙秘书已在楼口迎着了。

"哦，孙秘书，我正想跟您报告一下呢，能不能帮忙协调一下，胡副书记突然找我，说有要紧事说，我能不能先去一下，一会儿我就来，拜托了！"杨保国这时候已无路可走，只好实话实说，求孙秘书帮忙了。

"哦……，胡副书记上班了？"孙秘书神态有些惊愕，也没有对杨保国的话有什么明确的态度，虽说都同在一个办公楼上，胡副书记今天上班，看来孙秘书并不知道。

"在办公室呢。"杨保国不知根底，只好先含含糊糊地应着。

"梁秘书不在呀，胡副书记谁跟着？"孙秘书小声嘀咕了一句，好似自言自语。

杨保国没吱声，胡副书记在办公室等他，他不想在这里多耽搁，但又希望孙秘书能替自己解个围，好让刘副书记那里有个说法。

"杨主任，您去吧，胡副书记找，得抓紧时间去，刘副书记这里我会处理的，有事您尽管吩咐。"孙秘书还是那样客客气气，但杨保国已不太习惯这样的从始至终的客气，他需要明朗的态度，明朗的态度叫人心里踏实。

"那我去了，待会儿我找你汇报。"杨保国从紧张的脸上挤出了一丝的笑容，算是感谢孙秘书的帮助，应该说这是杨保国最不习惯的。

"杨主任，您千万别这样客气，我等您。"杨保国对孙秘书的客气心里有些发怵，但孙秘书依旧是那样得体自然，脸上笑容好像都是职业化的，让人挑不出一点的毛病，也许你可能有些不习惯，甚至还有些不知不觉的不舒服，但他的笑容此时此刻就真实地呈现在你眼前，是那样规矩，还有一些灿烂。

胡副书记办公室的门敞开着，虽说是大白天，但办公室里的灯一直亮着。尽管天有些阴，但几盏灯这么一照，整个办公室就显得很光亮。胡副书记正坐在办公桌前，手里拿着一本《求是》杂志翻看。这时候他并没有任何翻书看报的意思，只是放在手中翻翻而已，显然他正在等自己约见的杨保国。

站在门口的杨保国又有些迟疑，他不知道这时候进去，自己将接受一次什么样的考核。从部队转业到地方以来，还真的没来得及接受考核就到了省委机关并被选定为进省委班子的候选人，说实在的，到现在他还没接受过来自任何部门的考核。他这么顺利地到省委，他连想也没来得及想，他到现在还认为这是意外，是不可思议的意外。他是个明白人，他在心里一直感觉到绝对不会这么简单，一定有一次严格的考核在等着他，这样的考核是不可能躲过去的。今天当他站在胡副书记办公室门前，他突然感觉到这便是那场不可逃脱的考核，而对这场他等待已久的考核，他忽然有些怯场，站在门外不知现在是就该坦然走进还是等待……

胡副书记看到站在门口的杨保国，没有说话，只是微笑着点了点头，示意他进来。杨保国这时候没有了犹豫，喊了声报告就进来了。

"杨主任呀，我没猜错吧，虽说是第一次见面，但从你刚才的一声报告，我就在想从部队来的同志就是不一样，有劲、亲切。"胡副书记微笑着说，对杨保国的第一印象显然是满意的。

"首长，我到省里报到那天就想来见您，不巧您到北京看病了，一直没找到机会向您汇报。您身体还好吧？"杨保国说的是心里话。

"你坐吧，以后见面不要这么多礼节，别叫首长，你叫我老胡就行了，进门也别喊报告了，我以前也是当兵出身，到地方后也是喊报告，可地方不兴这个，也就不喊了。地方上的事有时跟军队上有些不一样，慢慢地你就知道了。"胡副书记依旧是乐呵呵的。

"胡副书记，您老也是部队转业的？您是革命老前辈。"杨保国真的没有了解到胡副书记也当过兵，显得有些惊讶。

"我是1976年入伍的，在青藏线上干了5年退伍回地方的。"胡副书记一提当兵的往事，眼中就露出一丝对往事的回忆。

"那您老就更是前辈了，我刚当兵的时候也是上了青藏线。"杨保国有些激动。

"我当的是汽车兵，在线上一个兵站接一个兵站地走，有好几次差点没了命，和我一起入伍的三个战友就是牺牲在了线上，也埋在了线上，孙成华、张大朋、杨宝平……"胡副书记的声音越来越低，眼里闪动着泪光，对往事的回味勾起了对老战友的怀念。

杨保国有些不知所措，他没有想到一开始就说到这个话题，场面一下子就如此凝重，他想尽快转换话题，但又不知该说什么。

"想想这些牺牲的战友，再看看现在这些不成器的官员，我就想骂人，心里就特别不舒服。前些日子都说我去北京治病了，实际了我哪里有什么时间看病哪，我是到中央谈问题去了。"胡副书记没等杨保国开口，又接着说。

杨保国更加无措，他对省里的事知道的不多，对胡副书记更是知之甚少，两人一见面，就说这样敏感的话题，这是他始料不及的，他不知道胡副书记想说什么，这时候说不说话都不合适，显得很紧张，额头已渗出了汗。

　　"不瞒你说，你这次能到省里工作，我是说了话的，我是到中央找了人的，为这个我得罪了不少人，有人恨我呢！"胡副书记没在意杨保国的反应，接着又说。

　　"感谢首长的培养，我会好好工作，不辜负您的信任。"杨保国更没有想到胡副书记会突然提起这个话题，他更加慌乱，但他想这时候不能不说话，好在部队上表态的话说得多了，虽说心里慌，但还是可以应付。

　　"杨主任，你不要误会，也不要多想。我今天当着你的面说这些，没有别的什么意思更没有什么暗示，我只是想对你讲点实情。不瞒你说，将要交给你的这个摊子是个叫人头痛的摊子，我也不想这样交呀，但年岁不饶人啊，到了岁数就要从位子上退下来呀，我们这些老的退不下来，你们这些年富力强的怎么尽快顶上来。本来，我这人对什么时候退真是无所谓，到岁数就退二线，也是应该的。但是没有想到，到了该交班的时候，上下都动了，为了这个空缺的位子争得一团糟。谁上来接这个班我本来也没什么意见，我是要退下来的人，说话的分量我自个儿心里清楚。这两年，咱们党反腐的决心和力度都加大了，我们省反腐工作也有了重大突破，查纠了一大批大案要案。这不，有一个案子才刚刚动手准备揭锅盖，上上下下又动了起来，难得消停。我是个老党员，官也做到这么大了，应该说是有点觉悟，有点党性了，我不能睁一只眼闭一只眼装糊涂，也不能就这样把这个乱摊子扔给接班的人，让别人帮忙擦屁股。但我在位子上的时间太久了，正巧上下为接我这个位子又争得那么凶，你是转业军人，我以前没有推荐过谁，那天我专门找了组织部的人，调阅了你的材料，虽说我只是在档案材料里认识你，谈不上对你了解，但我仍然相信，由你来接我这一摊子工作比别人合适，别的不说，至少是牵扯的瓜葛少，可以减少阻力，所以我竭力举荐并不相识的你，我也是借力办成了这件事。前些日子，我到北京，就是找领导谈省里的问题。我想在我休息之前，把事情向前推上一把，为你扫扫路。"胡副书记说话的时候，目光一直停留在面前的那张行政地图上，声音不高，却显得特别严肃。

"你从部队上来，对地方上的事可能还不太清楚。有时候，我也觉得不可思议。你知道这事是怎么露头的吗？不是反贪局，也不是纪检委，而是新闻媒体曝的光，不是省市的媒体，而是千里之外的中央电视台，你说怪不怪？人家离咱们那么远，为什么知道内情？为什么能抓住线索？不是那些中央的媒体记者有什么特殊本领，而是他们是动了真格的了，有那个较真的勇气。事情本来也并不太复杂，稍一露头，就有这样那样的人从中搅乱，硬把一些本来简单的事搞得七缠八连，让你无从下手，动哪一根线都可能引爆，一炸一大片，这你就不得不小心翼翼，要能从杂乱无章的头绪里理出一根关键的线，抓着了这根线就可以顺藤摸瓜，把事情解决掉，震动和影响还不大，这是上策。我这些日子就是找这根线。"胡副书记继续说。

"怎么样？有些眉目吗？"杨保国听得认真，十分谨慎地问了一句。

"没有想到，我万万没有想到，好不容易找到一个头绪，有了突破口，正准备撕开，就有人出来说话，关系居然找到了电视台，说只要记者不播出已经编好的节目，什么事都好办。你说这事怪不怪？要不是那些记者坚持，那事情就不好办了。现在事情有了突破口，也大概有了眉目，我原想把这事办完了就告老还乡，但时间不够了，只好托付给你了。"胡副书记说到"托付"这两个字时，显然是激动了。

胡副书记并不知道当初要摆平电视台记者的实际上是省政府办公厅在背后协调运作，他知道的只是事情的一部分，他把他知道的这一部分没有任何保留地告诉了杨保国。

杨保国听了心里禁不住"咯噔"一下，他不知道胡副书记为什么会如此不加掩饰地跟他交底。胡副书记究竟知道不知道自己和周东明的关系？要是知道，那胡副书记为什么不点破？是不是考验？杨保国心里七上八下没有底，没法表态，只好硬着头皮听胡副书记说。

"杨主任呀，这副担子不轻啊，你有什么困难？"胡副书记十分慈祥地问。

"我刚到省里，有些情况还不太了解，我会尽力的。"杨保国见胡副书记问话了，再不说话就不合适了，便这么不深不浅地说了句。

"我已派梁秘书到安江了，不瞒你说，他是去摸情况的，有什么情况，他会向你汇报的。"胡副书记没在意杨保国的态度，把梁秘书到安江的事告诉了他。

"听说下一步梁秘书要到安江工作？他早就是正处了，下去还是个正县，有些委屈他了。"杨保国虽说不认识梁秘书，但听别人谈起过，知道梁秘书跟着胡副书记好多年了，在省委机关口碑还不错，便不由自主地为梁秘书说话了，同时，也想探个底。

"唉，这话就不好说了，现在呀，这秘书行当，说法颇多，褒贬不一。前不久，我听人说笑话，你猜说什么？你听着，看我还能不能说全。首长不吃我先尝，看看饭菜凉不凉；首长不走我先行，踩踩路儿平不平；首长不讲我先讲，听听话筒响不响；首长不用我先用，看看好用不好用……乱七八糟一大堆，你说这是寒碜领导，还是贬低秘书？小梁是清华大学的高才生，当初我在地区上抓工业时，好不容易才挑上来的，后来跟我到了省里，他本不想跟着，我做了他的工作，他才继续跟着我，一跟就是12年，从小伙子跟到了现在这一把年纪。他的同学有的已经是厅局级干部了，有的是大公司的老板了，可他还是一个小秘书。不是我替自己身边人说话，现在的秘书能做到他这样，不容易呀。我快离休了，本想让他到厅局上干一干，但有人不同意，只好下到地县去，按说下去提一职也是常理，可就是有人提前放话说不妥。我知道有人是怕我在他们中间砸一颗钉子。有人心虚啊，放市里提不妥，平职离省城总可以吧，我就不信这还有人说不妥。"胡副书记提起梁秘书的事，还是忍不住激动起来。

"听人说梁秘书有点情绪，这也难免，是不是可以就放在市里，下到县里也实在是有些不合适？"杨保国一听胡副书记这么说，对梁的好感又进了一步，便想着替梁秘书说说话。

"下去吧，他到安江对你开展工作，对你更快地查处案件有好处，他个人受点委屈算不了什么，他那点情绪没什么。"胡副书记笑了笑说。

"我不知道自己能不能胜任，担心干不好，辜负了您的期望。"杨保国说的是心里话，他夹在情与理的两难之间，感到一种巨大的压力。

"放手干吧，我虽然退了，还会在适当的时候助你们一臂之力的，小梁会成为你的好帮手。有机会，问老支书好。"胡副书记站了起来，表示谈话就到此收场。

杨保国跟着也站了起来，本想还跟着胡副书记刚才最后那句话说下去，但一时又语塞，不知该怎样跟上话，他怀疑是不是自己听错了话。老支书是谁？难道他跟老父亲认识？这怎么可能呢？从前从没有听父亲讲过，胡副书记刚才谈话也一字未提，老支书不可能是指自己父亲。那问老支书这话只能是听错了音，这对杨保国来说是巨大的打击，他向来特别自信自己的听功，是从没有听错话的，并且听到的就能记下来，一字不差。今天这话是真的听走了音？

杨保国一时理不清楚，从胡副书记办公室退了出来。

第二十章

梁秘书到安江，没让市里人陪同，从省城直奔安江县城。

梁秘书奉命到安江着手调查中央批下来要查的案子，虽说心里不太痛快，但既然来了，他还是下决心把这个问题摸个实底，为工作组进入情况打开一个通道。下来的时候，胡副书记没跟他多讲什么，但他跟着那么多年，心里清楚这一次任务的分量和艰难程度。他的车没直接到县委，也没到县政府，而是直接开到了县水利局，局长张水洋是他中学同学，俩人关系不错，他想从这里开始摸点眉目。

"张局长，你也真够闲的，坐在办公室里，一杯清茶闭目养神呢！"梁秘书没找人引路，直接推开了老同学的办公室。

张局长正坐在那里想着什么，一听有人叫他，忙扭过头来，一看是老同学梁军，急忙起身站了起来。

"真是贵客光临呀，失迎失敬，是什么仙风把你从省城送到我这小县城？是不是又陪着老爷子微服私访？"张水洋笑呵呵地说。

"没错，这次真的是私访，但可惜我官小，说不上是微服，算私下拜访朋友吧。"梁军跟着张水洋的话说。

"那也不能不打招呼一下子插到基层，搞我个措手不及呀！要查也该先给个信，好让我准备准备，你这么突如其来一查，不是找我出洋相嘛！"张水洋还在说着俏皮话。

"我算什么？我当着你老同学的面，不说假话，我为什么来这么个地方？要不是老爷子坚持，我才不来呢，都快40岁的人了，还能干什么大名堂？倒不如趁现在还有些精力享点清福。"梁军在张水洋面前说话直来直去，没什么客套。

"你又谦虚了，现在是什么时候，是你们的好时代，放眼看世界，都是你们这些人升官，在首长身边，机会多，升得快，要是你都这样消极，那我们这些人就更没什么盼头了。"张水洋说。

"那也不是一概而论。升官是别人的事，我是没那个福气，也没那个运气，这不，不但当不了什么官，还要被发配到这穷乡僻壤来，还企望当什么官？服从呗！"梁军还是那样直言直语。

"也不要总这样穷侃了，你倒是说说，你一个人这么神不知鬼不觉地到我们安江来，究竟有什么贵干？"张水洋说。

"真的没什么大不了的事，看看你这个老同学呗。"梁军不想直说，他想从侧面探点风。

"别瞒我了，我也不是傻子，安江有多大，巴掌一块地方，还能有什么瞒得了人民群众，大家只是见怪不怪，麻木了罢了。"张水洋知道梁军这次来绝对是有特殊任务，他也知道梁军在迂回，想从他这里打开一个口子，所以将计就计，把话说出来，让梁军少绕弯子。

"你这就不讲政治了，现在全国上下都在反腐败，一级一级地反，揪出那么多腐败分子，这么大的声势，怎么还说大家麻木呢！"梁军也知道张水洋在跟自己斗智，索性也就往正题上引。

"梁大秘书，你说我不讲政治？你别看现在上上下下都在喊要讲政治，都在反腐败，咱们扪心自问，凭良心说，有几个是动真格的？轰轰烈烈地吵一阵子，上下都热闹，又有什么用？不是群众对反腐败不热情，是没了信心，现在下面都在传什么怎么传，你在上面听得不多吧？"张水洋一听梁秘书跟自己摆上了阵势，居然摆起谱来开口讲政治，索性就直话直说。

"照你这么说，下面的情况不是太好啊？"梁军见张水洋直说了，也就不拐弯抹角。

"看在老同学一场的份上，我实话实说，不是好不好的问题，是越来越叫人看不下去了！我劝你别下来，你下来图什么？想镀金捞资本还是想发财？是想当青天大人？难！真的难！"张水洋说。

"我镀什么金捞什么资本？还想当什么清官呀，你以为我愿意下来吗？你还是不了解我，我也真是没有办法。"梁军叹了口气，无奈地说。

"不想当清官，不想出风头，你就待在省城享你的清福，别来这里碰钉子。不是我看你当官眼红，小小的七品县令，在你眼里，算个屁！我知道你也未必真的看得上。"张水洋仍然劝梁军别到安江。

"我这人真的没什么官欲，但老头子叫来，不能不来呀！"梁军显得十分无奈。

"不瞒你说，就这么个水利局局长，我都不想当了，占着这么个位置，为老百姓办不了什么大事，心里有愧呀。你看我今天坐在办公室看起来清闲自在，那是我刚从江堤上回来拿点东西。这些天一直在江堤上，雨一直下着，我心里没底呀，长江在安江县是拐了三道弯，有 200 多里长的堤岸，有一处出了问题，那都是人命关天的大事，我能不下去吗？但下去，又有什么用？看着老百姓那可怜劲，心里不是滋味。"张水洋说。

"去年不是为修江堤拨了一大笔专款嘛，是中央直拨下来的，省上没敢动一分，全部拨下来了，这事是老头子督办的。按说有了那笔钱，安江的长江堤该有保证吧。"梁军说。

"不错，是有这么一笔钱，数目还真的不小。省里没扣，就说明能真的用到修堤上吗？你是省里来的，按理说，我应该有所顾忌，不该跟你说这些，但谁让你是我老同学，说点真话总不会犯什么错误吧。"张水洋笑了笑说。

"你这就见外了，现如今，社会上只有三种人可以交心交底，咱们是同窗学友，在此之列。"梁军也是笑呵呵地说。

"你说说，哪三种人？"张水洋问。

"现在社会上传的段子实在是太多了，听说你们下面传得都是精彩的，咱俩是四年寒窗好友，有什么话不能说？"梁军说。

"说吧，不管怎么说，咱也是共产党员，毛主席不是教导我们说'言者无罪，闻者足戒，有则改之，无则加勉'吗？咱这是汇报工作，不算打小报告，不犯自由主义吧？"张水洋十分认真的样子。

"哎呀，我说张大局长，什么时候你变成这样子，黏黏糊糊的。想当初，你在大学里追女孩是那样利索，神不知鬼不觉地就把校花给追到了手了，那时候，你多威风多神气。你可能不知道暗地里有多少人想把你揍个残废以解夺美之恨，我可是保了你，这个恩情你还没报呢！"梁军想把气氛搞融洽一些，就扯到了大学生活。

"你就别哪壶不开提哪壶了？什么陈年旧账，一提就心烦！不瞒你说，那是我一生中最大的失败！"张水洋显然是对那段往事很伤感，言语中透着些许无奈。

"我差点忘了问你了，当初你那大美人到哪儿去了？好几次想问，没好意思开口，咱们是三种人，问问没什么大碍吧？"梁军依旧显得很轻松，故意东一句西一句，想尽量在宽松的气氛中把自己想知道的从张水洋嘴里掏出来。

"你是故意找乐，是不是？我一辈子都不想再听人提这陈芝麻烂谷子的事了，谁再提我跟谁急！"张水洋真的有些动气了。

"好啦，别大动肝火吧，我大老远从省城到你这一亩三分地，你是我的老同学，对我也该客气一点，尽一点地主之谊吧。"梁军见张水洋真的动了气，也就马上把话题转到同学情谊上来。

"我算个什么，小小的科级，这一亩三分地姓什么？不姓张。我看过不了几天，该姓梁了，该是你的一亩三分地了！"张水洋笑了笑说。

"我说老同学，你说说，我准备来安江，任职命令没到，怎么这么快全城皆知了，不瞒你说，省里还没正式开会，再说，我也不想来，来不来还是两可呢。"梁军对他准备来安江任职的消息竟这么快传了出来仍感到十分不解，都说干部任命工作搞得很神秘，属绝密事项，会还没开，就已是妇孺皆知，这还算是什么绝密。

"现在还有什么事能瞒得住，只要想知道，还有什么能弄不明白？你来不来是你的事，是组织上的事，我什么都不能说，但看在老同学份上，我给你透个底，别看安江这地方小，这里可是个雷区，一不小心，就可能踏上地雷，要小心啊！"张水洋十分郑重地说。

"来不来，我也定不了，我不想来，能行吗？我丑话放在前头，要是我真的不得不来，你要帮帮我，我在安江就你这么个同学指点迷津，别让我败得太惨才是！"梁军口气也一下子沉重了许多。

"难啊，难啊！这是后话，咱们先不说吧，今天我尽地主之谊，请你吃饭。现在我还可以这么说，再过几天，我既不能说是地主，也不能请你吃饭，一请别人就会说我张水洋拍马屁，拍领导的马屁，唉！"张水洋一本正经的样子。

"拍谁的马屁！拍老同学的马屁？笑话！"梁军显得有些激动。

"超脱一下，天塌下来也得吃饭。吃饭，吃饭，不谈公事。"张水洋说。

张水洋请梁军在安江一家很僻静的饭店里吃饭，店门不大，也不显眼，人也不多。

"你久居省城，又是大秘书，什么都吃过了，到了我们乡下，请你吃点土的。"张水洋说。

"野味？不要让动物协会抓到了，电视台再给曝个光，那就麻烦了。"梁军总想把气氛搞宽松一点，时不时插科打诨。

"别说吃这野味没人管，你就是包二奶、养小蜜也没人管，动物协会算个屁，公安局、法院又能怎么样？那也得看是谁犯了法！"张水洋一说就有气。

"张局长，听你这话，是不是你也包二奶、养小蜜呀，小心我揭发你！"梁军依然是半认真半开玩笑地说。

"我怕揭发？那是笑话，现在是什么时代了，是笑贫不笑娼，你没听人都会改那两句歌词吗，路边野花你不要采，不采白不采。现在社会上把男人分几等，一等男人家外有家，二等男人家外有花，三等男人采野花，四等男人下班回家，你说你是几等男人？我又是几等男人？唉，这辈子真是白活了！按这样说法，这人活着还有什么意思？当着你的面，我没把你当作即将走马上任的县委书记看，我是把你当老同学，你说这人活着究竟有什么意思？我算是看明白了，什么都没多大意思，就是混日子呗，把老天爷分配给你的日子一天一天过完了事，最后落个好生好死也就算不错了，还指望什么？就我这样没后台，也不是什么'三爷'的人，能混好日子就已经是不错了。"张水洋情绪非常低落，一脸的无奈。

"张水洋，你这小子，今天是怎么了？一说就说这些没头没脸的，你说，你小子有没有二奶？有没有伸手？你还干净不干净？"梁军听张水洋这么说，气就上来，忍不住就问。

"你别动怒，也别在我面前指手画脚，你现在还不是安江的县委书记，就是明天你走马上任了，你又能咋样？你能把这些一、二、三等男人全抓了，全给治罪？你不会，你也不敢。你来了，你还得靠他们给你撑着，还是这些人给你抬轿子，少不了他们。你抓了我，判个三年五年的，你说我冤不冤？要说冤也不冤，按党纪国法，我该抓，我也有把柄被人攥着。要说不冤也冤，那么多贪官污吏，比较起来，我绝对算是清白守节的，抓了我，而那些比我坏一百倍、一千倍的还在台上当官作乐，你说我冤不冤？这事，真的没法说。"张水洋掏心窝子说。

"张水洋，你小子心里有话，为什么不敢开心扉说，至于你该不该抓，不是我说了算，我想你说点实情，别总是一批就是把整个社会都批了，一骂就把所有的干部都骂了，也没有你说的那么黑，说点实际的吧。"梁军听出了张水洋话里有话，便一针见血地说。

"我这还不是敞开心扉说吗？我连自己都揭发了，够可以了吧。"张水洋说。

"你是不是想把你给抓起来以后，等审你的时候你才肯说？"梁军问。

"那就不叫说了，那叫咬！现在的贪官，一抓了就咬，自己坐牢还找几个陪坐的，自己杀头也找几个陪着上路的，至于要是真的把我给抓了，我咬不咬？那不好说，有的人咬了，咬出了保护，自己倒没事了；有的一咬就坏了事，没几天就人头落地。你说一审你就咬一片，被咬的人还在台上呢，人家还掌握着你的生死大权，你一咬，岂不要从重从快把你给了结了，叫你咬不成。所以我决定咬还是不咬，一定会事先好好观察掂量一下，出发点只有一个，就是全力保护自己！"张水洋没什么顾忌，说得很轻松。

"既然你今天说到这份上了，我也不想再绕圈子了，你说，省里，还有中央下拨下来的扶贫款和修长江大坝的钱有没有挪用，甚至于下落不明，成了某些人的私人钱？"梁军看张水洋不想隐瞒什么，也就不再绕了，直截了当地问。

"我说我的梁大秘书，我的梁大书记，你这个问题问得太小儿科了，你是谁？你是中纪委、还是省纪委，一开口就问我这个问题，你这叫我怎么回答？我知道你心里打的小算盘，只要我一开口，我就上了套，你就牵住了我，我才不上那个当呢。"张水洋说。

"你不说也可以，我不是代表中纪委，也不是代表省纪委，但不瞒你说，现在事情已经出来了，想让它再缩回去，恐怕不太现实了。你不说，总有人说，到时候你想说恐怕也不会让你说了，你三思。"梁军说。

"你在诱降？还是在威胁？我可以光明正大地说，我张水洋在这个问题上没犯什么错，我怎么说也还是个有良心的人，我以良心保证，扶贫款、修堤坝的钱，我一分没动！"张水洋有些激动，拍着胸脯说。

"这我相信，也放心了。但你知道内情，你是水利局局长，修大坝的钱应该是拨到你们局的，你有责任用好它，从这点看，出了问题，你能一推了之吗？"梁军紧跟着说。

"咱们今天是来吃饭的，我掏钱，别误会，是掏自个儿的工资请你，是请我的老同学，我不是在跟县委书记吃官宴。好在你还没当书记，所以我请你没什么，咱们不斗嘴，专心吃饭。"张水洋见菜上来了，便停住了刚才的话题。

"你是真的不想说？不想说，肯定有难言之隐，我也不逼你，我知道你这小子吃软不吃硬，迟早你会说的。今天不想说就算了，好好吃饭，你这是第一次请我吃饭吧？"梁军也不再追问，话题就转到了吃饭上。

"以前我有这个机会吗？你是首长身边的要人，我敢请你吃饭？你总共来安江三次，都是跟着首长来的，哪一次不是前呼后拥，我连面也没见上一次，你说叫我到哪里请你吃饭？不是不请，是想请也请不到梁大官人啊！"张水洋笑呵呵地说。

"你都说了，吃饭，咱们今天只吃饭，不提什么官、权的。听了就心烦。"梁军说。

"好，不说，不说。抓紧时间吃，这些日子我难得清闲。这个鬼天一个劲地下雨，今年是个灾年，长江又要闹大水了，一闹水灾，我这个水利局局长能有什么好日子过？还不是个累死了也要掉脑袋的苦差。上周就上堤了，说有洪峰要过安江段，不敢大意呀。"张水洋一副无可奈何的样子。

"按理说，安江段不会有问题吧，1991 年那场大水，安江是重灾区，打那以后，省里、市里，还有中央都有不少专款，应该没什么问题吧？"梁军问。

"老天保佑，这洪水是六亲不认，这个保票恐怕谁也不敢打，什么牛都敢吹，但这个牛吹不得，你知道老天今年能下多少雨？咱们还得靠天吃饭哪！"张水洋说。

张水洋的话刚一落，手机就响了。电话是县委办公室的李秘书打来的，让张水洋立即赶到县委开会，开一个十万火急的会。张水洋还想问点什么，但李秘书一说完就把电话挂了。

"你看，说什么来什么，怕什么什么就找上门，肯定是防洪的事，八成是哪里出问题了。这饭也陪不了你吃了，你独自享用吧。下次一定好好请你。"张水洋说完，站起来就走。

"我也不吃了，你去开会，我到堤上看看。"梁军也跟着站了起来，他要直接上堤。

"不行。绝对不行。你现在上堤有什么用？你想指挥，谁知道你是谁？谁听你的？你老老实实找个地方先歇歇，或者干脆回省城算了，等水一过你的命令到了，走马上任，那多好。"张水洋一下子严肃起来。

"好吧，听你的，我不上堤，你先去开会吧，开完会，有什么情况麻烦说一下，行不行？"梁军也是十分认真地说。

"放心，我会如实报告。"张水洋说完，冲服务员说了声记账，就走了。

张水洋走后，梁军也没再吃，直接上了安江县城上游的洪门闸。那年抗洪的时候，他跟着胡副书记来过，对这里的情况还比较了解。当年这里是最险的一段，差一点就决了口，好在军队火速赶到，全力抢救才保下这个闸口，当时军民奋勇堵管涌、斗险情的报道还上了中央台的《新闻联播》，梁军觉得来这段看看自然能知道点情况。

梁军的车一到洪门闸下，就被聚集在堤坝旁的村民围住了。

"来了辆省里的车，看一看是不是省里来人了？"人群里有人大声喊道。

"怎么知道是省里的车？"有人接着问。

"车牌上看呐，是Ａ，是省里的没错。"刚才说话的那个人紧接着说。

"问问，来的是什么人？这车看起来也不像是什么大官的，没有大官下来，这事没法子解决。"有人又接着说。

坐在车里头的梁军没想到自己的车一到堤坝旁，就引来这么多人的关注。大家的话他也都听见了，他想下来跟这些人说说，说不准能有所收获，但他又不敢就这么唐突地出现在这一群陌生人中间，他们不知道他是谁，他也不知道他们是些什么人，弄不好会惹出大麻烦的。但他又一想，要是不下来，这些人肯定会认定他就是省里来的什么人，也肯定会拦着他的车，他就是想走也走不了，与其这样，倒不如下来，随机应变地问些情况。

"这里怎么这么多人？是不是在抢险？大坝有危险吗？"梁军打开车门，问车边的人。

"没有危险，我们来这里找死呀？你是省上来的吧？这儿修堤的钱到哪儿了？大水来了，怎么没见县上有人来呀？"有人问梁军。

"这段堤坝不是修了吗？报上不是还专门报道了，怎么会有危险？"梁军问道。

"修个鬼呀，那都是骗人的，要是真的修了，今年这么大的水还用得着白天黑夜地担惊受怕吗？"人群中有人嚷嚷。

"你要是省里的人，你就应该给省长捎个信，说再不想办法，这儿可就要出大问题了，这段江堤要是真的决了口，这南岸的安江、阳平、东平等八个县都将是一片汪洋，几百万人命危在旦夕。到那时候，谁能担得起这个责任？"人群中一个戴眼镜模样像个知识分子的人说。

"这位同志，能不能找个地方说说？我可以找人把这事向上反映，堤坝暂时没什么事吧？"梁军问道。

"那也不好说，应该抓紧时间加固加高了，没有人组织，靠这些人打乱仗，那是要出大事的。"戴眼镜的那个人十分认真地说。

"你先上车吧，车上说。"梁军感到这堤坝真的很危险，他必须抓紧时间采取果断措施，这时候他觉得身边要有一人帮他一帮，眼前这个戴眼镜的人或许能帮他一把，便招呼他上车，想找个地方探讨一下应急之策。

戴眼镜的人应了梁军的招呼上了车，坐在了副驾驶的位置上。

"你是哪个单位的？"梁军等他一上车，就把车往后退了出来，上了刚才来的那条大路上。

"周文泉，县文联的，你呢？"戴眼镜的人答道。

"我叫梁军，不瞒你说，我是省委的，你说说这堤坝吧。"梁军不想再绕什么弯子，便照直说了。

"你是省委的？来这儿做什么？"周文泉一听，很是惊诧，满脸疑惑地问。

"你文联的同志都上了堤，可见当下这堤上才是中心，我就是为这堤坝的事来的。"梁军说。

"我可不是来体验生活的，我是接到命令来的，现在是全民动员。是不是上面知道了内情？这事大着呢，但我认为这时候不能急着查，上游的水有多大，谁也搞不准，当务之急是组织人上堤抢险，保证堤坝不能决口。"周文泉十分诚恳地说。

梁军把车停了下来，他听了周文泉的话，觉得事情真的不是自己想象的那么简单，该冷静地思考一下，理一理头绪。自己虽然说还不是安江县的领导，自己也不想当这个领导，但毕竟下一步要来这个地方，既然要来，就不得不关注这个地方。可是这个地方，现在正面临着巨大的危险，甚至是灭顶之灾，要是万一江堤垮了，长江水在这里一泻千里，那安江不就成了汪洋一片，后果将不堪设想。

想到这，梁军不禁倒吸了一口冷气，他越发觉得这事太危险了，他不想再往深里想但又不能不去想。

梁军觉得这事必须立即向省委、省政府报告，当下更要紧的是抗洪抢险，案子的事应该暂时让路。同时还必须让安江县委、县政府立即组织力量上堤护堤抢险。

梁军觉得自己现在肩上的担子一下子重了起来，一种强烈的责任感驱使着他必须十分认真、十分严肃地面对摆在面前的一切。这种责任是他在省委机关这么多年里没有过的。在省委机关，他可以对任何一种事，哪怕是天塌下来的大事，都能做到不急不躁，都可以坦然地按部就班地处理。这不是他不负责任，而是因为事情再大再急，上面有人顶着，在省委机关他只不过是个小人物，小人物就可以闲心，也应该闲心。你要是手伸长了，别人还没开口说，你就先把话说了，别人还没作为，你抢先把事情做了，不论你说的是对还是不对，不管你做得好还是不好，都不是明智之举。

所谓明智之举应该是听见了装着没听清楚，做什么不抢在最前也不落在最后，这是他这么多年在省委机关悟出来的。他知道机关里人都悟出了这个道理，大家嘴上说的和心里想的并不一样。机关里把心直口快、想到什么就说什么的人看作不成熟、不稳重，是成不了大事的浮华之辈，这样的人在机关混不长，大都会被挤到一个不起眼没什么实权的小角落里整天看你的报纸，喝你的茶，在那个地方，你可以依着性子痛痛快快

244

地说，就是胡说八道，甚至于骂娘，也没有人追究你，因为你是个没什么用的小人物，你的话没有什么影响，说了和没说，其实都是一样。

梁军现在觉得自己不只是一个说话没有用的小人物，他已不是省委机关的秘书，而是一个即将走马上任的县委书记，他的一言一行都可能产生意想不到的威力，甚至他脑海里闪现的一个念头都有可能产生不可估量的影响。本来这次从省城来安江，他是带着情绪的，并不是十分情愿，也可以说是被动无奈的。但现在，他的那点情绪早就丢在了一边，一种强烈的责任感替代了这种情绪，他觉得自己必须在这个时候认认真真地做点什么了。

他最先还是拨通了张水洋的手机。电话铃声响了很长时间都没有人接，梁军正准备挂了的时候，张水洋接了电话。

"谁？"张水洋不耐烦地问了声。

"我，梁军，怎么还在开会呀？什么情况？我有急事。"梁军急切地说道。

"哦，是你呀，有什么急事？简单一点说，还在开会呢！"张水洋说。

"洪门闸大堤恐怕要出大问题了，县里有什么准备，有什么安排没有？"梁军急忙问。

"不说了，书记在讲话呢！"张水洋一听，立即挂了电话。梁军再打，电话关了。

梁军接下来把电话打到了胡副书记的办公室。

第二十一章

张水洋在县委会议室紧急召开防洪抗灾会议。安江县局以上领导悉数到会，交通局局长周东明自然也参加了会议。

"据长江防洪指挥部发来的防洪急电称，第五次洪峰将在明日下午 3 点左右抵达我们安江段，指挥部要求我们必须尽一切之力，确保洪峰安全通过安江段。"县防洪办刘主任首先把会议主题亮了。

"没多大问题吧，这几年咱们县的江堤一直在修，不是说能挡百年一遇的特大洪水吗？"县教育局孙局长十分不解地问。

"谁能拍这个胸膛，水火无情啊，我们今天是动员会，要动员全县一切可以动员的人力、物力、财力，以最快的速度抢修险段，要是能扛过第五次洪峰，事情就好办多了，时间不多了，大家分头动员吧，尽快上堤，刘主任你把段分一下，各段各负其责，张水洋你配合刘主任抓一下。"县委刘书记接着就开始下达任务。

"我说一句，这次洪峰来得急，咱们抗洪准备不足，仓促上阵恐怕要出问题，是不是把情况向上面如实反映一下，请求抗洪指挥部协调一下，最好能请抢险部队上堤。"张水洋平时开会很少发言，这次却是抢先发言了。

"怎么个准备不足？你这个水利局局长这个时候怎么还能说准备不足？去年年底不就发文件了，大半年了，怎么还能说准备不足？再说，千里长江大堤，加上三江都在发水，哪来那么多部队？远水解不了近渴，一切还是从自身出发吧。"县委副书记、县长孙大印开了口。

"文件是下了，光有文件有什么用？没银子，那坝能修吗？"张水洋没顾忌什么，跟着县长的话就反问了一句。

"今天不是来争论什么的，是要抓紧时间组织人上堤，至于请援部队，我看可以试一试，在部队还没上来之前，咱们的人要立即上堤查险抢险。"刘书记十分严肃地把话题给封死了。

"请求部队支援的事，我看也是当务之急。省里新到的杨主任是从部队上转业来的，是咱们安江人，听说这次抗洪，省里让他上了第一线，咱们托人去找一找，看能不能给咱们县增援一些兵力？"刘主任依旧是那个不紧不慢的腔调。

"哪个杨主任？我怎么没听说？"县政协闫主席十分惊讶地问。

"刚从部队转业来的，听说是中央跟踪的年轻领导干部，前途无量啊，很年轻，比我还小一大截呢！看来小小安江要出人物了。"人大常委会刘主任笑呵呵地说。

"哎哟，你说的是杨保国，他怎么转业了？我怎么连点音讯也没有，他可是我当年送走的兵，四牌镇的人，找他还有什么难的，交通局周局长和他是亲兄弟，我去找他也成，怎么也能摆个老资格了。"闫主席恍然大悟，他不知道怎么这么一个大事，自己却连一点音讯也没有，觉得很丢面子。

"周局长也是真能沉得住呀，这么大的事也不说一下，也太深沉了吧，这下好了，立功的机会来了。"张萍跟周东明两个人向来话不投机，

247

开会的时候常常打嘴仗，相互打压。

周东明一下子愣在了那里，他是真的不知道大哥已经转业到了省里。这些日子，他一直在为自己的事劳心烦恼，表面上看是很低调，不管是什么场合，他大多很少开口，跟人交流也少了很多。今天开会，会场上气氛让他感到窒息难受，张水洋在会上跟县长一叫板，他就更紧张了。要是这时候有人跟着张水洋再一问，那他就真的被推到火尖上烤了，想逃恐怕也没法逃了。好在刘书记很快控制了会议主题，话题很快就转到如何组织抢险上，江堤款的事也就没人再往下追问，他终于松了口气。

没想到一波未平，一波又起，这时候突然有人提及了大哥，大哥转业到了省里自己当弟弟的居然不知道，说给谁谁也不会相信，可事实上他是真的不知道，众目睽睽之下，他觉得无所适从。

周东明此时心底很虚，尽管他并不知道，转业到省里的亲哥哥要查的第一宗案子就跟他有关，更不清楚还没有正式上任的哥哥已经正式着手查他了，但他居然没有一点大哥杨保国转业到省里的消息，这的确太让人匪夷所思不近情理了，这对他的打击实在是太大了，他怎么也想不明白这究竟是为什么？此时，他心里一下子就有了许许多多各式各样的猜测，每一个猜测都像是一条正张开嘴的毒蛇朝他随时发起进攻，他陷入被动招架，心里更加没了底数。

"这是大事，我看还是对口，我跟刘主任亲自去省城一趟，当面汇报一下安江的工作，听听杨主任的意思。组织人上堤的事，孙县长负责。要想尽一切办法，立即组织人上堤护堤。"刘书记说完就站了起来，他想赶快结束会议。

"军令如山，这是拖不得的要紧事，按咱们抢险预案划分的区段，各部门立即组织人员上堤，人手要足，不能虚报人头。"孙县长也跟着站了起来，补了这么一句。

紧急会议就这么结束了。

洪峰到达安江段的时候，比原计划迟了一个多小时。奉命赶来的抗洪部队抢在了洪峰到达的前两个小时赶到了安江大堤。

部队到达安江的时候，也正是刘书记、刘主任刚赶到省城，想找杨保国汇报工作请求支援的时候，时间是下午两点整。

在省办公大楼里，刘书记、刘主任没找到要找的杨保国，倒是碰到了胡副书记，他们来不想让别的领导见到自己，本想装着没看见躲过去，没想到胡副书记叫住了他们。

"二位，到这儿来有什么事？"胡副书记一开口就直问。

"哦，老书记，我们有点小事。"刘书记一看没躲过去，只好硬着头皮回话。

"这时候，你们还有到省城办小事的闲情？我还没退吧，怎么成了老书记？"胡副书记因为心里有火，一上来就不客气。

刘书记、刘主任没想到胡副书记一点面子也不给，在走廊里就把他们给问住了，没办法回答，只好站在那里不作声，等着继续挨批。

"我老了，跑不动了，这时候才留在了省城值班，你看这办公大楼还有几个人，都上一线了，你们安江县的江堤就那样坚固？就真的没问题？你们就真的可以保证江堤不会出问题？真的可以高枕无忧？这时候还有时间来省城办点小事？"胡副书记一连反问，火气跟着就上来了。

"我们也是为抢险来的，是来求援的，想请省里找部队支援安江，安江告急！"刘书记一听胡副书记这口气，更加紧张了，不好再搪塞。

"请部队支援用得着你们大老远亲自跑来吗？你们呀，叫我怎么说你们，一个电话就行了，非要跑一趟，有多少时间经得住你们这么跑？现在你们应该在哪里？难道这都不清楚？应该在抢险一线，不是到省城求援！抢险的部队已给你们派上去了，你们赶快回去吧，上堤！"说到这里，胡副书记的声调一下子降了下来，显得十分疲倦和无奈。

"谢谢首长关怀，我们马上回去。"刘书记听胡副书记这么一说，知

249

道老头子还要发火，便急忙告别。

"当着你俩的面，我不隐瞒什么，安江县境内上百里江堤，国家和省上拨的钱是全拨下去了，省里没扣一分，现在大堤怎么样，你们比我要清楚。现在保堤要紧，钱的事等过了洪水这一关，咱们再说。你们要心里有数，大堤要是万一破了，什么也就跟着破了，这江堤的分量，你们心里清楚吧。"胡副书记换了一种口气，十分缓和地说。

"知道，我们尽全力保堤！"刘书记、刘主任几乎是同时表了决心。

"去吧，保坝要紧，任何事都等到洪水过去了再说吧。"这次胡副书记还是把准备要发的火压了回去，说着就进了办公室。

刘书记和刘主任愣在那里好一阵子才醒过神来，他们还准备着胡副书记发火受骂呢，没有想到胡副书记火没发出来，而单单是扔出这么一句话来。别看就这么一句话，不细琢磨倒没什么，你要是细细一想就耐人寻味了。

保坝要紧这是谁都明白的，抢险是当前头等大事，这时候什么事都可以放一放，全力以赴抢险救灾，等洪水退了，再回过头来办因抢险而放下的那些事。倘若保坝成功，安江逃过这一劫，那还有可回旋补救的余地，等那时候将功补过，或许可以从轻发落。倘若大堤破了，安江一片泽国，那责任可就大了，单从抗洪不力这一点，你就吃不了兜着走，更何况还有江堤河坝款的事，那更是罪加一等，到时候是谁也保不了你的了，就只有问责受处这一个选择了。

刘书记和刘主任急匆匆从省城赶回安江的时候，洪峰也到了。抢险的部队已经上了堤，正在急速加固险段堤坝。县委六大班子的主要领导也上了堤，整个江堤一片人海，一幅战天斗地的景象。

"老孙啊，情况怎么样？队伍上来了，要集中兵力抢出最险段。"刘书记见孙县长在跟抢险指挥部的几个人说着什么，就径直走了过来，急切地问。

"幸亏队伍来得及时啊，否则不堪设想，这是周参谋长，是他亲自率队伍上来的。"孙县长指着身旁一位上校军官，对刘书记说。

"感谢部队救援啊，周参谋长，队伍上有什么要求尽管说，我们一定尽全力协助！"刘书记紧紧握着周参谋长的手，十分感激地说。

"别客气，别客气。我们这次上来了1000多人，是急行军来的，战士们也没休息，现在是极度疲劳，恐怕坚持不了多长时间，县里要尽快组织梯队补上去。"周参谋长说。

"我们一定尽全力，尽快让民兵突击队补上去，还是由你们调度指挥，你们军人突击能力强，有经验，你们指挥会顺当得多。"孙县长说。

"顺便问一声，这队伍是怎么上来的，真是及时雨啊，我们到省里求援，说队伍已经派出来了，天助安江啊！"刘书记十分感叹地说。

"不是天助，这多亏了我们杨政委，是他安排的，按我们接到的方案，本来是不到安江的，因为安江江堤这些年投了不少钱，大家都认为应该是固若金汤了，没想到，来到这里才知道，这里险象环生，要是真的大意了，出大事的真的就是这里。"周参谋长典型的军人性格，说话不愿意拐弯抹角。

"哪个杨政委？是不是从部队上转业来的，叫杨保国？"刘书记急切地问。

"是，听说他老家就是在你们安江，他可不得了，在部队上威望高着呢，本来眼看着有希望提军职了，却碰上了裁军，正巧他那个师裁了，没办法只好转身到了地方。他这一转身倒是没错，不但没被连降几级，听说还被破格任用了，这真是不错，否则，我们杨政委也就太冤了。"周参谋长边说边掏出一盒香烟，先递一根给刘书记。

"参谋长真是艰苦朴素呀，抽烟也没忘光荣传统，这么大的官，怎么还抽这样的烟？不行，您这么辛苦，我们拥军，叫办公室送几条大中华来。"孙县长见周参谋长掏出来的烟是才几块钱一包的普通烟，便借题说笑了一番，想活跃一下气氛，把大家关系拉近一点。

"不是讲光荣传统，也不是艰苦朴素，我们部队干部哪能跟你们地方上比，我大小也是个正团职，县团级县团级，这都是老皇历了，现在哪里还有人说什么县团级，像我这样的要是到了地方上还比不上一个小科员，这是差别，没办法。"周参谋长解嘲似的说。

"哪里，哪里，大家都一样。哦，对了，杨主任你是很熟了，有机会引见一下，这次他为安江做了这么一件大好事，该好好感谢一下。"刘书记说道。

"谈不上很熟，算老部下吧。他这人什么都好，就是太讲原则了，这在部队上是出了名的。"周参谋长说。

"这一点，我们也偶有耳闻。他亲兄弟就是我们县交通局局长，也常听他说他哥哥不讲私情，很讲原则。讲原则好啊，杨主任的好作风值得我们好好学习。"刘书记说。

"杨主任这次担任了省防汛指挥部的总指挥，这是好事啊，有他指挥，很多问题就好解决了。"周参谋长说。

"周参谋长讲得好，什么事从坏处着手是对的，你大胆指挥，我们听你的。"刘书记显得有些不自然，悻悻地说。

"我这人口直心快，想说什么就说什么。这百里江堤能不能确保万无一失，我心里没底，也不敢拍胸脯。洪水无情啊，所以江堤上保是一部分，堤下疏导也必须同时进行，能撤出的要尽快撤出，人命关天，赶快撤吧。"周参谋长的态度十分坚决。

"堤上的事你做主，我们全力配合，堤内的事，我们做，几十万老百姓要撤出来，恐怕不是说撤就撤的，需要筹划。"刘书记的情绪显然是受到了很大的影响，虽然他极力掩饰着自己的不满和不耐烦，但还是流露出了不悦。

"撤离的事是杨主任专门找我说的。他说虽说安江江堤这些年修了，

252

但也不能大意，也要有撤的准备，要根据实际情况果断决策，绝不能有人伤亡。"周参谋长没在乎刘书记的情绪，仍然强调撤离的事。

"好吧，我们派交通局周局长具体负责撤离的事，他路熟，在四牌镇当过书记，对那里情况熟，四牌镇是这次撤离的重中之重。四牌镇要是能顺利搬出来，问题就好办了。"孙县长连忙说。

"周局长这个时候负这个责合适吗？这事一定得慎重，撤离是大事，他这个状况，能行吗？"一直在一旁没吭声的人大刘主任低声跟刘书记说。

"哎呀，我说老刘啊，都什么时候了，还这样畏首畏尾的，小周我是了解的，他的事可以先放一放，现在一切为了抗洪，让他去吧，他对堤内那几个乡镇情况熟，又有基层工作经验，关键时候能拍板，让他去负这个责，是合适的，别的事等洪水过了，再说吧。"刘书记显得有些无奈，跟刘主任说话也是声音低低的。

"那就赶紧通知周局长吧，让他来这里接受任务，我派20辆卡车，外带一个排的兵配合你们撤，抓紧时间吧。"周参谋长显得十分着急，说话的声音也高了八度。

紧接着就开始找周东明，一找才知道，周东明并不在堤上，全县所有的科局以上的领导这时候无一例外地都上了堤，唯独就没他。

刘书记、孙县长分头拨着周东明的手机，通是通了，都一直没有人接……

周东明这时候已到了离安江县仅60里远的安平市，那是省防洪指挥部的所在地，杨保国就坐镇这里指挥着全省沿江一线的抗洪。

这时候杨保国指挥的不仅是奉命前来抢险的一个师的部队，而是全省所有的驻军及武警部队，还有全省沿江一线的九县三市的近千万群众。尽管他在部队是一个以稳健著称的优秀指挥官，但此时，面对如此复杂多变的局面，面对千军万马，他还是显得有些紧张。

这种紧张有些特别，他努力想理出一些头绪，最少要让自己知道为什么会如此紧张，但他始终难以给自己一个清晰的答案。他在想，紧张应该是自然的，这个时候谁会不紧张呢？反正紧张是对的，只是不要慌了阵脚。有一点他心里清楚，这怎么说都是一次考试，是一次不能有丝毫差错，必须慎之又慎的考试，也是没有补考的一场考试。

　　他感到一种压力，一种从四面八方奔袭过来的压力……

　　弟弟周东明的突然出现，让杨保国感到十分吃惊。尽管这些日子里，他一直有一种预感，弟弟周东明迟早会找上门来，只是时间的问题，但他没想到会这么快，而且还在这样一个场合，这是他绝对始料不及的。

　　周东明一露面的那一刹那，杨保国脸上的表情一下子僵硬在那里，怔怔地看着周东明。

　　杨保国身边上抗洪抢险办的人一见这场面，谁也不清楚是怎么回事，其中有认识周东明的，但谁也不知道周东明跟杨保国是什么关系。这种关系弄不清楚，谁也不会知道这突然闯入的人想要干什么，就是周东明自己也许也不真的清楚自己这么闯进来到底想干什么。

　　其实，周东明在门外已经等了很长时间，可左等右等也找不到单独见到自己亲哥哥的机会，下了很大决心贸然闯入，并没有去想更多的后果。

　　"周局长，你有事吗？"短暂的沉默之后，指挥所里有认识周东明的人问了一声。

　　周东明没有回答，这时候，他不知自己该怎么回答，他不知道自己到这里来究竟有什么事，他自己也不清楚。被人这么一问，他意识到自己这么唐突地闯进来，真的是有些冒失了，不仅让自己进退两难，而且让坐在会议桌正中的杨保国难堪万分。

　　杨保国嘴唇微微颤抖了一下，好像是要说什么，但没有开口，他也在短暂的凝固中等待着谁来打破这突如其来的僵局，他也不知道打破僵局之后会是个什么样子，会不会把一切遮掩着的和捂着的都亮敞开来？他感到自己尚未做好迎接这种局面的准备，或者说他根本没有应付这种局面的能力。

实际上他一直在回避这种局面。他想等一切都安顿好了，他可以心平气和，尽可能坦然一点去处理这件事。他需要的是时间，需要的是上上下下对他的认可，认同他这样突然闯进安江政坛上的黑马。其实他骨子里根本没有想做黑马，他更希望的是按照常理一步一个脚印，在别人既不惊讶也不过分关注的目光中做官、行事、做人。

杨保国的木然让整个僵局无法打开，周东明站在门口，进也不是，退也不是。

正在犯难，见哥哥杨保国脸上那古怪的神情，心里一阵发冷，这种冷让他没有勇气再在这样的门槛上僵持下去，他正准备把伸进去的那只脚抽回来的时候，杨保国说话了。

"是不是有什么事？进来说吧。"杨保国下决心直面这个尴尬局面，他无法再回避什么，他感到越是回避，自己就越被动。

杨保国一说话，在场不管认识不认识周东明的都知道这时候该离开了。大家一离开，杨保国与周东明是真的面对了面。

"你这时候来，一定是有什么急事吧，老爹老妈的身体咋样？"杨保国首先说话，试图打破这难堪的窘境。

周东明没有接哥哥的话茬，他依旧呆立在那里，两眼无助地望着站在面前的小时候一手把他带大的哥哥，他感到了一种从未有过的陌生，并且陌生中带着惊恐，从心底产生一种惊恐。

"不说也好，你先回去吧，县里都在抢险，你这时候应该是在大堤上，什么事都得等到洪水退过之后才说，回去别跟家里人说我转业的事。"杨保国知道这时候没法跟弟弟周东明说什么，见周东明没说话，便想先把他劝回去，他心里还没有一个妥当成熟的打算来处理好这件上任后最棘手的事。

周东明仍旧站在那里一动不动，一脸的茫然，一脸的无奈。他几次想开口说点什么，但只是嘴唇动了动，却没有开口。

"回去吧，大家都在堤上，这时候你更应该守在堤上。"杨保国语气明显加重了许多，但仍透着一种无奈、一种夹着许多难以言表的内心痛楚的无奈。

就在周东明转身正准备从屋里开门出去时，门被猛地推开了，因为推门用力过大，门重重地撞在了周东明的头上，周东明"哎哟"一声，急促地向后踉跄几步，要不是杨保国眼疾手快扶了一下，就会重重地摔倒。周东明没看推门进来的人是谁，略一定神，捂着被撞痛了的头就出了门。

推门进来的人，杨保国不认识，全身上下都是泥，脸也是被泥水画了个大花脸。

"杨主任，出大事了，安江大堤决了个不小的口子，堵不住了。"进来的人气喘吁吁地说。

"谁在现场？"杨保国大声地问道。

"都在，部队也上去了。"来人依然是气喘吁吁的。

"走！"

"坐我车吧。"

杨保国上了车才知道这人是江东市的刘天乐副市长，这次江东市抗洪的副总指挥，杨保国来江东市，他一直在堤上，只在堤上见了一面，人多又有些乱，没什么印象，但刘天乐把杨保国是牢牢地记住了。

"讲讲具体情况！"一上车杨保国就问。

"具体情况我也不是很清楚。"刘天乐回答说。

"你没在现场？"杨保国有些疑惑地问。

"没在。"刘天乐的话很简单。

一阵沉默。杨保国没再问什么，刘天乐掏出烟，自个儿点了一根，没问杨保国抽不抽，也没递上一根。

"那谁在前面？"过了一会儿，杨保国又问。

"都在。"刘天乐的回答还是很简单，似乎不想多费一个字。

接下来又是一阵沉默。

"车子能不能开快一点？"杨保国声调不高不低地对司机说。其实到堤上的路也就20多分钟，车子也已经开得够快的了，但杨保国仍然觉得慢，他想以最快的速度赶到出事地点，他感到一种巨大的压力和不具体却真实存在的恐惧。

刘天乐迟疑了一下，对司机说开快点吧。他一发话，车速明显快了许多。

"当过兵的就爱坐快车，我没当过兵，但我也喜欢坐快车，刚才是不敢让司机快，怕杨主任不适应。"刘天乐这时候情绪不知怎么又上来了，话也多了。

杨保国没接话茬，不是他不想接，而是他不知道在刘天乐这样的人面前说什么，才是妥当的。好在路程不远，没一会儿，车就到了江北岸的堤坝上，对岸的堤坝被水冲开了一个口子，岸上全是人。江上没有桥，平日里全靠轮渡过人过车，汛期到了，小轮渡就停了。刘天乐带着杨保国坐上早就停在北岸堤下的一艘冲锋舟，朝对岸奔去。坐上冲锋舟，杨保国心想这个刘天乐还不算笨，就冲这冲锋舟提前到位，就说明协调组织的人心眼儿活。杨保国因为刘天乐关键时候作为一位抗洪副总指挥竟不在位而产生的一些恼怒也消停了许多。

大家开始找周东明的时候，才知道周东明竟没在堤上，这让大家很震惊，刘书记、孙县长两个人的脸铁青着，特别难看。

"再找一找，是不是有什么特殊情况。"孙县长对身边的县政府办公室周主任说。

"手机开的，没人接，家里说不知道，几个可能的地方也都打了电话，都说没见。"周主任说。

"别费那个劲了，这时候有他没他没什么影响，我带上闫主任组织撤离吧。"一直没有说话的朱副书记说话了。

"那就让老朱去吧！"刘书记说。

"刘书记、孙县长，老书记打来电话，问堤上怎么样？该怎么说。"闫主任刚想转身跟着朱副书记走，指挥所的刘秘书跑过来说。

"老闫，你去一趟老书记家，对他说一下，坝上没事，千万别对他讲周东明的事，问也不说，老头子可能知道了点什么。"刘书记把闫主任拉到一旁，嘱咐了一阵。

"老刘啊，周东明的事咱们真得商量商量，否则不好办呐，现在捂着，能捂多久？越捂越被动。这时候他不在堤上，能去哪里？我担心要出大事。"孙县长走到刘书记身旁，压低声音说。

"谁想捂呢？现在洪灾当前，要是动作一大，岂不乱了套？省委胡副书记也有指示，一切都等洪水过后再说呀。"刘书记显得无可奈何。

"抗洪紧急会议上，我俩都说了，抗洪期间，谁临阵脱逃不在一线，严惩不贷，这个态表了，怎么收场？"孙县长也是一脸的无奈。

"再等一等，只要他安安全全的，没什么意外，什么事我们先圆着场，还是等洪灾过了才说，只要江堤保全了，剩下的事都还有回旋的余地。"刘书记深深地叹了一口气，依然是无奈。

事情有时候真是赶巧，这边正说着周东明，周东明刚好从堤下走上来。刘书记一眼就看见了，冲着他就喊："东明，你快来，正找你呢？你猫到哪里去了？"

"书记，找我有事吧？"周东明平平淡淡地应了一声。

"什么叫养兵千日，用兵一时啊，现在就是用将的时候，都什么时候了？你周东明能不在一线，有紧要的事要用着你呢！"还是刘书记说。

"什么事？"周东明听了刘书记这番话，一下就有了些精神，声音也明显大了些。

"你去组织人员把堤南侧三乡一镇的人给我撤到安全地带，以最快的速度，先撤人，别的东西能带则带，不能带的就留置下，记住，撤人是第一位的。朱副书记带着政府办的闫主任刚走，你配合朱副书记吧，你要抢挑这个担子呀！"刘书记把最后一句话说得明显重了些。

"知道！"周东明的声音虽说不高，但透着一份舍我其谁的自信。

周东明说完就转身要走，刘书记拉了一下他的衣袖，周东明一愣，跟在刘书记身后，沿着江堤不紧不慢地朝堤下的那条路走出。

刘书记始终没有开口说话，周东明也不好说什么，就一直跟着，俩人就这么一前一后地走着。等到了停在堤下公路上的那辆车号为 0001 黑色红旗牌车，刘书记停了下来，叫司机打开车门，从车后座上拿出一个牛皮信封，信封是封着的。刘书记把信封交给了周东明，仍然是什么话也没说，只是用手拍了拍他的肩膀，转身又朝大堤上走去。周东明愣在那里好一阵子也没有回过神来。

一阵手机铃声把周东明从失神中唤醒，他伸手从衣袋里掏出手机打开一看，电话是从他家里打来的，他迟疑了一下，还是按断了。

周东明这时候特别敏感，觉得任何电话对于他来说，都有可能是一枚炸弹，一接如同引爆，一引爆他就会被炸成碎片。其实，他也知道，这枚炸弹迟早都是要炸的，导火绳实际上已经点燃，他原来期望会有一只巨大的脚在炸弹点燃这千钧一发之际用力一踩，把这镕即将爆炸的炸弹变成一个哑弹。炸弹的威力是在爆炸的响声中体现的，没有响声的炸弹是不用怕的。但周东明在连续数月不停的雨声中似乎隐隐约约地听到了那声恐怖的爆炸，点燃炸弹的竟是那绵绵不断的雨丝，而那双巨大的脚却未能如他所想的那样出现。周东明从安平市大哥那里回来后，对有人把他从危难的爆炸区救出来的期望已经没有了，这次是谁也救不了他了，能救自己的只有自己。

　　周东明想起了 20 多年前，他刚刚 17 岁，高中毕业。县委郑书记正巧到周家村蹲点，郑书记看中了他这个毛头小伙，把他带出了那个偏僻的小山村。当初虽说还不怎么愿意，遗憾没上得了大学，但那种失落是一时的，很快就过去了。应该说，这些年来，周东明对自己始终还是保有一种激情，把干好工作始终作为对自己一个不能放松的要求。但当仕途在县交通局局长这个位置上止步不前时，他心里有了一种莫名的失落。他认为不论是论资历，还是论水平，他在仕途上再向前跨一步是顺理成章的事，但空出来的副县级的位子一个个被那些平日里无所事事只知道跟在领导屁股后面的无能之辈占去了，提拔呼声一直很高的他却一次次原地踏步。不但没有提，坊间还有人说他能当上这个局长，是沾了岳丈大人的光，是老书记出面找来的，是他靠跑关系跑来的。传这话的人也有他的理论根据，全县几十个乡镇的头头，为什么会挑你周东明来当这个交通局局长，谁都知道那交通局局长的位置可绝对是个肥差，有多少人想争，你要是不跑能让你当吗？周东明对这些说法很反感，他绝对没有为当这个交通局局长去找过什么人，至于老书记为他升迁的事找没找过什么人，他无从知道。他认为这样的事老书记做不出来，这样求人的话他老岳夫也说不出口。

　　周东明对自己现在的仕途遭遇不甘心。

　　他对自己一直很自信。

　　但这种自信却受到了强烈的冲击。因为这种冲击来的是那样突然，是从暗处倾泻而下，他猝不及防，他没有准备，他无力招架。冲击之后紧接着就是失望，所带来的就是现在这种尴尬境地。

　　已被推到尴尬境地的周东明，屋漏偏逢连夜雨，进入汛期，江南地区连降大雨，安江暴雨成灾，几乎把他推到了悬崖绝境。一向自负不服输的周东明也不得不承认自己在这场洪灾中是真的走到了尽头，是彻彻底底的玩完了，没有任何可以抓住的绳索给他一丝安全感！

　　此刻，他唯一能做的就是绝望地等待着。没有料到，刚才刘书记出人意料地给了他一个封着的信封，还在他肩上轻轻地拍了一下，这一轻拍意味深长，不禁让人浮想联翩，绝望中他似乎看到在悬崖绝壁处飘出一根细细的绳索，正是这场洪灾给他带来冲击，让他绝望，同样还是这场洪灾可能会给他带来绝处逢生的希望，给了他一个在悬崖绝壁处逃生的机会。

　　精明的周东明敏感地嗅到了这个味道。

　　周东明轻轻地嘘了一口气，钻进早已停在堤下的车里。雨中的他没有打伞，坐进车里他才知道自己早已是浑身湿透，冷不丁打了一个哆嗦。

　　在夏天还会因为冷打哆嗦，这是他不理解的。实际上他也没有精力去理会这些，他已经把所有的精力投入到了县委刘书记交给他的这份非同一般的差事当中，那是关乎着十几万生命的大事，当然也包括他的身家性命。

第二十二章

　　江东市是一座依长江北岸而建的历史古城。历史上曾有不少震惊中外的重大事件在这座并不算大的江城发生。虽说它的经济发展在 H 省并不突出，但它在 H 省乃至全国仍然有着极高的知名度。在省里，江东市不论是从那个角度讲，都有着举足轻重的地位，江东市的第一把手是省委常委，跟省城一样的待遇，比别的地市要高出半级。这次，长江发洪水，H 省把江东市列为抗洪的重中之重，专门派出省抗洪前线指挥部，杨保国担此重任。有人说，这是省委想给杨保国压担子，重点培养，积累政治资本，想他能在不久召开的省九届人大会议上得到大家认可。也有人说，这样安排主要还是看在杨保国的从戎经历，洪灾当前，让一个行伍出身的人去指挥，与抗洪的主力部队沟通协调起来要方便得多，这对抗洪是非常有利的。两种说法都有道理，都有一个不争的共同点，那就是杨保国担当江东市抗洪总指挥坐镇安江，与他几十年军营生涯有着直接的关系，江东市抗洪的成败，在某种程度上决定着杨保国在 H 省是否能站得住，能否真的成为 H 省官场上突然杀出的一匹黑马、一颗一跃而起耀眼夺目的政治新星。

对于这一点，杨保国心里当然清楚。虽说他离开家乡到部队已近30年，但对距自己老家不远的江东市的情况还是知道一些的。江东市在H省的分量，他心里清清楚楚，江东市抗洪形势对H省整个抗洪形势的影响，他心里也清楚。在这样实实在在、非常严峻的考验面前，不能说他没有一些顾虑和退却，但他更清楚地知道，在他身后已没有退路，他唯一能做的就是勇往直前。纵然知道前面的路布满荆棘，也要奋不顾身往前闯往前冲。杨保国分明看到，前面就是一道深沟、一道陡坎，跨过去，前面就是宽阔的金光大道，迎接他的是掌声，是鲜花，要是跨不过去，那等待自己的只会是前功尽弃，铁定的败局！

杨保国是在这样复杂的心情里来到江东。江东江堤决口，对他来说，好似五雷轰顶，他最担心发生的事还是发生了，而且来得是如此之快，就在他到达江东的第二天！这是他不想看到的，也是他没有想到的。

面对考验，杨保国的表情还是那样淡定，看不出丝毫的惊慌，这是几十年军旅生活的磨炼，但他心里还是惴惴不安，这样的处境对他来说毕竟还是第一次，他不熟悉这样的环境，还有周东明的事一直在心里绕着，挥之不去。

杨保国到达江东江堤南岸那个不大也不小的决口处的时候，正在指挥截堵的江东市委书记刘东升急忙跑过来，急喘吁吁地说："杨主任，情况紧急，这道决口要是不能尽快堵住，决口就会迅速扩大，堤内二县一市共300多万人民群众将性命攸关。"

"部队上了多少？"杨保国最先想到的是部队，在他心目中，这时候能担此重任的，只能是部队，那才是抗洪的真正主力。

"省军区的一个营已上去了，已经向抗洪部队求援了。"刘书记说。

"目前在什么位置？"

"在安江县的江堤上。"

"给我接通部队首长的电话。"

刘东升书记很快拨通了周参谋长的电话，递给了杨保国。

"我是省抗洪副总指挥杨保国，江东江堤出现了险情，请求部队火速救援。"杨保国的声音坚定果断。

"杨主任，我是周小兵，舟桥旅的参谋长，您还记得吗？1998年抗洪时的小周连长，那时您还是教导员，是您在大堤上这么叫我的。"周小兵参谋长的声音很大，生怕电话这头的杨保国听不见，显然是激动了。

"我记得，1998年你小子个人立了一等功，你的连队立了集体一等功，后来你就调到别的部队了，这多年没联系了，你现在在哪？"杨保国也显得有些激动，他没有想到这时候救急的竟是自己这么一员老将爱将，他心里好像有了些底。

"报告首长，我正带着部队从安江往江东赶，急行军。"

"先派出小分队，机械化开进，火速赶到。"

"是！"周小兵的"是"字喊得很响亮。

给抢险部队打过电话后，杨保国对身边的刘东升、刘天乐，还有江东市市长孙华明说："部队很快就能赶到，现在咱们组织力量一面把救灾器材落实并尽快到位，一面组织力量在堤外固基，无论如何，不能让决口扩大，要是控制不了局面，口子冲大了，那就谁来了也挡不住了。"

"麻袋、石料和木材都就备好了，现在还在继续准备，外堤的堤坝也挡了三道，决口两端下了大量大块石头，堤坝的底脚已基本稳住，但要堵上，没有专业机械不行，江东市上边江洲市的江堤上有舟桥部队，他们的设备不错，能调动他们来，把握性就大了。"刘天乐说。

"江洲是J省管辖的，抗洪形势也很严峻，前天的崩堤事件尚没有完结，想调他们堤上的兵力，没有省里出面，恐怕没戏。"市长孙华明接着说。

"急电省委省政府，向军区求援，十万火急！"杨保国果断地下达命令。

"杨主任，安江县的刘书记找您，说有急事报告。"刘天乐等杨保国说完，紧接着说，手里拿着手机，看样子还急得很。

"打你手机的？"杨保国问。

"是的！"刘天乐顺手把手机就递了过来。

"我是杨保国。"杨保国跟安江县委刘书记虽说没有见过面，但两人都知道有这么个人，刘书记在安江是老人，当了快 10 年的书记，以前杨保国从部队回老家探亲，本来两人有好几次见面的机会，但都因为杨保国的低调没有见成，杨保国这次回省里没跟安江县的任何人联系，就连刘书记也不知道他已转业到省里工作。

"是杨主任吧，我是安江县委的刘书记，安江江堤上险情不少，多亏您及时派出了部队，很感谢省委政府啊。刚才听周参谋长说，部队要调防安江，请杨主任考虑一下安江的形势，能不能让他们留下来。"刘书记同样也是直奔主题。

杨保国心里一沉，向安江江堤上派出部队，他是认真考虑后走出的一招棋，他有他的考虑，他知道安江江堤的安全直接影响着他对案件的查处，处理不好，他将更加直接面对亲情与法理的两难抉择。但江东江堤的险情是现实的考验，没有部队的支援，那后果将不堪想象。更何况部队也出发了，再做调整不太合适，要是把安江江堤上所有的部队都调往江东，也不合适。安江县刘书记的电话让杨保国心更理智更清醒地认识到事情的严峻，稍有不慎，将带来不可挽回的被动，甚至是不可挽救的失败。

"安江江堤情况随时报告指挥部，部队调防是正常的，我会考虑到安江的情况。"杨保国不想这时候把话说死，尽管他有了自己的计划，也只是自己心里的，在没有正式做出决定之前，他是不会说出来的，这是他的性格，也是他一贯的作风。

"我们会及时向您报告的。我们也做了两手准备。一方面全力保堤，另一方面开始疏散堤内的群众，由交通局周东明局长负责。"刘书记说得顺，其实杨保国心里清楚刘书记最想说的是最后一句话。

"一定要组织好，尽快把人撤出来，以防万一，绝不能有任何侥幸心理。"杨保国同样是不言其他。

"我们一定竭尽全力。也欢迎杨主任抽时间到家乡视察。"刘书记话里有话。

杨保国"嗯"了两声，把电话挂了。

江东大坝在杨保国的现场直接指挥下，经过军民近两天两夜地奋战，终于把决口给堵上了，但也付出了沉重的代价：江东市东台县的30多个村庄被淹，受淹面积达数百平方公里，受灾群众近10万，受损房屋达万余间，东台县死亡7人，一名乡党委书记在组织群众撤退中，劳累过度倒在了撤退路上。

在江堤围堵决口决战中，有2名战士受伤，其中一名病情危重，紧急送医后不治身亡，英勇牺牲。

江东市江堤的决口，冲毁了大片良田，同时也起到了一定的泄洪作用，在一定程度上减轻了下游严峻的抗洪压力，安江江堤平稳地度过了长江第五次、第六次洪峰。在周东明的组织带领下，堤南三乡一镇的人成功撤出。

三乡一镇的人全部举家撤出，如此艰巨的任务恐怕也只有周东明才能拿得下来。就是如何安置这么多撤出的村民是件十分头疼的事。但周东明就是周东明，就有这个本事。他想了个周全之策：撤出的数万人除部分投靠外地亲戚的，近一半被安置在地势高的周家村。他没有跟谁商量就把安置任务派给了周家村，每家每户都有任务，最多的一家安排了20人。村里那所小学临时休课，成了临时安置点。村里那座大礼堂也紧急维修后成了一个最大的安置点，清一色的地铺，周家村办起了大食堂，这是时隔40年之后，周家村第二次办起大食堂。好在周家村当年成为全省乃至全国的学大寨典型，四面八方的人都涌向周家村，那时候周家村就有了接待这么多人的经验。

把如此分散的万余人从方圆几十公里的地方运送到周家村，又是一个难题。主要是运输车辆。农村本来车辆就少，有的也都是些个体车，车况差不说，就是这些破车调配起来也不是那么顺当。周东明接到这项任务后，最先想到的是车，他给安江县所有乡镇都发了一个通知，所有车辆限12小时之内到指定地点集合，有延误的坚决取消下年度车辆年审，吊销运营执照。这一招还真管用，全县能来的车都来了。周东明当着这些司机的面把话说得很白：听交通局的统一派遣，安全、快速地把这整个乡镇的老老少少运送到周家村，油钱县上过后给一定补助，工资对不起，一分没有，就算抓了你们的公差。谁要是不老老实实地给我干，我周东明就敢甩了这个交通局局长的乌纱帽，把你那破车给扣了，你不是不开你的车吗？那我就找司机来开你的车！

周东明就是周东明，话说得很狠，一下子就点到了穴位上，不让人有任何反抗的余地。瘦猴反应慢了半拍，当场就宣布不但带来的10台工程车全部征用，另加罚款10万，负责全部抢险人员的生活开支。就这一招就把人给镇住了，就是那些平时吊儿郎当、牛气冲天的"霸王司机"也给镇住了，人人都争着来登记领取派车任务证明，这是秋后结算油款和领取明年营运证的唯一凭证，大家心里都明白这张证明的分量，心里虽说也有怨气，但嘴上不但不说，还都露了些高兴劲，尽管大都是强迫着自己笑出来的，但只要挂在了脸上，周东明的目的就达到了。

周东明按时限把三乡一镇的所有人员撤出坝内危险地段，这不能不说是一个奇迹。但人撤出来了江堤却安然无恙，洪水没有淹没三乡一镇，那么这个奇迹的价值如何肯定？对撤离决策的科学性、合理性又应该如何评说？当洪峰过去之后，这些议论就开始从下而上，从上而下传了开来。三乡一镇的老百姓因为撤离损失了不少，自然大多都是抱怨的，少有几个能说些识大体的公道话。县里的头头们，当初是撤还是守，本来就有不同的意见，那么现在也自然有人出来说话了，对撤离这一劳民伤财的决定大加指责。官方的指责、民众的抱怨最后都集中到了周东明的头上，这口黑锅还得让周东明来背！

周东明对这些指责、抱怨是有充分的思想准备。上次从杨保国那里碰了不软不硬的钉子之后，他心里的那份侥幸就一扫而光。他决定面对。

安江江堤侥幸没破，并没有让安江百里江堤和安江的头头脑脑们逃脱被追究的命运。洪水过后，中央派驻江东市查处江堤决口的工作组并没有放过下游的安江县，对安江江堤做出权威结论，安江江堤被斥责为"豆腐渣工程"，决定对涉及的人全面展开调查。

中央发出狠话，严惩不贷。

省里同样是狠话，一查到底，决不姑息。

随后，省里的工作组被派到了安江县，领头的就是在领导抗洪中立了大功，刚刚被中央正式任命的 H 省纪委副书记杨保国。

杨保国不仅仅是省里派到安江县工作组的组长，同时，他也是中央和 H 省派驻江东市工作组的副组长。这个组长和这个副组长集于一身，是中央有关部门领导的意见，目的是为了方便对安江、江东两地的江堤修筑情况进行彻底调查，从中查清江东、安江两地修筑江堤的专项资金究竟被挪用了多少？去向何方？有没有被贪污？是不是被人中饱私囊？这是最基本的考虑。更深一层的考虑则是想利用对安江垮堤案的彻查，对长江大堤的状况有一个基本的掌握，为即将提请全国人大审议的有关根治长江水患的报告提供可信材料。这两层意思，杨保国都清楚，多半是自己悟出来的，当然也有上面人的点拨和提醒。人就是这样，有时候宁可简单一点、单纯一点，甚至于宁可麻木、愚钝一点，也不要太过敏感、太有悟性，让自己什么时候都清醒着，总是比别人清醒，比别人先知先觉，这样的人大多活得都很累。杨保国就是这样一个心里很累的人，他虽说刚从部队转业到地方，但已把江东、安江江堤案看得太清楚了，尽管他不了解江东，也谈不上了解安江，但他清楚这江堤一溃所带来的冲击绝不是洪水一冲就能结束了的，引发的将是一连串的冲击波，冲击着这两个地区的一群人，甚至波及全国。更何况这场冲击波直接冲撞的是那些地方官员们，其中就有他的亲弟弟，还有与他仕途有着密切关系的省里领导。这一双手托着是情、是义、是良心、是责任，他绕不过去，也许他也没有想能绕过去。

杨保国是在受领任务的第一时间就赶到了安江，这次他是轻车简从，并没有带机关的什么人。

他决定先查刚到省里报到时接下的那个关于他弟弟周东明的案子。对他来说，这不仅是一个突破口，更深的意义上讲是对自己能否在 H 省立得住，能否真正做到在省纪委第一次党组会上自己铿锵表态："上不愧党，下不愧民，鞠躬尽瘁，死而后已"的一次现实检验。要是说他不想保自己的亲弟弟，那是谎话，实际上，他对弟弟周东明的疼爱早已超出一般，他从心底深处根本就不想承认那封检举信的真实可信性，他不敢相信小时候那么具有正义感，当镇长时那么具有开创精神的弟弟，现在竟是这样堕落？

但这不是他杨保国信还是不信的问题，也不是他杨保国情感上能不能接受的问题，而是他必须直接面对就摆在面前的急迫问题，并且将由他来亲手解决。尽管这对他杨保国来说，的确是残酷了些，但他下定决心，必须承担起这份残酷。

杨保国还是给了弟弟周东明一次主动坦白的机会，这是他唯一能伸给弟弟的援手，他希望周东明能从中体谅他的一番苦心，抛掉幻想，坦白所有的一切，争取宽大处理。

杨保国给安江县委组织部部长打了个电话，请他安排周东明到县委招待所 201 房间接受谈话。并且说明这只是一次非正式谈话，不需要县委派人参加，也不需记录。

县委组织部部长感觉此事非同小可，连忙向县委刘书记报告。这一报告不要紧，一下子就把刘书记架到了火头上。没多大一会，周东明没来，刘书记倒独自到了县委招待所，叩开了 201 房。

"杨书记，您到安江，我一点消息也没有，太失职啊！"一进门，刘书记就自我检讨起来。

"事先没有通知你们，要说这是我的不对。本来考虑到了以后，找机会再找您谈话，您既然来了，咱们就先聊聊。"杨保国临时改变了当初的决定，准备先同刘书记谈话。

"别搞得这么紧张吧！等您休息好了，我来向您汇报。要不我先陪您到城郊几个风景点转转，这几年修得不错呢！"刘书记没想到杨保国会这么爽快答应听他的汇报，一下子反倒有些无措，便找了个托词想陪着杨保国出去走走。

"风景就先不去看了，等有空再说吧，要不你先忙你的，我有事叫人找你。"杨保国知道这时候刘书记也没有真想与自己交谈，加上自己也不想一来就被别人牵上了鼻子。

"那好吧，我先去安排一下，您有什么指示，就叫秘书吩咐我们。"刘书记也顺势跟杨保国告辞，他知道自己应该做好准备再来见。

"好吧，那你先忙。"杨保国起身送人。

刘书记告辞后不久，周东明就到了。他小心翼翼地敲了敲门。杨保国抬头一看，见就周东明一个人，就说了声"进来吧"。

周东明进了门，没敢坐下，尽管杨保国再三叫他坐下，他也没坐下。

"还是坐下吧，一会半会说不完，你就这么站一下午吗？"杨保国有些不耐烦了。

"不会有多久的，你想知道什么，我马上说，说完了该咋办咋办。"

周东明的声音不高不低，但多少还是听得出有些无奈。

"爸妈现在身体怎么样？三弟呢？"杨保国递上一根烟，自己也点上了一根。

"妈的身体还可以，爸身体不好，三弟不在了。"周东明回答得低沉但非常平静。

"怎么了？三弟怎么了？"杨保国腾地从椅子上站起来，十分震惊地问。

"三弟走了，爸死活不让告诉你。"周东明依旧低着头。

"爸是不是还不知道我已经转业回到了地方上了？"杨保国紧跟着问道。

"知道，他怎么会不知道。他也知道你到省里当了大官，正是知道你到省上了，他才坚决地不让告诉你这些。"

"你刚才说三弟走了是怎么回事？"杨保国这才缓过神来紧跟着再问。

"抢险的时候，我让他带人向山上撤，他为了救一个不愿走的大爷，过河的时候一不小心落了水，就没了。"

杨保国一听这突如其来的消息，一下子怔在了那里，双眼直直地望着二弟周东明。

"不是说无一伤亡吗？这是怎么回事？我怎么会不知道抢险的时候还有人员伤亡的事，为什么？！"过了好一阵子，杨保国突然愤怒地大声质问。

"没报。不是死在守堤一线，按县里定的规矩一律不报。"周东明的声音依旧是那样低沉。

"简直是无法无天！"杨保国猛地拍着桌子。

"你何必发那么大的火？把我的事处理了，我不让你为难。我姓周，以前我不当回事，总是认为姓什么都无所谓，但现在我还是觉得这姓还是有所谓的，我不会连累你，我也不会说我是你兄弟，你也千万别把我当你弟弟，该怎么处理就怎么处理，就是不能让你为难，更不能影响到你。大哥，咱家就剩了你一个人，不能再有什么闪失了，就算我求你了，我有这个思想准备。"周东明的声音还是那样低沉而平静。

"你自己主动说吧，争取个主动。先写份材料，直接交县委。"杨保国停了好久，才说话。

"你想得太简单了，我写什么？大事小事都写吗？写好了交给县委，我能交得上去吗？"周东明声调一下子高了许多，但依旧平静。

"怎么交不上去？"杨保国有些不解。

"一时半会说不清，你恐怕知道得太少，我也许把事情想得过于简单了，也把形势估计错了。"周东明有些失望，莫名的失望。

"你知道我这次来是为什么吗？"杨保国问。

"知道。"

"知道了就好。先把江堤款的事说清楚。"杨保国直接点了。

"那也说不清，款子是面子上的事，背后的事谁说得清？"

"背后有什么？你只讲你自己的事，别人的事让别人讲。"杨保国有些不耐烦了。

"你还是先听刘书记的汇报吧。那样对你、对我都会有好处的。"周东明说。

"为什么？"杨保国有些不解。

"我没有瞎说，先听刘书记的汇报吧。"周东明没有正面回答杨保国的话。

"那你回去吧。我再想想。哦，对了，我想接爸爸到省城看病，妈也去。关于三弟的事，我要先了解了解情况再说。"杨保国把事情说得很详细。

"接爸、妈到省城，我同意，也只能这样才合适。只不过要做工作，否则他们是绝对不会去的。三弟的事，你也别再深追了。下面的事不好说，越追究越乱，弄不好会引爆整个安江城的。"周东明说。

"哦，对了，要是能过问一下那也不错。三弟要是能评个烈士，对三弟一家也有个交代。"周东明接着又说。

"你回去吧。"杨保国的情绪显然是受到了很大的打击，声音低沉得几乎像是自言自语。

"大哥，你放心，我听你的，还像小时候那样听你话。你自己要多保重。安江不是你想象的那么简单。"周东明说完转身掩上门就走了。

杨节胜最终没有等到大儿子接他到省城治病，在艰难挺过几次病危通知后，在一个阴雨天的清晨走了。

就在杨保国到安江蹲点的第三天，梁军按照省委的安排，到安江县就任县委书记。刘书记的免职命令是梁军从省里带来交给杨保国，由杨保国宣布。除此之外，梁军还从省城带来了一封信，是即将离任的省委胡副书记写给刘书记的，梁军一到安江就把信悄悄地交给了刘书记。

班子交接没有搞什么仪式，甚至连会也没有开。刘书记第三天就到了省城，对外说是到省城看病，但梁军知道他这次并不是看病，而是另有任务。

梁军还带了一封信交给了杨保国。信是封口的，梁军笑着对杨保国说："杨书记，这信的分量重呀，临走时，省委李书记和胡副书记一起找我谈话的时候交给我的，嘱咐我一定尽快面呈您，您看吧，我在房间候着。"

"走什么啊，你在省委工作了那么多年，什么信没看过，还用得着背着你吗？"杨保国说。

"那是历史了，现在我是安江的县委书记，我应该摆正自己的位置，我随时在屋里候着。"梁军客气地说。

"那好吧，有事我找你。"杨保国也跟着客气地说。

杨保国拆开信一看，不禁大吃一惊。原来信是省委李书记的亲笔信，信中不仅明确指出安江江堤案必须尽快突破，而且要求必须慎之又慎，要彻底查办又不能扩大影响面。并告知关于安江案的举报信已用内参形式呈送中央高层，高层已关注此案。在信的最后，有一行很工整的小楷，这明显不是李书记的字，"放手去干，我们支持你，因为我们信任你。"杨保国把信叠好，小心地放在了自己手提包的隔层里。

　　杨保国给梁军打了个电话，把梁军叫到了办公室。

　　"梁书记，我想跟你说说安江抗洪的事。"杨保国开门见山地说。

　　"是人的事，还是堤坝的事？还是一起说？"梁军说话有些叫人莫名其妙。

　　"当然是都说，人和事可能不那么好分吧，你知道点什么？"杨保国紧跟着问。

　　"我坦率地说，我比您早一些时候就接触这件事了，也正是因为这个，我才被发配到了安江。"梁军苦笑着摇了摇头。

　　"我知道你在着手调查这些，我想听听你的意见，可以吗？"杨保国依旧是很平静地说。

　　"从彻查中央下拨的修江堤的那笔款项入手，一竿子查下去，宜速查速结，抓大放小，不能久拖。"梁军的精神一下子就提上来了。

　　"你说的有道理，从修江堤的钱款入手查，容易突破。"杨保国的口气依然是那样平静，但语气多了些坚定。

　　"关键是如何突破？您知道这里面有多少障碍？对您我不想隐瞒什么，据我所知，安江的事不是哪一个人的事，也不仅仅是高层有牵扯，而是有些事是大家都麻木了，都习以为常了。有些人犯了大罪却还不知觉，还以为这是习惯做法，是权力场上的潜规则，不是什么大不了的事。"梁军叹了一口气，从口袋里掏出烟，自己给自己点了一根。杨保国抽烟，梁军是知道的，但他并没有给杨保国烟。

"你是说这事上下都没瞒着，是公开的违规？"杨保国有些惊讶。

"也不是没瞒着，只是大家都知道修堤的钱东挪了西挪了，没几个真正用在修堤坝上了。"梁军并不会抽烟，点着的烟一直烧着，并没有吸。

"你这烟点着也是浪费，要么给我抽，要么灭了吧。"杨保国笑着说。杨保国本来是一个不善于说笑的人，但这个时候，居然笑着跟梁军说笑了一把。梁军听杨保国这么一说，并没有马上掏烟给杨保国，而是把手头的烟给灭了。

"按理说，我不能在您面前犯这样的自由主义，这也是官场上的规则，但今天，我要是不说心里就会总是一个结，一直堵着很不舒服。"梁军在省委当了那么多年的秘书，对什么时候该说什么不该说什么，心里是清楚的，但今天当着杨保国的面，他似乎想多说点什么。

"这不是什么自由主义，大家推心置腹谈一谈，对查案是有好处的，你在地方上时间长，又是跟着首长，见多识广，以后可要多提醒多帮助呀！"杨保国不是一个喜欢虚套的人，这几句话是他心里的真心话。

"这款子追下去，是个见不到底的大黑洞，说不准就动了哪根柱子，那可是要闹大地震的。不追吧，就这么半掩盖着，迟早也是个石破天惊的大事。"梁军说着又掏了根烟，这次他先递给了杨保国。

"抽的烟档次不高呀！"杨保国一看梁军掏出的是本地一般烟，一半玩笑一半惊讶。

"烟吗，其实没有什么档次可说，那不就是烧着解闷吗？为什么说现如今的领导活得累呢，你说抽烟总想抽着牌子，不是大中华不抽，有的还只抽软中华。说句实话，那都是自己折腾自己，虚要面子。其实，现在抽什么好烟对于一个领导来说，已不是什么大不了的事，你就是整天抽软中华，也不能说你不廉洁，你整天抽些没牌子的烟，也不能说明你这人对自己要求有多严，廉洁做得有多好。现在，收点烟酒已是可以在会上开展自我批评的一个好话题，大家都争着找自己这点小毛病狠批。

你不说自己有时候碍于面子，碍于情面收点烟酒和土特产这点小错误，那你能给自己抖落点什么？其实大家心里都清楚，说自己这点小错误也是不得已，就是说了大家也认为你这是避重就轻，检查不彻底不深刻，但说总比不说强，所以大家都说，这一都说也就不成什么问题了，不成问题了，大家就敢争着批判自己这点小错误。所以说，我抽孬烟，不是给自己贴廉洁的标签，而是喜欢抽这个地方烟，这烟绝对是真的，没有假货。"梁军一气说了一大通，看起来情绪是真的上来了。

"省委这次安排你到安江来，是委以重任啊，也是对我的支持，我希望我们能配合好，尽快突破这个案子。说实在话，现在我心里不是很有底，这对我来说是一场考试，一次入门考试呀。我考得是好还是坏，还仗你大力相助。"杨保国从梁军话里听出了一点弦外之音，他不想再绕什么弯子，干脆直截了当地直奔主题。

"委以重用谈不上，不算发配就不错了。支持您、协助您是义不容辞的。我这人不想说什么好听的话讨好谁，但我的确是因为知道您来安江办案子，我才下定决心来安江，也不知道能不能帮上您什么忙。"梁军本也不想绕来绕去，但在他看来，自己过于直率，恐怕不合适，所以自觉不自觉地往远的地方扯。

"你有什么想法？"杨保国问道。

"先采取'双规'的办法，把几个关键人控制起来，突审之后，尽快拿出意见上报省委。"梁军很果断地说。

"哪几个关键人？"杨保国紧跟着问。

"发改委主任孙东水，交通局局长周东明，水利局局长张水洋这三个是关键人，突破了他们，一切就明朗了，剩下的就看首长怎么下决心。"

杨保国一听周东明的名字，头嗡的一下，好像快要炸了一样，尽管他对弟弟周东明的情况已有所了解，但他没有想到周东明在这个案子里居然是排在前面的几位关键人物。这之前他还曾经做过种种假设，想过多种不同的状况，但真到了要动真格的时候，心里还是一阵绞痛。

杨保国并没有丝毫表露内心的起伏，他把内心深处翻江倒海的挣扎都深藏起来，把一切私心杂念完完全全压在了心底，他知道这时候他唯一能做的就是想尽一切办法突破安江江堤案，哪怕自己的亲人也沉陷其中。

他没有别的选择。

"还需要办什么手续？要报告吗？"杨保国问了一句。

"不用报告了，这几个人都是科级，权限在县里。我跟常委们通一下气，就立即实施。力量和地点我都已安排人落实到位，就等您下决心了。"梁军的语气比刚才更加坚决。

"既然是县里的权限，那就按照你们的计划立即组织实施，我只是提醒一句，三个人最好不要放在一起，分开来实施，具体的可与省纪委的张处长沟通拿出一个可行方案，你们一同研究尽快实施吧。"杨保国的声音虽说不高，但很坚决果断。

"那我跟张处长商量一下，马上就办。"梁军说完就起来准备告辞。

"周东明是我弟弟，亲弟弟。这时候跟你说这个，也许不合适，但反复斟酌，还是先对你说了，不是其他意思，我是担心一旦在你实施过程中知道了他是我弟弟，会让你感到为难。我恳切地说一句，希望不要因为我影响了这个案子。"杨保国十分诚恳地说。

"放心吧，我知道怎么办。"梁军对杨保国的话并没有表现出多么惊讶，似乎早就知道了这些。

沉默了一阵，俩人都没说话。

"杨主任，我想了想，还是决定跟您说了，周东明的事不是这个案子的主要问题，据我所知他的这些事没多大爆炸点，火在他身上烧不起多大阵势，但这次有人恰恰把他置入这个案子之中，又偏偏让您来主抓这个案子，怎么都觉得有些不对劲，也许是我多想了，您今天把周东明是您亲弟弟这样的话都跟我交了底，我也就把心里的这点底子话跟您交底了，我担心有人是醉翁之意不在酒，另有所想呢！”梁军还是先说话了。

"我本没有想到这一层，你说出了，我也觉得不能不去想这些，但这时候我还不愿相信这种猜测，不管最后究竟是怎么回事，我都坦然接受这些，你放手去办，我相信你，坚决地支持你！”杨保国伸出手和梁军的手紧紧地握在了一起。

第二十三章

安江县前县委书记刘东云到了省城，没有惊动任何人，就连安江驻省城办事处主任刘小平也不知道。刘小平是刘东云的远房侄儿，在办事处当主任已有一些年头，安江县的领导来省城，他是理所当然的全程陪同，但这一次没有，不仅没有，甚至连知道也不知道。

这时候的刘东云已不再是安江的县委书记，安江驻省城的办事处也没有了接待的义务。

作为侄儿的刘小平，没有能接待上自己的叔叔，于情于理都是不正常的。

接待刘东云的却是刚刚离职的省委胡副书记。

见面的地点是省城东南的天华度假山庄。刘东云晚上 7 时 30 分准时来到山庄的 608 号，这是胡副书记在假日里休息的地方，这个刘东云知道。晚上 7 时整的《新闻联播》，胡副书记是必看的，这个刘东云也知道。

胡副书记离职后并没有真正退休。他搬出了省委办公大楼，他的办公室临时交给杨保国，并且把大部分书籍留在了办公室。那天他很认真地对杨保国说，这些书尽管有的跟着我已有多年，但不能算是我个人的，我没有出一分钱买过这些书，大都是工作人员买的，也有人送的，应该说都是冲着工作的，至少我是这么理解的。既然不是我出钱买的，就应该算公共财产，那我就得把它们留下，你要是认为有用，你就留下，没用的，就打包送给我。

杨保国嘿嘿一笑，说："老书记您这是给我出考题啊，这书我是要还是不要，都不合适，是个两难选择。"胡副书记一听，也是嘿嘿一笑，说："你是不是不想收这些破烂呀，要是不想要就直说，别有什么顾虑，不要怕伤着了我这张老脸。"杨保国更加不知说什么好了，站在那里只是笑。胡副书记也笑了，说："不为难你了，这书就算先存放在你这儿，不碍你多大事吧！"杨保国赶紧说："老书记你你这是说笑了，我是求都求不得呢！"

没有真正退休的胡副书记就这样顺利地把自己分管的一大摊子工作交给了新上任的杨保国，这是他的意愿。

之所以没有全身而退，并不是他还舍不得放弃权力，而是因为他要把一件事认认真真地做完，画一个他放心满意的句号。

这就是安江案。

安江案一开始就是他经手主抓的。他也只是刚刚介入，就感觉到这个从上面转下来的案子非同一般，是他以往所没有碰到过的，他觉得这是一个不小的挑战。

就在他愉快交权的同时，在他的建议下，安江县委书记刘东云提前半年摘下了乌纱帽，悄然退出班子。省上都知道这刘东云是他的铁杆嫡系，临休息前大家都以为他会为当了13年县官的刘东云最后一推，这也是常理。但没有人会想到他不但没有替刘东云说话，反而带着刘东云一起下了台。

别人议论纷纷，但他却不以为然。休息后第一件事就是急召交了权的刘东云进省城。

"书记，我到了，可以上来吗？"刘东云算着时间，在楼下给胡副书记打了个电话。

"上来吧！"胡副书记依旧是那种严肃的口气。

"书记，您身体好吧。"刘东云一见面，也不知说什么好，显得有些紧张。

"算了，你还在生气，想不通吧？"倒是胡副书记一上来就直截了当地说了。

"哪敢想不通啊，就是想不通那也得让自己想得通。只是想知道您这么急叫我来省城有什么紧要的事？"刘东云的紧张稍稍好了些。

"我知道你心里不会舒服，也不踏实。你想偏了，你还不理解我为什么要免你的职。"

"我是有些思想障碍。"

"那没关系，慢慢想，总会想通的。有人说你刘东云是我一手提起来的，这我不否认，但也不认可。可这次坚持要提前免你刘东云书记职务的可真是我，这倒是一点没错，我不对你隐瞒这个。现在你头上乌纱帽没了，我头上也没了什么帽子，咱俩一样，都是平民百姓一个，两个平民百姓能干什么？我说咱们什么也不干，只干一件不大不小的事。"胡副书记有些慷慨激昂。

"安江案的查处！"刘东云紧跟着说。

"就是安江案！"胡副书记十分果断地说。

"让我查安江案，不合适吧？"刘东云的声调明显的低了许多。

"谁说让你查了，要是你能在面上查，那我急着要免你的职干什么？"胡副书记看到刘东云的情绪受到影响，有些不耐烦，尽管在这之前他已反复叮嘱自己一定要耐住性子，不要同以往那样性急，但还是没有控制好自己。

"那我干什么？"刘东云一看老书记已经在极力地控制着情绪，他知道这已是相当不容易了，自己的语气也平和了许多。在老书记面前，他是要有足够的耐心和负重能力。

"配合查，全力配合杨保国，你我一样，现在都是保国的助手。"

"安江案真有那么复杂？我到现在还不知道这其中究竟是什么事。"刘东云一脸的迷茫。

"究竟有多大的事，我也不是特别有底，但这个案子上面关注，下面群众的认识不一致，处理不当，恐怕会出乱子的。"

"书记，我也许真的不能插手这个案子，毕竟是我在安江当书记时出的事，怎么说我也有责任，真有事，我也难辞其咎。"刘东云十分真诚地说。

"还没查，你怎么就开始往自己头上揽责任？照你这么说，我也是有罪之身了。查清楚再说吧，该谁的责任谁负，谁都不可能既往不咎。"胡副书记的口气明显严肃了起来。

"周东明算是一个有争议的干部，有能力，这几年在安江的政绩是大家公认的。当交通局局长这 5 年，安江县修的路比过去 30 年修的路还要长、还要好，群众拍手称赞。要是真的办了他的案，恐怕老百姓这一关过不去。还有，您知道他是谁的儿子吗？"刘东云直接指向了案子的重心。

"谁的儿子？这我还没听说过，有什么特别背景？"胡副书记笑了笑。

"他是杨节胜的二儿子，杨节胜您应该知道吧。"刘东云也笑了笑说。

"杨节胜的儿子，怎么姓周呢？我还真不知道他是杨节胜的儿子，怎么是这样子？"胡副书记明显觉得这信息来得有些突然，从沙发上立起了身。

"当年为了修路，杨节胜不让人家夫妻晚上同房，把个叫周铁牛的给憋成了病，怎么也要不成孩子，最后杨节胜就把自己的儿子过继给了周铁牛当儿子，连姓都改了，跟铁牛姓周。"刘东云说。

"还有这事，这个老支书，真是个有情有义的人，多少年没见他了，不知道他现在怎么样，他参加革命的时间最后怎么定了，这些年我也没再记起这事了，说起来还是对不住老杨支书啊！"胡副书记明显有些动情了，他跟杨节胜是老相识。

"老支书这些年身体大不如前，生了一场大病，差点没挺过来，还是那个性格，眼里揉不得沙子，较真。"刘东云知道胡副书记跟杨节胜的交情。

"这老支书是值得我们敬重的老革命，我们差了 20 多岁，那年我俩作为先进大队的代表一同到省城开表彰大会，安排住在了一间房子里，他是老支书，我是新上任的年轻人，住在一起聊了整整一夜，他那个周家村当时是全省有名的典型，他是解放前后参加革命的老同志，对我这个年轻人很照顾，一点架子都没有，我当时可以说是从心里敬重他这个老典型，他也夸我年轻有朝气、干事有闯劲，俩人一见如故，成了忘年交。"胡副书记说起与杨节胜的过往很是感慨。

"老支书对他这个老二，就是周东明还是很器重的，要求也很严，只是这些年想管也没精力管了。"刘东云说。

"这个周东明我也听说过，能力是有，干事是有些魄力的，但我听有人反映，周东明这人生活作风上还有点问题，总有些事让别人指指点点，是不是？"胡副书记问。

"这个我也也有耳闻，但我觉得这也不完全是真的，他爱人是我们县委老书记的女儿，俩人感情也不错，至少面子上是好的。周东明是个很强的男人，年纪轻，前途无量，身边有些女人欣赏也是正常的，这要看他出没出格。我不是想袒护他什么，只是想别冤枉了一个人。"刘东云说。

"我们先不说这个，先说这修江堤的钱吧，那些钱都到哪儿了？中央拨了那么多款，江堤反而没修好？这怎么解释？"胡副书记知道现在的官场上要真的讲男女作风这个问题，还真的找不到一个明确的标准，谁都知道那是一个灰色地带，也就不再说男女作风的事，话题直接点到核心关键，紧跟着就问到修江堤的钱。

"要说这事，我是能说个大概的。修江堤的钱的确是被挪用过，但那不是哪一个人的事，更不是他一个交通局局长可以做得了主的。当初也实在是没办法的办法，我作为书记，要说追究责任，当然是我这个书记来担着，要负最大的责任。首长您也清楚安江的财政，那是一个穷底子，但凡要是有别的一点办法，谁敢动修江堤的钱，谁都知道那是上面拨下来的善款，谁都知道就是动不得碰不得的烫手山芋。"刘东云深深地叹了一口气说。

"明知道这是动不得的，怎么还敢？"胡副书记语气一下子变得严厉起来。

"首长，我们哪有那么大的胆子。动了这笔钱真是被逼的啊，全县教师的工资拖了大半年都没发，教师都快撑不下去了，眼看着学校要关门停课，教委主任好几次坐在我办公室不走，要不是逼得实在没有办法，他怎么会跟我较这个劲。正好那时候，上面下拨的修堤的钱到了，就先借给了教委一部分，先给教师发三个月的工资，把学校先给稳住，本来想回过头来再想办法补这个缺口，没想到这水这么快就来了……"刘东云一脸的无奈。

"我不问你那些小钱，我是问一笔中央直接下拨的专款。有人反映有一笔修江堤的款没有踪影，你不知道？"胡副书记很耐心地听完了刘东云的话，这是以前绝对不会有的，但这一次他耐住了性子。

"中央直接下拨的专款？多少？我只知道那8000万。"刘东云一脸的错愕。

"那只是零头，6.8亿！中央直拨安江的修江堤资金。你作为县委书记怎么可能不知道？"胡副书记语气有些异样了。

"书记，您别发火。您这一说还真让我摸不着方向了，您讲得这么一大笔资金我是真的一点都不知道。这么大的一笔款子按理说我不可能不知道，但我真的没听过有这一笔资金，这中间肯定有情况，需要尽快弄清楚。"刘东云此时尽管自己已经惊诧不已，但为了不让胡副书记火气上来，尽量稳住自己的情绪，就连"问题"两个字都没敢说，只用"情况"这两个字。

"那就更不可思议了，那就查这 6.8 亿最后到了哪里。我花了这么久查出的情况还会有假？难道都在说谎？"胡副书记的愤怒明显已经控制不住了，但他还是忍住了，或许他根本不能相信他所掌握的情况居然会有假，他担心会有更复杂的事情发生。

"书记，有件事我不知道该不该这时候多一句嘴？"刘东云还是没忍住。

"你这个老刘，这时候还这样，想说什么尽管说，再这样那就见外了！"胡副书记这次倒是没动气。

"周东明是杨保国的亲弟弟，这事您知道吗？"刘东云说。

"知道，也是前不久才知道的，这事就先别提了，你心里清楚就行了。这中间的许多事要是联系起来看，值得好好琢磨，所以说安江案不是那么简单。杨保国那里我心里有底，我也相信他能把握好分寸。还有一件事我现在也给你透个底，这几封举报信都是匿名，不是实名，而且都是在杨保国转业回到省上推荐作为提拔人选后收到的，看似对着的是周东明，还有安江，说不定另有所图。所以啊，我想还是下决心把这个匿名举报案查实，看看究竟是什么人在使什么阴招，现在有不少人是唯恐天下不乱，想趁浑水摸鱼呢！你把基本的给我搞清楚就解决大问题了，这也是我为什么这时候找你来的原因。"胡副书记拍了拍刘东云的肩膀温和地说。

"书记，我现在尽管不在岗位了，但我还可以问清楚那笔款子究竟到安江了没有。这事让我先去摸摸情况，梁军刚到职，还不方便。"刘东云知道这时候不能让刚上任的梁军书记去担这个担子，只有自己去踏这个地雷阵，保护好梁军不受暗箭所伤。

"老刘啊，那这副重担还是由你来挑了，顾全大局为重。"胡副书记的语气温和了许多。

第二十四章

刘东云心里大致有了个谱，胡副书记提到的 6.8 亿整修江堤的专款并没有真正到达安江，这么一大笔款项如果到了安江，他作为安江一把手不可能不知道。但胡副书记说有这样一笔专项款，那也一定不会差到哪里去，如果是这样，那问题出在哪里呢？

刘东云突然想起一年多前的一件事。县财政局局长在一次会上提出中央计划下拨一笔江堤整修专款，但明确提出省、市、县三级都要配套资金投入。当时会上意见不统一，关键是县里当时根本没有财力跟进配套资金，那样再多的资金投入计划都是水中月、镜中花，根本解决不了问题。那次会议对这计划中的专款没有议出个结果就搁在那里了，说下次再议。那之后，再也没有人提起这个事情。

这笔专款会不会成了一张空头支票根本没有落地？只是空挂在账上？要真是这样，事情可能就更复杂，刘东云猜想着种种可能。

刘东云还想起了一件事。那是 30 年前的一件陈年老谷子了。那年江南大旱，连续三个月没有下一滴雨，人畜饮水都很困难，更别说庄稼了。

中央、省、地区、县四级联动，打了一场漂亮的抗旱人民战争。不仅没有因为灾荒而死一个人，就是秋粮还有了五成的收成。更让人没想到是，就是那样一个大灾之年，全县上下紧起一股劲战天斗地，不仅把全县所有的水利设施彻底地整修了一遍，而且新修了153座水库，打深井近千口，几乎每个生产大队都有一座水库，每个生产队都有一口深水井，还整修了全长近千公里的引水渠，大旱之年，竟干成了许多平日里想干却干不成的事，而这些事还是在没有配套资金支持下干成的。这样的事现在能干得成吗？谁都知道答案，没有了钱，想干成这些简直就是痴人说梦，是绝无可能的。

杨节胜当年修路，公社没给一分钱，就是答应给批一点炸药也是杨节胜磨破了嘴皮才好不容易争取到的，别的什么支持都没有了，全靠周家村人战天斗地拼来的，修路日子里，男人都不允许碰女人的身子，全部精力无条件无保留地投入。这样的事现在干不成，上面不拨钱那就什么也干不成，就是上面拨钱了，也未必能干成什么。

没钱干不成事，这已经成为全社会的共识，谁也不觉得有什么不对，倒是对当年没钱也能干成事感到不可思议，都说那怎么可能呢？

那怎么可能呢？刘东云这时候也在心里问自己，怎么可能有六个亿的钱到了安江而他这个一把手竟然不知道？六个亿呢，也不是小钱，怎么能不知道呢？一定是哪儿出了差错。刘东云细思极恐，他想要真是这样，那他还会平安着陆吗？县委书记上干了十几年没有提拔，从位置上直接退这些年除了他刘东云还没有第二人，不少人替他鸣不平，他也觉得委屈，但他还是自己做通自己的工作，自己安慰自己，官当多大才叫大呢？高中同学中他是职务最高的，并且没有人可以超过他，他的那帮高中同学都已经退出了舞台的中央，不会有人再后来居上了，所以说他是职务最高的，当然大家也都说他是同学中混得最有出息的，是同学中的骄傲。没想到临退了又摊上这档子事，这叫刘东云心里少不了发毛，弄不好说不准就真的前功尽弃了，还谈什么没升上去亏不亏了。

亏不亏那就看跟谁比了，就看怎么个比法。刘东云心里不糊涂。

查清这笔钱款到没到安江，对刘东云来说并不难。他很快就得到清楚回复，6亿款项并未真正落地安江，在相关文件上的确有记录，说的是中央计划拨付，省、市配套资金同时到位一并拨付下发。资金正式下拨的文件并没有，但有一笔计划外8000万的特别拨款已在当年由省财政直接下拨至安江县财政，列为水利工程整修费，计划书编号是001号。

刘东云掌握这些情况后，心里也基本清楚了这笔专项款的实际命运，与安江县不能说没有关系，但关系并不是胡副书记说的那么大。刘东云心里还是不清静，他担心的并不只是自己安江县的8000万款项，更担心的是那看似还在计划中的六个亿，那可是一笔巨款，它究竟去了哪里，要是出了问题，对谁都不是件小事。

刘东云在县委书记岗位上干到了退休，要说心里没有一点遗憾那是不可能的。人就怕比，像他这样退下来的还真很少，除了犯了错误被拿下的，在主官岗位上怎么也能调个二线虚职退休。可他刘东云任内并没有犯什么错误，倒是各式的先进表彰得了不少，当然他也知道，后面许多奖励是上面送的，很多的是安慰奖，也并非他刘东云真的干得比别人好多少，没提职给个奖励也是通行的大路做法，说是一种平衡也就是一种平衡，干部要是到了上面主动要奖励你的时候，那估计你提升就悬了，这当官的心里都清楚。

刘东云心里当然也清楚，但他并没有多少抱怨，更没有表现出愤愤不平，他很坦然、很温和，至少面子上是这样。就是退下来了，给他交代这事，他一样是没有半句推脱，依旧认认真真地去抓，没有半点含糊。

刘东云思前想后，决定还是先搞清楚那8000万的账。也只有把这8000万搞清楚了，才有了底子去搞清楚那六个亿。更何况那8000万跟周东明会有多大的关系，牵扯多深，刘东云心里也没底，这些年修路的钱花得不少，周东明这交通局局长当得很得劲，他当然也清楚。搞清楚了这些，也好给杨保国解围，胡副书记那也好交差。

把事情方方面面都想周全是刘东云的特点，这大概也是他能从基层一步步走到县委书记这个位置又止步于这个位置的重要原因，他不想得罪人，也不会巴结讨好人。这样的人朋友不多，敌人对手也不多，算情商不高的那一类，这样人想在仕途走更远也的确很难。

刘东云想把情况尽快向胡副书记做个汇报，转念一想，他又觉得不要这么急着去说，他越来越感觉到胡副书记其实心里早就知晓了这些情况，安排他从非正式渠道调查了解，只是一种策略，是为了引出藏在暗处的人露出尾巴。这样一想，刘东云更加觉得还是再等等，至少等到周东明的情况明朗了之后，两个方向的调查同时出笼，相互印证就更好了。

一切真是如同刘东云的预料判断。

周东明的汇报材料在他被"双规"后的第三天就写好了，整整66页，近30000字。字是清一色的小楷，写得相当工整。这得益于他当年给书记当通信员时练下一手好字，当初尽管只是通信员，但郑书记一有空就给他补习文化课，同时让他临帖练字，练得一手好字。只是没想到一手好字居然在这时候派上了用场。

周东明几乎把自己从县委通信员到县交通局局长的整个成长历程都认认真真地回忆了一遍：

我有罪吗？扪心而问，我自己都无法回答自己这个问题。但我知道，到了今天这个地步，是我最大的耻辱，也是我最大的无奈。我不想这个时候抱怨什么，更不想责怪任何一个人，也怪不到任何一个人，也许这一切都是上苍给的，怨不得别人，还是老话说得好，人在做，天在看，欠下的终究都是要还的。

要说我有什么遗憾，我想此生最大的遗憾莫过于没有上大学，而是过早地踏上了这仕途之路。其实我心里最想干的是搞技术，做那种只有掌握了必要知识的人才能做得了的工作，而不幸的是我没有成为那些掌握必要知识的人，没有干成技术活，而是误入了仕途官道。而做官这门差事，真的不需要有多高的文凭，文凭高的未必就能做好，而文凭低的或者干脆没有什么文凭的也不是就一定干不好，甚至有些没多少文化的反而把个官当得比谁都明白。

有人说时下这人世间最简单的活就是当官这差事，当官的只要会念稿子会签自己名字就可以了。好像这官是谁都能当的，有没有文化、有没有素质、有没有能力都可以当。但实际上不是这样，这是外行人说外行话。

实际上当官也是个技术活，把官当明白那才是大学问。只是这学问是学堂里学不来的，而是靠官场上体验悟道，你要学会透过现象看本质。如果你只是看表层的，凭着你的一腔热情去当官，那是幼稚，在基层或许还能搞出点明堂，但你决不会走远，到了一定的位置，你仅凭你那点热情是万万行不通的。

有人说，自己这官是稀里糊涂当上的，那我敢说你也会稀里糊涂地下来，下来了你还弄不清楚是怎么一回事。为什么会这么说？很简单，你还没有搞清楚这官场上的辙辙道道就敢上官道上逞能？这不是胡闹吗？这当官其实跟开车的道理是一样的，你还不清楚交通规则你就上路，你说你那车能走多远？

我有一个好朋友，也算是官场上的老手了，一次酒后跟我聊天，他说这仕途就像是上了快速奔驰的列车，这车上的乘客清一色都是在官场上拼杀的大大小小官员。

车子过了一站又一站，就好像是官场上的人升了一级又一级，车厢里是一派欢声笑语，那全是升了官的人在欢笑，是那种极度畅快的欢笑，其中肯定还有一些得意的猖狂。

得意也罢，猖狂也罢，但其中蕴藏着的那些的得意与恐惧，有多少人能听得出来？那笑声里也有悲凄的哭声能有谁能听得出来？心已浮躁的世人大多是听不出来，或许就是有人听见了，谁也不会说自己在笑声里听见哭声了。别人听到的是欢笑声，只有你听到是哭声，那你这个人算是什么呢？还能在这个人群里混吗？

于是，明明有哭声，但人们听到的都是笑声，胜利者的欢笑声。那没升上官的也不是都会哭，也不乏那些看破了、看透了的不屑再在这场子上玩的主。这些不玩的有力不从心的，也有心高气傲的。可悲可叹的是这些人这时候已难以从这其中脱身，难有轻松退场的。

官场上的升还是不升，这里面是有规则在起着作用，大多是潜规则，是那种不显的，是那种叫你好像看懂了又似乎没有看明白的潜规则。这种潜规则是要人命的，远比那种游戏规则要深奥得多。游戏规则虽说复杂，但毕竟是大家都能看得清楚的，机会对大家都是公平的，而潜规则就不同了，有的人能悟得明白，而有的人是怎么也搞不明白的。

我自认为自己也算在官场上摔打多年的老手，但我总觉得自己其实并没有真正弄明白官场上的规则，还算不上真正意义上的老手，没有搞明白呀！这些年，我走得非常艰辛。我努力地想当一名让老百姓从心底认可的好官，我始终觉得那是做人的最大幸福，也是做官的最大荣耀。但我怎么也做不到。

想当个好官比当个赃官坏官要难得多！

我在镇里当镇长时，我就想我是一镇之长，我要是坚持当个老百姓认可的官还能不行吗？事实上还真的不行。你坚持你那一套，要不了多久，你就是众矢之的，你就成了孤家寡人，你也自然不是组织考核认可的好官，给你个结论说你这个同志不联系群众，工作作风不扎实就够让你难受的了，你还想要再有什么发展？那岂不是痴人说梦？后来自己也冷静下来想想，越想越觉得是这么个理，人家凭什么要留你这么个不合拍的家伙在这个群体里扛着，既然染缸里染不透你，那你就靠边吧，想染的人排着队在候着呢，这样你自然就出局了。

我这样就算是出局了！

出了局的人就是什么也不是了，别管你在台上时穿着多么绚丽的官服，也别管在台上时有多少人对你说过多少表忠心的话，这时候，都是一风吹过。

局这东西就是那样神奇古怪，你在里面，你就会活力十足，干什么成什么，这是局里的人都在帮你用力，那里面千丝万缕的关系，互相抱团取暖，互相支撑依靠，形成的实际上就是一张大网，一张张力巨大的网。如果你一旦出了这个局，或者说你从来也没有进到这个局里面，你就是再有本事，你就是再有想法，也没有人跟你玩，你就自个儿乖乖躲到一个角落里去，能干点什么就干点什么，最好啥也别再折腾了，千万不能再逞强。这时候头脑要清楚，一定要知道这时候不仅没有人跟你玩了，更没有人保护你了，你就是个孤家寡人。

这还不算最惨的，最惨的要算原先在局里面，后来又被人踢出了这个局，那你就死定了，你就会一下子变得里外都不是人，就会四面楚歌，哪怕你没出局前多么光亮，多么有派有势，这个时候你也就是一个谁也不会看你一眼的人渣，谁都可以落井下石，谁都敢上前嘲讽你几句，甚至于踏上脚狠狠地踩你一脚。

你也别不服气，这就是现实。你也别愤愤不平，就这世道，就是换上你，也许你也会这样势利，甚至于有过之而无不及！

当然，官场上也不会全是这样的人，也会有那么几个心善的，也会有那么几个讲点感情还讲点老交情的，可那又能怎么样？人到了这一步，那真叫个倒霉透顶，你会发觉干什么都会不顺，总会有那么点事拖着你让你左右不是，让你欲罢不能。现如今当官看起来是风光，但难受的时候是别人看不到的。现在有人说当官这个差事真不是一般人能干得了的，那是折寿的行当。说句良心话，当官真不是好差事，危害无处不在，风险始终伴随左右，不管你是个什么级别的干部，弄不好就会翻船栽跟头。

做人最起码不能昧着良心瞎说话。尽管现在人们都不怎么看得起我们这些当官的，说现如今官场是一团黑，是洪洞县里没好人，甚至有人断言现在在台上的这些官老爷是排成一排全杀了或许有那么几个可能是冤枉的，要是隔一个杀一个肯定有漏网的。我要说，这话就说得有些过头了，事实也真的不是这样的，真坏的还真只是少数人，只是这少数的坏那是真的坏到了极点，抓出来一亮相就让人震惊，就让人恶心，那真是贪的贪得无厌，色的色胆包天，更有甚者，还有杀妻、宰小三的，这些人是真的罪大恶极、罪不可赦。但那能代表全部吗？要我说，大多数当官的还是不错的，至少是良心没丢。有一点也必须承认，当下这当官的靠拍马屁混上来的还真不少，没多大本事却能当挺大的官，还把你指挥得一愣一愣的，那的确也很坏事。

没本事的人当官，迟早是要出事的，你别看他现在风光得意，那迟早是要还的。我从当年离开农村到城里，也在许多岗位干过，还真没想着自己会有今天这个结局。我不是说我这人就是多么好的官，自己有多干净，现在查办我有多么冤枉，而是这样不只是对我不公平，是对整个社会不公平，我比那些还没有进来的官员们要干净得多！我打心底是想当一个有所作为的好官、清官，我做的这些不该做的事，很多是我不愿做的，有的是我打心底就不屑做的。可是我还是做了，许多是违心地做了，不跟着做你就没办法在这个场子上混，你如果连这个场子都上不了，那你还想干成什么事？

官场上要是真到了劣币驱逐良币的地步，那是不可想象的噩梦，让人不寒而栗。这世界究竟是怎么了？怎么就见不得人好，见不得别人比自己强？

这一问是周东明交代材料的结束，周东明在问谁呢？

周东明的忏悔写得还真的不差，这就是周东明的性格，但凡自己出手的都不能是应付差事，哪怕是已身陷囹圄写交代材料，他也是认认真真地写，不失水准。

周东明所谓的交代材料，从头至尾没有一处说到具体的事，与其说是一份交代材料，还不如说是一份致社会大众的一份公开信，只是周东明自己都不明白自己这么说是为了什么？是为自己解脱，还是想借此提醒着什么，他所说的都是当下社会上人们茶余饭后谈论得比较多的现象和问题，经他这么一说，好像有点代言的味道。

这味道让人心里发酸。

杨节胜没有看到儿子这样的述说，他或许没有想到自己的儿子会写出这样的文章。

周东明上小学时，一次老师要求每个人写篇作文《我的父亲》，以往作文常常被当作范文在班上念的周东明这次没写。杨节胜问他为什么不写，周东明一声不吭，什么也不说。老师叫他补作业，他说他不会写这篇作文。其实，杨节胜和老师都知道他为什么不写。他是杨节胜的儿子，杨节胜是他的父亲，周家村人都知道，但写《我的父亲》这篇作文时，他却不知道该写谁，他是杨节胜的儿子，他也是铁牛的儿子，杨节胜是他大，可铁牛也是他大，姓都跟了铁牛姓周，至少铁牛死的时候他必须披麻戴孝。

他要写也只能写杨节胜。他是杨节胜的亲生儿子，从出生那天起一天也没有离开过杨家，但他是杨节胜的儿子却不姓杨，他姓周，名义上他早就成了人家铁牛的儿子。

当年父亲杨节胜为了还清一笔说不出口的人情债，或者说是为了弥补内心的愧疚与不安，把他过继给一直没有生儿育女的铁牛当儿子。从此，他名义上的父亲就变成了铁牛，可那又只能是名义上的，他绝不可能把这样的事写成文字，绝不会把铁牛当父亲写进作文里，他知道那等同于自己认同了当初自己的身份改变，可他从来没有从心里接受别人对他身份的安排，哪怕是他那位享有至高威信父亲对他严词苛责，他也从有屈从。他从没叫过铁牛一声大大，他不可能开这个口。

当年过继给铁牛做儿子，杨节胜逼着他怎么也得叫铁牛一声大大，可他就是不叫。杨节胜拿着棍子抽他，他还是不叫。这让杨节胜很伤面子，好在铁牛从中圆了场，说二子不叫就不难为二子了，叫不叫声大大也没什么。自那以后，他就再也没叫过铁牛，干脆连叔也不叫了。

谁是自己的大大，周东明心里清楚，不叫铁牛大大他自然也有自己的想法，但从那以后他再也不知道该怎样叫铁牛了。

现在，他进到这个他并不知道方位的陌生地方，在规定的地方和规定的时间里把某个问题或者某些问题说清楚，周东明心里比什么都明白这意味着什么。这次，周东明没有像小时候那样任性，进到这个地方他比以往安静了许多，似乎早就知道迟早有这么一天，所以也就没有更多的纠结，事实上他是从来也没想到他竟然会落到这个境地，他此时的安静或许是短暂的，好在在这短暂的安静中，他就详细地把自己所做的甚至于所想的都清清楚楚地写了出来。

周东明的交代出乎人们的意料。

周东明的交代材料第一时间送到了杨保国的案头。看到这份材料，杨保国却并不感到意外，一直很纠结见还是不见此时的弟弟，此时看了周东明的自述材料后，决定不见了。

这时候杨保国才感觉自己实际上并不了解这个弟弟，他突然觉得此时自己根本找不到倘若与弟弟面对面能说出的一句合适的话。

修江堤的那笔专款，周东明的交代材料里没有提及。杨保国本来想找到合适的机会当面问问周东明，但他始终找不到一个合适的机会单独见周东明，他想着在别人交代材料里应该可以找到线索，到那时再往下追要方便得多。

与周东明一同"双规"的其他几个人，交代的材料要具体得多，但都没有提及那笔整修江堤的专款。这几个涉案人交代的材料上，并没有一件与周东明有具体的联系，也就是说，专案组并没有掌握一件具体的事可以让他继续留下来继续接受调查。举报材料中反映与他有关联的事，在其他人的交代中都一一落了地，换一种说法就是，周东明可以从这次举报中全身而退。只要周东明不再细究别人是成心诬告，还是他其实也在有意或者无意地犯着大大小小的错，有些错他自己并不清楚，有些错别人也未必都能发现。但现实是，经过近一年的调查，他的事还不可能有个结论。

那笔修江堤的专款，谁也没有提及。交代的所有涉及经济的问题，大都是经费开支不合规的程序性问题，也有几项大一点的开支，涉及挪用，也无非是拆东墙补西墙，都是在县委会上定的，违规也是集体违规，好在资金去向都可查，并没有多大的出入，问题也不大。

专案组反复研究这几个人的交代材料，想从中理出一个比较清晰的答案，那笔钱究竟去了哪里？周东明的交代材料里，虽说没有涉及任何一笔具体的经济账目，但专案组最终还是从他的交代材料中找到了突破口：钱是被一级级分解挪用了，并非哪一级哪一个部门更不是哪一个人，挪用是公开的集体所为，没有人故意想隐瞒什么。

安江县农村道路改造，是全省的典型，连续三年的投入，追踪经费来源，最终指向了中央下拨的那笔修堤专款。中央下拨款的江堤专款也不是直接挪向交通部门，中间转了几道弯，最后拨到交通部门已不明确款项来路，统一都是标明专项。周东明是交通局局长，在他任上安江县的交通发展全省典型，都说周东明是能人，能要来钱，干事也有魄力。专案组再往下查，发现周东明并没有在这大笔资金中有明显的项目模糊，账目基本清晰。

周东明能干，又干成了许多事，为什么一直没有提拔？专案组发现反映周东明问题中，并没有查实一项涉及行贿和受贿的问题，他家庭资产与收入基本吻合。当专案组问他存放在几个银行总共 30 万资金的情况时，周东明终于知道章月儿并没有动一分钱，他也没有如实交代其中的具体情况，没有提及章月儿，只是说那是这么多年自己存下的，大部分是各类奖金及福利，这数目也的确没有突破正常值，并不突出。

最大的一笔是投入神山谷开发的专项，这并没有通过安江县，而是直接从省里投向了负责神山谷开发的各个部门，同样是各立名头，以修建水库、封山育林、土地改造、移民搬迁等种种名头，变身多个专项最后汇集到围绕神山谷开发专项。神山谷开发专项开发还专门有个代号，0508。

代号 0508 究竟是什么意思，周东明并不清楚。难怪当初他想尽办法打听神山谷开发的消息，就是找不到一个准信，原来是用了代号，一切并不是按常路子来的。特别是分多次转入的开发资金更是神秘，总共投入账上是 5 亿元，但随后又相继转出，真正投入到账的也就 6000 万元。

杨瑶并没有在这项开发中有任何记录，过往一些关于她与外资对接的事也只是传闻，没有人知道她究竟在其中是什么角色。

那六个亿水利建设计划资金并没有直接下达到安江。

但种种迹象都指向一点：有人利用了这笔资金，省、市配套资金以一种神秘特殊的身份完成了它的运转，成功将中央计划资金转移到了地方，至于投向了哪里，那一时半会还查不清楚。

神仙谷的开发与这笔资金脱不了干系，但也只是配角，并没有真正涉及大项资金投入，开发极有可能也只是一场配角戏而已，而真正的主角并没有亮相登场。

杨瑶在其中也许并没有什么角色，周家村也没有人会相信她一个女孩子家能有多大能耐干成这么大的一单子事，他们宁可相信是她二哥的本事。

周东明就是有这本事，也未必真的用上了。周东明没有交代，同时被立案的几个人也没有交代，一切都还在发展进行中。

杨保国意外地从部队转业，加入了 H 省领导晋升的战斗队。本来就已经是激烈的竞争更加复杂起来，争斗更加激烈。原本争得特别激烈又都志在必得的几方都败下阵来，让位给刚从部队转业来的半路杀出的程咬金，表面上看起来，这败下阵来的也不能有什么不服气的，面子上也过得去，可实际上是谁也从心里接收不了这临时加进来的搅局者。紧接着那原本争得很厉害的几方就很快形成联盟，把所有的不满与失落都指向了这个抢滩登陆成功者。杨保国躺着也得中枪。

找到杨保国的茬子是一件难事，一个从部队转业来的，与地方上没有什么瓜葛，更不会有什么现成的硬伤和把柄可以利用。没想到很快就有人拿出了致命一招，现成的问题没有，那就从当下的事情上创造，让杨保国首场秀失败不正是一件一石二鸟的好事。知底的人更是祭出一把只见风不见血的冷刀，让杨保国带队查处周东明，这样横竖都能唱出一场好戏，怎么都能让杨保国喝上一壶。

周东明进去了，这局眼看就做成了。

更何况这时候杨瑶参与神仙谷开发的事不早不晚放了出来，好似又递上了一把刺向杨保国的暗器，让你防不胜防。

这中间正好又有遭遇到一场特大洪水，杨保国临危受命担任总指挥，要是堤破了呢？那不就是一场大戏开场了吗？有人在暗地里等着看热闹，也在等着机会。

周东明没料到大哥转业居然还给他带来如此大的风暴，他居然成了别人的工具。

杨保国并没有敏感地想到这一步。他转业到地方，也没有想到会有这样的机会。看完周东明的交代材料，他终于松了一口气。先前也有人提醒过他，要注意不要让人抓住周东明的事做文章，他并没有更多在意，他在心里放平了一杆秤，坚信事情终归有清朗的那一天，是福是祸你都躲不过去。

正如同周家村这些年来，许多当年左右影响着周家村的人相继离去，周家村依旧还在那里发展前进着，并没有真的离不开谁。然而经历此劫难的周东明对自己这次能不能全身而退已并不特别在意，他心中挂牵着的仍是那些规划中的路，那些通向一个个村庄的路，当然也包括周家村的那条路，那是父亲一辈子都在修都想修得满意一点的路。

现在父亲走了，把路修好的愿望带到了另一个世界。

尽管父亲临终前并没有给他留下只言片语……

尽管父亲走的时候他不可能在身边……

但他心里一直在想，父亲走时一定是有话想留给他的，而那句想留给他的话也一定是关于修路……

周东明坚定地这样认为。

周东明静静地坐在一张并不宽大的桌子前，陷入了长时间的沉默，他或许在想什么，也有可能什么也没有想，只是想这样安静地坐一会，在这样的桌子前这样坐着，他似乎很享受，好像又回到了几十年前，那时他还是个小学生，班上成绩最好的学生。

过了好久，周东明慢慢地睁开眼睛，缓缓地从口袋里掏出一支钢笔，正了正身子，在一张洁白的纸上认真地写下这样一句话：世上本没有路，走的人多了就有了路……

写完这句话，周东明又陷入了长时间的沉默，笔始终紧紧地握在手中，过了好久，又在纸上写下这样一段话：天堂本无路，去的人多了，也该踩出一条路……

写完，周东明把手中的笔珍重地收进了上衣口袋里，没有一点儿声响地站了起来……

第二十五章

从江堤专项资金挪用案中全身而退的周东明，并没有真正安全落地。那笔江堤款没有理出眉目，看似谁也没有成为那场大戏的角，但人人都已经是看戏的人和戏中的人。这戏一旦开了场，唱戏的上了戏台，看戏的进了场，那就都先别急着退场，戏开了场你就进来了，谁多多少少都能找出点事，周东明也不例外，最后以挪用资金被判 3 年刑期。挪用资金多少，也没个准数，许多项目查不到原始的会议记录，找不到下家，那就归到周东明私自做主把资金挪用了，周东明也不申辩，别人怎么说，他都不反对。他个人财产清楚，也就没有把钱落到自己口袋里据为己有的嫌疑，所以关于经济上的事就统统归到挪用资金上，这已经是公开的，大家都能接受，集体违规，就集体受罚，谁也没话说。

周东明担下了不少事，有些事他是主动担下的责任，他也许是不想让专案组的人为难，让专案组为难，不就是让大哥为难吗？让大哥为难，不正是让那些躲在身后想借机搞事的得逞了吗？周东明心里清楚这些的分量。要不怎么说他是个敏感而又有定力的人。

周东明是这个案子里最先判的，3 年有期徒刑。

　　2 年后，周东明回到了周家村。

　　从贵岭监狱接周东明的车没有回安江县城，而是直接奔向了周家村，开到上山的山脚下停了下来。

　　在当年父亲设置上山检查站的地方，周东明下了车，他让接他的车回了，天已渐渐暗了下来。

　　周东明背着一个并不大的背包，那里面装着他的生活用品，还有一个笔记本和一本书，那是他入狱的时候带进来的。出狱时，别的能丢的都丢了，这两样却随身带了出来，笔记本已经是记得满满的了，应该是自己对自己的一个交代吧。

　　周东明找了一块平坦的地方坐下休息了一会，掏出一根烟点上了……

　　这个点并没有上山的人，周东明也不想这时候遇到什么人，他或许是特意选择在傍晚时上山，一路上没有碰见一个人。他没有走那条大路上山，而是选择走当年上山那条山路，尽管已经有几十年没走过了，但至今还是那样熟悉。小时跟着父亲、跟着大哥不知走过多少趟，只是这么多年了，他没机会再爬这条山路了，这一次是他一个人在夜色里独行，爬到山顶转过一道弯就是下坡路，在那里就可以远远地看到家的灯光，周东明熟悉那灯光，这一次他同样远远地就看到了那亮着的光，他知道年过八旬的老母亲就在那灯光亮着的地方等着他回来……

　　第二天，周家村人才知道周局长回村了。

　　这消息再一次成为周家村爆炸性新闻。

　　在这 5 年里，周家村已经又一次渐渐地归于平静。

　　杨节胜那场在周家村人看来说什么都应该有的隆重葬礼，没有如周家村想象的那样隆重举行，在杨节胜刚去世的大半年里还不时有人重新提起，总觉得周家村欠了杨节胜什么似的，不为杨节胜办一场隆重的葬礼是怎么也对不住老支书、老村长的。这样的抱屈也只是大家聚在一起的时候说说而已，人都下葬了，哪里还有补办追悼会这一说。只是周家村人心里一直还装着杨节胜，没忘记自己的老村长、老支书。

从外面来周家村的人倒是比杨节胜在世的时候少了许多，特别是从省城来的人更是少了，再也没有以往的阵势和热闹。杨保国倒是每年回家一趟，那是专程回家看老母亲的，每次都是悄悄地来悄悄地走，从来也没惊动过谁。别说市里县里没人陪着来，就是镇上村里也不会有人知道他究竟是什么时候回到周家村的，每次只有他去父亲杨节胜坟头祭奠时，村里才会有人知道他回来了。可等到这时候，也是他准备回程了，这样谁也就来不及反应，所以从来就惊动不到谁。

这中间曾经有过一次真正的热闹，这场热闹让周家村人始料未及，却也是心安理得。没有了杨节胜的周家村，能有一次热闹总是好的，要不真的没有希望。

那是杨节胜去世后的第二年，在那场洪灾中不幸罹难的杨富国经过长达一年五个月的层层申报审批，终于被评为革命烈士，成为周家村有史以来第一位烈士。市、县两级民政部门在周家村为杨富国举行了隆重的烈士追悼大会，省、市、县、镇、村都送了花圈，全镇的群众从四面八方汇集到了周家村，据说人数当有万人之众。原本说杨保国当天也要从省城赶来参加，有人说杨保国这次是代表省里来的，也有说只是以兄长的身份，等到追悼会当天临时说不来了，也没说原因。这次杨保国没回周家村，不像一年多前没有以长子身份回来为父亲捧灵位那样引起周家村人人种种猜测，周家村人只是感到有点失望，原以为这次可以见到杨保国，没想到临到跟前还是落了空。

省民政厅专门派人参加了，为一个农民烈士开追悼大会，这本身就是特别稀罕的事，更何况省厅还派人参加，这规格自然是很高的了。

热闹不光是人来得多，鞭炮也真是放得不少。一阵接着一阵的鞭炮声，好像要把渐渐沉静下来的周家村再一次翻腾开来，真的不想要让你真的睡去。

这场葬礼的规格和热闹，在周家村人看来是始料未及的。特别是与两年前杨节胜的葬礼比起来，那就真的不得不让人唏嘘感叹。本是父亲杨节胜应该有的哀荣，谁也没想到却让看起来最没出息的小儿子杨富国享受到了。周家村人从心里都有那么一点莫名其妙的错愕，甚至是恍惚，尽管杨富国评上烈士也让他们感到荣光，但老支书没有享受到应该有的哀荣总是让人感到遗憾，甚至难以接受。

周家村人始终在心底记着这本账，欠老支书、老村长一场隆重的追悼大会。原以为事情过去了，这笔欠账是怎么也还不了了，没想到一年之后市里要为杨富国举办烈士纪念大会。周家村人觉得这是个还账的机会，于是提议在烈士纪念大会上加上祭奠杨节胜的仪式，想为老村长补上在他们心中应该有的隆重。

这个提议一经提出，立即得到整个周家村人的响应拥护，于是一路传递到了市里，市县高度重视，很快形成方案，在杨富国烈士纪念大会前，专门增加一个仪程，由市里举行仪式，宣布关于认定杨节胜参加革命时间的决定。其实这是只有一句话的文件：经审查，杨节胜同志参加革命的时间为1949年9月30日。落款是中共安江县革委会，时间是1970年7月3日。宣读人一字不少念完了这份决定，30多年的时光错差也在这简短的宣读中完成了更迭，瞬间就回到了现实中来。

回到现实中来，安江县就接着为杨节胜举行了一场周家村人没有想到的追悼大会，县委书记亲自致悼词，县长主持。省、市、县、镇、村领导依次排队跟杨节胜老伴握手，表达慰问，陪伴在老人身边的亲属只有孙子狗娃，杨节胜四个子女这次依旧全部缺席。

父子俩人追悼会同日举行，这件事第四次写入了安江县志。

在县志上重重地记下一笔，这自然是够资格的。这条新闻不但上了省报省台、市报市台、县上办的广播电台也专门播发了通讯。周东明是

304

在监所里听到了这条通讯的，当时他心里就是一震，心里想，自己跟大哥提的那句话看来大哥是听进去了，为弟弟评上烈士，他心里总算安宁了一些。父亲参加革命的时间认定，他倒并不觉得有什么，那早已成为历史，现在所做的只是一次迟到的宣布罢了。

并且回到村里的周东明接连干了几件事，更是引起周家村不小的震动，谁也没料到周东明会这样。

周东明回到家第二天一大早就去了父亲坟头，特意在村头小店里买了一瓶酒。酒是父亲在世时自己常买的那个牌子的，在乡下也只能算是中等档次。他本想也带包烟，手伸进口袋却发现口袋里是空的，这才意识到自己不抽烟已经好久了，但掏烟的习惯还真的没忘记。又想去小店里买上一包，想了想还是算了，就把父亲的那根旱烟袋带上了。

杨节胜墓碑上并没有周东明的名字。他过继给了铁牛，姓了周，名字也就没上杨节胜的墓碑。周东明在父亲的坟前足足坐了一整天，陪着父亲把那瓶酒一杯一杯喝完。周东明把父亲的那根烟袋放在了父亲的坟前，没有装上烟丝，那样的烟丝已经很少有人有了，周东明也没有，他就只好把烟袋置放在坟前，他想父亲也就只能想想烟的味道了。

傍晚的时候，周东明回到家里找出父亲当年开石的钢钻，在父亲墓碑上刻上"杨东明"的名字，在坟前叩了三个响头，自始至终没说一句话。在寂静的山谷中，那凿石的声音很响传得很远，那叩头的声响很沉闷却在山谷间有了回响……

周东明在父亲的坟前完成了一次虔诚的心灵对白，找回自己作为杨节胜儿子的名分，并亲手把本属于自己的名字杨东明刻印在父亲的墓碑上。

做完这些，周东明来到了周铁牛家里。一进门，他大声地叫了一声大大，把手上拎的两瓶酒放在了桌子上，从口袋里掏出一包烟，抽出一根递给了铁牛，把烟点着了后，自己也抽出一根点上。进门开口叫了声大大，再也没有了声音，俩人就这样面对着面坐在一条长条凳上抽着烟。

　　周东明的烟其实并没有吸到肚子里去，只是吸上一口然后把吸进嘴里的烟雾又吐了出来，铁牛是实打实地吸进去了，这点烟味对常年抽惯了旱烟的铁牛其实跟没吸差不多，只是有烟在嘴里，俩人这么长时间坐着不说一句话还不至于太尴尬。

　　"回来了，就安心在家住上些日子，别想那些过往的事了，都过去了。"铁牛还是先开了口。

　　"也没想再离开了，就在家里住着吧，这地里的活我还都会，眼下壮劳力都到外面打工去了，乡下就缺少劳动力，我还能干些活吧。"周东明的声音不高，这时候也用不着那么大的声音，屋里很静，能听见就行。

　　"农活你就别干了吧，恐怕一时也适应不了，你也不是干农活的料，当年我就是这么看的，现在还是这么看。"铁牛还是那样大的声调，讲话声音大是他的习惯，什么时候也低不下来。

　　"那我还是修路，靠自己双手来修，把没修好的路修好。"周东明提到修路，声音自然就大了点。

　　"对！这就对了！修路！继续修路！我陪着你修！像当年跟着你大大一样跟着你修路，直到我修不动为止！"铁牛的声音更大了。

　　"看到那大水库了吗？那是神山谷开发留下来的，刚开始那个热闹，可是不得了，修了整整两年，不知道怎么就停了工，说是钱不够了，也不知道还修得成修不成？你大在世的时候也想修这水库，只是没找到机会动工，他这一生倒是把路给修通了，算是干成了一半的事，也是难为他那把老骨头了！"铁牛没等周东明接话，又接着提起修水库的事。

　　"拆迁的事才是真正的头痛事，开发搞一半就停了工，那么一大片地就白白地闲在那里没人耕种，这可不是个长久的事，周家村本来地就少，全靠着这点养活呢！"铁牛还是自己在说，也许是他憋在心里想说的话太多了，碰到了周东明，好像是找到了发泄的对象，急着把话说出来。

"水库总得接着修吧，拆迁的事也得想办法解决，也不能总这么拖着。现在有人在这里负责吗？"周东明心里又开始倒腾开来，对事情负责是他本能的反应。

　　"还能有什么人负责，原先还有个指挥部，后来人都走了，去年还有人在看着工地，今年好像看工地的人都走了，真的没人再管了。为着拆迁的事，有几十户在打官司呢，一时半会也没个信，听说已经在外省开了庭，你说这案子怎么还跑到外省去审呢？恐怕不是件小事吧。"铁牛还是操心着拆迁的事。

　　周东明耐心地听着铁牛大不停地说着修水库拆迁的事，也不想插话，也是不知道这时候说什么。

　　"外面说，这神山谷开发是杨瑶搞的，我不信，他们就说其实背后是你，我也不信，你这下回来了，究竟是个怎么回事，你要是知道就给我个话，我还是想心里落个明白。"铁牛最想问的恐怕就是这个了。

　　"铁牛大，您年纪大了，用不着您还像当年那样干什么活了，您老当头，就像当年我大那样，叫我们怎么干就怎么干！"周东明始终没接铁牛的话，他不知道怎么回答，只好把话题又硬拽回到刚才谈的修路的事上来。

　　"我知道你不会说，不说就算了，不难为你了，我就是担心再出什么岔子，老支书睡在那里不安生啊！你说像你大当年那样，那可是说大话了，现在恐怕是谁也没那个能耐了，日子也不像当年那样过法了，过去有过去的过法，现在有现在的过法，要紧的还是真心实意地干事，乡下人可不能玩那些虚头巴脑的花脚戏，你大至死也没安心啊！"铁牛是实诚人，说话直通通的，不会绕弯子。

　　铁牛的这通话可真是把周东明刺痛了，心里不禁一颤。心想就是在铁牛大的眼里，他周东明都已经是这个不受人待见的样子，那在别人眼里更不知道该是个什么样子。这时候的周东明才真切地感受到自己的确很失败，把日子怎么就过成了这样？

"哇——哇——哇——"周东明木木地立在那里，一群从远去聚集而来的乌鸦在头顶上不停地盘旋，一圈接着一圈，一声接着一声粗劣嘶哑地叫着……

早上从城里赶回周家村时，村头那棵大枫树上的几只喜鹊不停地朝他叫，一样是一声接着一声，这时候也不知飞到了哪里，没有了声响。

周东明缓缓地抬起了头，把目光死死地投向了远方，在头顶那一声接着一声乌鸦凄厉的叫声中开始了新的找寻……

"东明哥—，哥—，东明哥—，哥—"周东明似乎听到有人在叫他，是女人的声音，一声"东明哥"又好像是一声"哥"就这么变换着叫，一声接着一声，似近又似很远，好像是妹妹杨瑶的声音，又像是章月儿在叫他，周东明听得很清楚，却又很恍惚。

周东明突然想起那年他到学校看正在乡下中学读初中的妹妹杨瑶，正好同班的章月儿也在，杨瑶叫他哥，章月儿叫他东明哥。那时他就觉得俩人这哥叫得声音还挺像的。那时，他也没问这叫他东明哥的小妹妹是谁。从那之后，他再也没再见章月儿，直到10年之后在城里再次相遇，那时她已经出落成一个俊俏的大姑娘，依然喊他东明哥。

周东明抬头望向天空寻找的目光并没有收回，他还在听那从空中传来的呼唤，他还在继续搜寻……